D1662060

Bernd Hansen

Männer, Frauen – und ihre Illusionen

Bernd Hansen

Männer, Frauen – und ihre Illusionen

Erzählungen

edition fischer
im
R. G. Fischer Verlag

Die Handlung dieser Erzählungen sowie die darin vorkommenden Personen sind frei erfunden; eventuelle Ähnlichkeiten mit realen Begebenheiten und tatsächlich lebenden oder bereits verstorbenen Personen wären rein zufällig.

Bibliografische Information Der Deutschen Bibliothek
Die Deutsche Bibliothek verzeichnet diese Publikation in der Deutschen Nationalbibliografie; detaillierte bibliografische Daten sind im Internet über http://dnb.ddb.de abrufbar

© 2005 by R.G.Fischer Verlag
Orber Str. 30, D-60386 Frankfurt/Main
Alle Rechte vorbehalten
Umschlagabbildung: Otto Dix, ›Liebespaar stehend‹ (1924).
Mit freundlicher Genehmigung der Otto Dix Stiftung, Vaduz
Schriftart: Palatino 11°
Herstellung: Satz*Atelier* Cavlar / Lo
Printed in Germany
ISBN 3-8301-0850-8

Wer vermag den Augenblick zu fassen und festzuhalten, wer vermag zu erforschen, wann zwischen zwei Menschen etwas zerbrochen ist?

Vielleicht geschah es nachts, als wir schliefen, oder während einer Mahlzeit, oder eben jetzt, als ich heimkam. Oder es geschah schon vor sehr langer Zeit ...

Sándor Márai: Die Nacht vor der Scheidung
©Piper Verlag GmbI I, München 2004

Es geschieht nichts ohne den Zusammenhang des Ganzen.

Gautama Buddha
(zugeschrieben)

Inhalt

Der afrikanische Schwager

— 1 —

Langweiliger kann eine Erzählung kaum beginnen: Hanna, meine Schwester, ist Lehrerin, für Fremdsprachen. Nach Abschluß ihres Studiums ging sie, zusammen mit ihrem damaligen Mann – auch Lehrer gleicher Fachrichtung –, im Auftrag des Goethe-Instituts ins Ausland. Nach Indien zuerst, später Bolivien und Peru, zuletzt nach Mali, dem Binnenland in Westafrika. Dort, in der Nähe von Bamako, haben sie sich ein Feriendomizil direkt am träge fließenden, von mitgeführtem Sand gelbgefärbten Nigerstrom geschaffen. Ihre Kinder sind hier geboren und aufgewachsen. Am sandigen Flußufer haben sie gespielt und den vorbeigleitenden Booten der Fischer zugesehen. Später paddelten sie selbst im elterlichen Schlauchboot auf den Fluten. Eine sorglose Zeit! Doch, nur scheinbar. Denn Hannas Ehe scheiterte, nach anfangs erfüllten Jahren, trotz der Idylle im strohgedeckten Haus Jahre später. Auch wenn sie erst nach ihrer Rückkehr in Deutschland geschieden wurde.

In einer nachfolgenden zweiten Ehe mit Richard M. war Hanna anfangs sehr glücklich. Als sie, Mitte 50 inzwischen, den Strapazen des in Deutschland wiederaufgenommenen Schuldienstes nicht mehr gewachsen und vorzeitig in den

Ruhestand gegangen war, hatte sie sich noch viel vom Leben erhofft. Dies in vollen Zügen auszuschöpfen, intensiv zu leben, alles mitzunehmen und zu genießen war immer ihre Devise gewesen. Aber nun, wo sie über mehr Zeit verfügte, hatte auch diese Ehe zu kriseln begonnen. Harmonie und Gleichklang wollten sich immer weniger einstellen. Eines Tages entschloß sich Hanna, Deutschland und ihrer Ehe, für einige Zeit zunächst, den Rücken zuzukehren und an den alten »Tatort« in Westafrika zurückzukehren. Um sich neu zu besinnen und wieder Kraft zu schöpfen. Aufzugeben, passiv in lähmenden Umständen zu verharren war noch nie ihre Art gewesen.

— 2 —

Hannas Eltern leben in einer Kleinstadt in Schleswig-Holstein. Sie sitzen beim Tee, als das Telefon läutet. Die Mutter nimmt den Hörer ab.

»Hallo Mutti, hier ist die Hanna! Ich rufe aus Mali an. Könnt ihr mich gut hören? Wie geht's euch? Störe ich gerade?«

Mutter:»Nein, nein – wir freuen uns. Papa und ich trinken Tee im Wohnzimmer. Ich bin so glücklich, deine Stimme zu hören. Es ist lange her, daß wir gesprochen haben.«

»Ja, das stimmt. Heute habe ich mir aber Zeit genommen, um mit euch zu klönen. Es gibt ja so viel zu berichten. Was wollt ihr zuerst erfahren? Ich bin voller Informationen: Gutes, aber auch ein wenig Trauriges? Ich lebe hier einfach ein intensives Leben.«

»Hanna, fang einfach damit an, wie es *dir* geht. Bist du gesund? Ist alles in Ordnung?«

»Ja, schon. Oder nein, vielleicht auch nicht. Wie man es nimmt. Es hängt auch davon ab, wie ihr es auffaßt.«

Und nach einer kleinen Pause: »Stellt euch vor, Richard hat vorgeschlagen, daß wir uns trennen, eine Scheidung quasi.«

»Wie bitte?« sagt die Mutter. »Ich verstehe schlecht. Kannst du das noch mal sagen?«

»Ja, Mutti, es stimmt schon. Es ist nicht die Telefonverbindung! Richard will sich von mir trennen, scheiden lassen, verstehst du?«

»Nein, ich verstehe das nicht. Es kommt so überraschend. Warte, ich muß mich hinsetzen.«

Die Mutter zieht einen Stuhl an sich heran und läßt sich schwer atmend darauf nieder. An beiden Enden ist es nun still. Mein Gott, denkt sie, es ist ja schon Hannas zweite Scheidung. Dann: »Und warum, ich meine, warum will Richard die Trennung?«

»Ach weißt du, wir verstehen uns schon lange nicht mehr.« Und nach einem Zögern: »Ich habe vor einiger Zeit erfahren, daß er bereits ein Verhältnis mit einer anderen Frau hatte, als wir vor fünf Jahren heirateten. Das hat er nie beendet! Er liebt Kristin ...«

Stille tritt ein. Die Mutter wußte, daß sie sich die Frage hätte sparen können: Hanna kann die Männer nicht halten, sie ist zu intensiv, zu emotional, zu explosiv, zu direkt. Sie liebt zu sehr, ohne Abstand, und das können die Männer nicht ertragen. Aber auf Richards Geduld und Güte hatte sie gesetzt! Sie schließt die Augen, als wolle sie nicht in diese Ehe hineinschauen. Dann sagt sie:

»Das hätte ich von Richard nie gedacht. Immerhin ist er

doch Beamter und Lehrer, Oberstudiendirektor, Schuldirektor! Was mögen nur seine Kollegen und die Schüler denken?«

»Das ist ihm völlig gleich. Er wird ohnehin nächstes Jahr in Pension gehen. Er möchte frei sein im Alter, frei für sich, frei von Schuldgefühlen, frei vom Ehestreß. Er besteht auch nicht auf einem gerichtlichen Weg, eine private, schriftliche Vereinbarung würde ihm genügen, meint er.«

»Dann ist es endgültig, er will also nicht mehr! Sicher spielt da diese Kristin oder Christine eine entscheidende Rolle …«

»Kristin heißt sie und sie …«

Die Mutter unterbricht und sagt: »Von diesem Frauenzimmer möchte ich nichts wissen und möchte auch gar nichts davon hören. Ein Verhältnis mit ihr – schon seit Jahren. Das ist ja unerhört! Ich verstehe, daß du an einem solchen Mann nicht festhalten willst. Das könnte ich auch nicht. Da wird es dir nun elend zumute sein. Sicher bist du sehr traurig, machst dir auch Sorgen um die Zukunft.«

»Nein, Mutti, das ist nicht so schlimm! Es gibt ja noch Abdou, er will zu mir stehen.«

Eine Pause tritt ein. Die Mutter räuspert sich und sagt: »Abdou? Wer ist Abdou?«

»Abdou, du wirst dich erinnern, ist der Notar hier in Bamako. Ich glaube, ich habe dir von ihm schon früher erzählt. Er hat mich ab und zu besucht, wir sind auch miteinander ausgegangen.«

»Dann hat er mit der Sache auch zu tun? Ist *er* vielleicht der Grund? Das wird sich Richard nicht bieten lassen wollen, daß, während er in Deutschland im Schuldienst ist und unterrichtet, du von anderen Männern besucht wirst.«

»Was heißt da ›anderen Männern‹! Da sind keine Männer, kein Plural, hörst du! Es ist *nur* Abdou. Und Richard hatte schließlich das Verhältnis zuerst. Ich war völlig ahnungslos. Hätte ich davon gewußt, wäre eine Ehe mit Richard nicht in Frage gekommen. Nie! Niemals!«

»Und als es rauskam, Hanna?«

»Als es rauskam, wollte er nicht von ihr lassen. Um keinen Preis. Eine Weile machte ich mit, bis ich nicht mehr konnte. Weil ich Magengeschwüre bekam, gell, das weißt du nicht, bin ich in unser Feriendomizil bei Bamako ausgewichen. Um mich zu finden, zu heilen, um Abstand zu gewinnen! Richard hat mich letztlich in die Arme von Abdou getrieben!«

»In die Arme? Hast du mit Abdou denn auch etwas? Das wird ja immer schlimmer!«

»Nein, Mutti, es ist gar nicht schlimm. Es ist alles ganz sauber. Als ich Abdou, mit dem ich nun schon seit einiger Zeit lebe, von Richards Wunsch erzählte, machte er den Versuch, alles rückgängig zu machen. Das ›Scheidungsdesaster‹, wie er es nennt. Als er sah, daß wir beide uns trennen wollen und dies unser fester Wunsch ist, hat er Richard aufgesucht und offiziell angefragt, ob ich wirklich frei sei!«

»Hab' ich richtig gehört? Du lebst schon mit ihm? Aber du bist doch noch mit Richard verheiratet! Was meint er mit frei sein?«

»Mutti, frei sein, um ihn zu heiraten!«

»Um Gottes willen, nein, das alles auf einmal!« Die Mutter hält den Hörer in die Luft und fuchtelt mit der anderen Hand in Richtung Wohnzimmer. »Das ist zuviel für mich. Eberhard, Eberhard, bitte komm, bitte übernimm! Ich bin fassungslos. Hanna will sich scheiden lassen und – und einen Afrikaner heiraten.«

»Hanna, grüß dich – höre ich richtig?«

»Ja, Papi, das ist schon richtig. Ihr könnt euch freuen: Bald habt ihr einen afrikanischen Schwiegersohn!«

»Wie bitte? Aber du bist doch Europäerin! Und er ist doch schwarz, oder nicht? Die Leute in Mali leben doch schon in Schwarzafrika! Mein Gott – einen schwarzen Schwiegersohn! Und das in unserer Kleinstadt! Und unsere Nachbarn!«

»Papi, mach dir doch keine Sorgen. Abdou hat in Paris studiert, Jura, sieben Jahre lang. Er ist wie ein Europäer, er ist Notar, gebildet, aus guter Familie. Sein Vater war General und später Botschafter …«

Hannas Vater unterbricht: »Was heißt da gute Familie. Und General! Die Generäle haben uns doch alle ins Unglück gebracht. Die Nacht für Nacht fallenden Bomben, die vielen verbrannten Menschen, nichts als Zerstörung. Millionen armer Soldaten haben sie rücksichtslos in Tod und Gefangenschaft getrieben. Nein, ein General, das ist keine gute Familie! Wir haben in Berlin im Krieg schon genug schwere Zeiten erlebt. Du hast keine Vorstellung, was wir mitmachen mußten. Hör mir doch mit deinem General auf!«

Hanna ruft erregt ins Telefon: »Papi, Abdou ist doch kein General. Er ist Notar. Er stellt Urkunden aus und beglaubigt sie. Begreifst du denn nicht oder ist die Verbindung so schlecht?«

»Ob General oder Notar, das ist doch egal, oder? Farbig ist er, dein Abdou! Für mich ist ein Europäer ein Holländer, Franzose, oder besser Italiener. Meinetwegen auch ein Engländer, wenn's sein muß! Aber dein Freund ist Afrikaner, schwarz oder farbig ist er! Daran ändert ein Studium in Paris nichts, überhaupt gar nichts.«

Ungeduldig schneidet Hanna dem Vater das Wort ab:

»Mein Gott, Papa, sei doch kein solcher Rassist. Das hätte ich von dir nicht gedacht. Wir sind doch im 21. Jahrhundert. Gerade von dir nicht, du bist doch weit herumgekommen: Wir hatten doch schon früher Geschäftsleute, auch aus anderen Ländern oder Übersee bei uns zu Hause. Und die Mutti hat sogar für sie gekocht.«

»Das ist etwas ganz anderes: Eingeladen, gekocht, das stimmt schon. Aber heiraten! Daß du unvernünftig bist und bleibst, wußte ich schon immer. Aber als Englischlehrerin solltest du schon wissen: ›Never cross the colour line‹.«

Hanna schreit mit erregter Stimme ins Telefon: »Mensch, Papi, hör endlich auf mit deinen Allgemeinplätzen! Das ist doch überholt. Wir leben doch nicht mehr im Mittelalter! Menschenskind! Ich bin doch froh und stolz, daß Abdou mich heiratet. Daß er den Mut hat, sich eine 21 Jahre ältere Frau zu nehmen.«

Für einige Zeit war nur ein Knacken zu hören, die Geräusche, das Rauschen der fernen Telefonverbindung. Und der Telefonhörer schien für eine Zeitlang abgedeckt. Dann das Scharren eines Stuhls, der Vater hatte sich hingesetzt und sagte: »Hanna, hab' ich das richtig gehört? Hast du gesagt, 21 Jahre älter? Du bist jetzt 58, nein 59 Jahre ...«

Hanna unterbricht ihn: »Ja und, Abdou ist 38 Jahre alt.«

»Gisela«, ruft der Vater zum Wohnzimmer hin, »er ist 21 Jahre jünger. Auch das noch.« Und zu Hanna ins Telefon: »Das kann nicht gutgehen! Der bleibt doch nie bei dir! Schon aus diesem Grund solltest du die Finger von ihm lassen. Du ...«

Hannas Stimme übertönte die des Vaters. Sie schrie: »Das werde ich mir so nicht mehr länger anhören. Das ist doch nun wirklich nicht das Problem! Und, ich habe meine

Haare blond gefärbt, sie kurz geschnitten. Alle Leute hier sagen, ich sähe viel jünger aus. Der Altersunterschied wirkt sich optisch nicht aus. Weißt du, Abdou hat eine Hornbrille, er ist sehr groß und schlank, und er hat etwas Professorales, das macht ihn älter – wie auch seine Position!«

»Mein Gott, aber 21 Jahre jünger, er könnte dein Sohn sein! Was werden deine Kinder dazu sagen. Dein Sohn Maxi ist ja älter als dein zukünftiger Ehe…, als Abdou.«

»Na, wenn schon! Wir sehen den Altersunterschied anders. Wir haben beschlossen, ihn auf zehn Jahre festzusetzen. Abdou bleibt 38, ich werde 48! Fertig, aus! Und, Papa, vergiß nicht: Abdou sagt, wenn ich einmal alt bin, wird er für mich sorgen. Das ist in Afrika so. Am Ende meines Lebens werde ich in *seinen* Armen sterben. *Er* wird bis zuletzt für mich da sein. *So* müßt ihr den Altersunterschied sehen! Du, als Kaufmann, kannst doch auch rechnen – bitte erkläre das auch Mutti! Da müßt ihr glücklich sein, daß so für mich gesorgt ist in der Zukunft.«

»Als Kaufmann sehe ich das alles ganz anders. Da gehören erst einmal Verträge her, als Basis …«

Hanna unterbricht: »Aber die kommen doch; in etwa einem Monat, zu Beginn des Ramadan, werden wir heiraten. Mit Zeugen, vor einem Marabout, und dann gibt es auch eine Urkunde.«

»Das geht doch gar nicht. Erst mußt du von Richard geschieden sein und dann …«

»Nein, Papi, du täuschst dich, wir sind in Afrika. Die Männer können hier legal bis zu vier Frauen haben. Und man nimmt es nicht so genau. Wir brauchen nicht zu warten. Ich werde seine erste Frau, offiziell. Und ich habe mich entschlossen, ich gestatte Abdou seinen polygamen Status als Muslim, daß er später Kinder bekommen kann.«

Der Vater deckt mit der Hand den Telefonhörer ab und ruft ins Wohnzimmer: »Gisela, Hannas Freund kann bis zu vier Frauen haben. Stell dir das vor! Das kann man doch nicht aushalten. Eine von diesen ist dann unsere Hanna, nein ...« – und danach wieder ins Telefon gerichtet: »Was heißt ›offiziell‹, und wie werdet ihr heiraten, wenn er Moslem ist? Du bist doch Christin!«

»Papa, das stimmt schon alles. Es wird eine religiöse Feier geben. Dazu werde ich dann auch rechtzeitig vorher Muslimin werden; das geht schon – wir haben ..., wir glauben alle an den gleichen Gott.«

Wiederum deckt der Vater die Muschel des Hörers ab und ruft ins Wohnzimmer: »Gisela, sie will nun auch noch Muslimin, Muselmanin, oder wie das heißt, werden. Sie wird konvertieren. Hanna muß komplett verrückt geworden sein!«

Mutter: »Das kann doch nicht wahr sein. Das glaube ich nicht, mein Gott, wie kommen wir zu einer solchen Tochter!«

Und der Vater sagt erregt ins Telefon: »Das kann doch nicht dein Ernst sein. Hast du denn deine religiöse Erziehung ganz vergessen? Und wo ist dein Gewissen? Denkst du denn über die Dinge gar nicht mehr nach? Weißt du denn, was du deinen Eltern damit antust? Muslimin – wo dein Vater im Kirchenvorstand ist. Das ist ein Skandal, wenn das bekannt wird. Meine Tochter wird Muselmanin! Da kann ich mein Amt im Vorstand gleich aufgeben. Das ist unvereinbar. Mein Gott, Muslimin, meine Tochter wird Muslimin!«

»Papi, beruhige dich doch. Das ist doch nicht so schlimm! Du kennst den Islam ja gar nicht oder nur ganz wenig und kannst dir kein richtiges Bild machen.«

17

»Das will ich auch gar nicht. Mein Bedarf ist schon gedeckt, allein bei dem Gedanken, daß meine Tochter zum Islam übertritt. Da will ich mir nicht noch zusätzlich ein Bild machen! Vom Marabout vielleicht, wie er euch zu Eheleuten macht! Oder von der Moschee, in die du als Frau ohnehin nicht reindarfst? Kommt nicht in Frage, mir reicht's! An uns, und wo wir hier wohnen müssen, denkst du gar nicht. Auf uns braucht man keine Rücksicht zu nehmen. Wir sind ohnehin alt!«

»Papi, sei doch nicht so bitter. Aber es kommt doch auf *mich* an, es geht um mich, um *mein* Glück, nicht um euch!«

Die Mutter ruft vom Wohnzimmer: »Sag ihr, wir haben genug von den zerrütteten Ehen. Damit wollen wir nichts mehr zu tun haben. Und schon gar nicht mit islamischen Ehemännern aus Afrika. Uns reicht's!«

Der Vater zögert, atmet schwer und denkt ›Mein Gott‹. Wiederum ist das Knacken, das Rauschen da, und ferne Stimmen sind in der Telefonleitung, wenn auch undeutlich, zu hören. Ist etwa die Verbindung gestört, ist jemand durch Zufall in die Verbindung hineingeraten? Hat jemand mitgehört?

Hanna sagt in die Stille hinein: »Papi, sag doch was« – und – »ich möchte euch so gerne Abdou in eurem Haus vorstellen. Ihr werdet ihn mögen, da bin ich mir sicher. Dürfen wir beide im Frühling kommen und bei euch einige Tage verbringen?«

»Hanna, da kann ich mich jetzt nicht äußern. Wir, Gisela und ich, müssen das alles überdenken. Im Moment sind wir völlig fertig; es dreht sich in mir alles. Richard, Scheidung, ein schwarzer Schwiegersohn, der Altersunterschied, Hochzeitszeremonie im mohammedanischen Ritus, du als Muslimin – und das soll alles hier in unserer Kleinstadt auf den

Präsentierteller! Nein, wir müssen nachdenken, uns ist das so alles nicht recht. Es ist zwar *dein* Leben – aber vergiß nicht, *wir* sind es, die hier in der Kleinstadt leben müssen! Vielleicht im nächsten Jahr, wenn sich die Dinge etwas gesetzt haben.«

— 3 —

Als ich von dem Telefonat hörte, dachte ich, es ist zuviel: Ehebruch, schwarzer Freund, der inverse und immense Altersunterschied, die Konvertierung, das alles gleichzeitig als Unterbrechung beim Sonntagstee. Und die Eltern dann auch noch im konservativen Schleswig-Holstein. Das kann ich dem Leser in dieser Fülle so nicht zumuten. Er wird es nicht glauben. Nur wenige wissen, daß die Wirklichkeit fremdartiger sein kann als das, was die Schriftsteller ersinnen. Die Leser werden es für eine aufgebauschte Geschichte halten. Ware es deshalb besser, das abzuschwächen, was sich tatsächlich abspielte, damit es glaubwürdiger erscheint? Die Realität zu frisieren, daß sie angenommen wird? Wie einen gekämmten, auf die Haarfarbe seiner Begleiterin eingefärbten Pudel? Daß der Notar nicht nur in Paris studierte, sondern auch Europäer ist und weiß? Vielleicht sich als Angehöriger der französischen Botschaft in Bamako aufhält? Oder, wenn er schwarz bleibt, er der weitaus ältere ist? Das wäre normal. Ein älterer afrikanischer Herr mit gutem Beruf. Dann könnte er, was eine Alternative wäre, zum Christentum konvertieren. Aber solchen kirchlichen Einfluß glaubt man dann Hanna wiederum nicht.

19

Die Dinge hängen anscheinend zu sehr miteinander zusammen. Vielleicht ist es besser, zunächst einfach fortzufahren.

— 4 —

In der Folge erhielt ich von meiner Schwester eine Reihe von Briefen. Aus einem gebe ich einen Auszug wieder:

Liebes Bruderherz,

ein Traum geht in Erfüllung. Seit zwei Jahren entzückt mich der Charme, die Eloquenz, die Eleganz, die Seele dieses Mannes, ich liebe seinen Schritt, seine Stimme, alles.

Ich werde hier leben, mit Abdou, vielleicht auch nach Nouakchott in Mauretanien gehen, wo er sich um ein Zweijahresprojekt der Weltbank beworben hat. Wenn es klappt! Wir werden ein richtiges Eheleben, Zusammenleben haben und ich einen mich eifersüchtig bewachenden Mann. Ach, es ging alles so schnell: Nur weil ich zu meinen Gefühlen stand. Gefühle trügen nie! Man kann sie auch nicht wegrationalisieren.

Jetzt hast Du einen afrikanischen Schwager! Wie im Märchen scheint mir alles. Wir machen uns gegenseitig glücklich und gestehen uns auch ein, daß wir beide Angst haben.

In einem späteren Brief schrieb sie:

Das Leben in Bamako gibt mir täglich Möglichkeiten, unterschiedlichste Facetten meiner Person zu leben. Es gibt so viele Anfänge und so viele Brüche, so viele köstliche Augenblicke in unserer Beziehung, in einer neuen Begegnung zwischen Mann und Frau. Aber auch so viele schmerzliche und unerfreuliche Momente, weil ich mich manchmal als streng, prinzipientreu,

20

lehrerinnenhaft, arbeitgeberscheißmäßig, kolonial oder nur deutsch – effizient – arschlochig erfahre …

Vielleicht bin ich manchmal auch ein zu empfindlicher, leicht verletzbarer Mensch, der selbst, meist spielerisch eher, andere verletzt und aggressiv ist, weil ich mich, da in dieser afrikanisch-muselmanischen Umgebung ja ›nur‹ Frau, von vorneherein diskriminiert fühle …

Obwohl von Natur aus schreibfaul, habe ich geantwortet, Hannas Mut bewundert und viel Glück gewünscht.

Später lernte ich meinen afrikanischen Schwager bei einem opulenten Abendessen im gemeinsamen Haus des Ehepaares in Bamako näher kennen. Ein hochgewachsener, feinsinniger, intellektueller Afrikaner, in bestem Französisch temperamentvoll, aber auch subtil diskutierend. Der seine Freude an unserer Gesellschaft und den Genüssen der Küche offen zeigte. Und stolz war auf seine europäische Ehefrau! Ich begann, Hanna zu verstehen.

Danach schrieb sie wieder:

Hoffentlich geht es mit Abdou gut! Wenn nicht, kann ich auch meinen Weg allein gehen, sollten sich später unsere Wege trennen. Jetzt möchte ich ein Stück Leben mit Abdou teilen, für jemand sorgen, den das freut, der mich braucht. Abdou betet mit mir, führt mich ein in alles, was er liebt, beschützt mich.

Vielleicht ist es ja nicht nur ein Traum, daß ich mit ihm alt werden und, wenn die Stunde schlägt, aus seinen Armen die Erde verlassen darf.

Vier intensive Ehejahre hatte Hanna inzwischen mit Abdou in Bamako verbracht. Zu einem Besuch bei ihren Eltern war es bislang nicht gekommen. Aber es schien, als hätten sie sich mit der neuen Situation abgefunden. Solange der schwarze Schwiegersohn und Notar ihre Tochter gut behandelte. Und in Afrika blieb!

In jenem Sommer wurde Mali von einer außerordentlichen Hitzewelle überflutet. An vielen Tagen duckten sich Bamakos Häuser ermattet unter einem glühendheißen Wüstenhauch. Dem Harmattan. Es war, als ob sich ein Backofen geöffnet hätte. Fahlgelbe Sandschleier hingen in der Luft und versperrten den Blick in die Weite. Dann schien die Atmosphäre stillzustehen. Kein Blatt rührte sich in den wenigen, im Stadtgebiet vereinzelt stehenden Guavenbäumen.

Hanna hatte den Eltern erschöpft berichtet:

... Es ist wahnsinnig schwül. 4mal am Tag duschen. Abends gräßliche Viecher um die Lampen rum! Die Nächte unvermindert heiß, mit Ventilator aufs Bett gerichtet. Literweise kaltes Wasser im Magen ...

Auch ein Aufenthalt in Hannas Feriendomizil am Fluß schuf keine Erleichterung. Die trägen Fluten des Niger standen in ihrem breiten Bett wie eine sandfarbene, ölige Flüssigkeit. Darüber ein bleierner, tiefhängender Himmel. Auch die in diesem Jahr zu spät einsetzende Regenzeit brachte wenig Änderung. Die trockene Hitze war lediglich einer dumpfen, feuchtheißen Atmosphäre gewichen.

Es war am ersten Freitag im Juli, als Abdou unter mysteriösen Umständen zusammenbrach.

Hanna fand ihn in seiner kleinen, separaten Wohnung oberhalb des in der Stadtmitte gelegenen Notariats, in die er sich manchmal während seines Arbeitstages zurückzog. Am frühen Nachmittag eines schwülheißen Tages in der Regenzeit, an dem er nicht, wie verabredet, zum Mittagessen nach Hause gekommen war. Bewußtlos lag er auf dem Fußboden, vor einem aufgewühlten Bett und dahinter, in einer Ecke des Raumes, eine Zigarettendose, ein zerknülltes, blutbeflecktes Taschentuch sowie eine aufgerissene, leere Kondompackung! ›Précaution – SIDA‹ konnte man als knallroten, quer über die Packungsoberseite verlaufenden Aufdruck wahrnehmen. Auf dem Boden der anderen Seite des Zimmers halbhohe Aktenstöße, schon etwas vergilbt und die Aktendeckel aufgewölbt. Ein Teil der Akten war aus dem Band und der Lasche herausgeglitten, das die anderen Dokumente zusammenhielt. An diesen hatte Abdou erkennbar lange nicht gearbeitet. Auf einem anderen Papierbündel fand sich ein umgefallener Aschenbecher, der kalte Asche und zahllose halblange Zigarettenkippen auf den Steinboden ausgeschüttet hatte.

Die Polizei ging von einem Überfall aus, einem Kampf mit einem Eindringling, den der Notar offenbar überrascht und der sich vehement gewehrt hatte. Ja, so mußte es gewesen sein, denn Abdous Kleidung war sonderbar zugerichtet: Die geöffnete Hose war bis zu den Kniekehlen heruntergerissen, das Jackett neben den leblosen Körper mit nach innen gewendeten Ärmeln hingeworfen, das teilweise nach oben geschobene Hemd mit der geöffneten, noch um den Hals geschlungenen Krawatte verknüllt. Dazu der eigenartige, erstaunt-erstarrte Ausdruck im zur Seite gedrehten Gesicht.

Die spätere Überprüfung ergab überraschenderweise,

daß nichts fehlte. Das stand in eigenartigem Gegensatz zum Zustand des Zimmers. Der oder die Eindringlinge hatten den Tatort offenbar überhastet ohne Beute verlassen. Egal, das war jetzt unwichtig. Entscheidend allein war, daß Abdou auf schnellstem Wege ins Krankenhaus geschafft worden war. Mit Hilfe der zwei Notariatsgehilfen und seiner Sekretärin war es Hanna gelungen, Abdou in ihren Wagen zu hieven, der danach mit ununterbrochenem Hupton durch das nach der Mittagsruhe wieder einsetzende Verkehrsgewühl der Stadt zur Klinik raste.

— 6 —

Wie sich bei der ärztlichen Untersuchung herausstellte, war mutmaßlich ein von Geburt an vorhandenes Aneurisma – ein funktionsloser, im Nichts endender Seitenzweig eines Blutgefäßes – im Gehirn durch die Anstrengung des Kampfes wohl geplatzt. Ein hohes Volumen an Blut war im Kopf ausgetreten.

Die zur sicheren Diagnose notwendige Computertomographie konnte im Krankenhaus in Bamako nicht durchgeführt werden. Das sonst gut ausgerüstete und mit einer Reihe französischer Ärzte belegte Krankenhaus verfügte über ein solches Gerät nicht. Dieses war jedoch in der Universitätsklinik in Dakar, der Hauptstadt des Nachbarstaats Senegal, vorhanden. Auf der nahezu 30stündigen Autofahrt über die anfänglichen Waschbrettsandpisten, später dann asphaltierten Straßen war Abdou zeitweilig bei Bewußtsein. Allerdings ohne jegliches Gedächtnis für die

24

zu seinem Zusammenbruch führenden Umstände. Ein ganzer zusammenhängender Zeitraum davor war in ihm aus gelöscht.

Unglücklicherweise war der in der Universitätsklinik in Dakar vorhandene Computertomograph wegen eines benötigten Ersatzteils, das angekündigt, aber bislang nicht eingetroffen war, nicht einsatzfähig. Ein mitfühlender Arzt hatte Hanna zu trösten versucht und einen guten Ratschlag erteilt: Eine solche einwandfrei funktionierende Diagnosevorrichtung und auch ein effizientes Ärzteteam gab es im Krankenhaus in Rabat, in Marokko. In diesem war sogar schon der marokkanische König behandelt worden, und Rabat konnte in nur etwa zwei Flugstunden erreicht werden. Hanna hatte sich daraufhin zur Weiterreise entschlossen. Nach stundenlangem Warten in dem auf dem Flughafengelände in Dakar geparkten, feuchtheißen Krankenwagen war Abdou wieder bewußtlos geworden und über seine neben ihm sitzende Ehefrau gefallen. Dann konnte er, auf einer Bahre liegend, in das Flugzeug der ›Royal Air Maroc‹ geladen werden.

Nach der Absolvierung zeitraubender und mühevoller Einreise- und Zollformalitäten hatten sie es endlich in das Krankenhaus, einen gewaltigen Komplex ineinander verschachtelter, weißgetünchter Gebäude mit Flachdächern, geschafft. In eines der seltenen Einzelzimmer. Ja, es war ein apparativ gut ausgestattetes Krankenhaus mit freundlichen Ärzten. Aber lebensnotwendige Medikamente waren knapp oder nicht vorhanden. Es war Sache der Angehörigen, diese bereitzustellen, wenn man es konnte. Hanna gab auch hier nicht auf, sie kämpfte um das Leben ihres Mannes wie eine Löwin: Täglich überbrachte sie dem behandelnden Chefarzt für teures Geld in einer Apotheke erworbene

Antibiotika. Über permanent angeschlossene Infusionsschläuche wurden diese in den abgemagerten Körper des Patienten eingeführt. Neben dem Hanna den Rest des Tages, auf Besserung, ja ein Wunder hoffend, geduldig saß. Sie wußte, daß Abdou spürte, wenn sie seine Hand hielt. Und betete, daß wenigstens ein Teil ihrer Lebensenergie hierdurch in ihn hinüberglitt. Sonst war er verloren: Die Tomographie hatte den zuvor angenommenen Befund bestätigt. Wegen des enormen Anschwellens des mit eingesickertem Blut angefüllten Gehirns konnte, obgleich der Schädel zweimal geöffnet worden war, ein chirurgischer Eingriff, wie man Hanna sagte, »noch nicht« erfolgen.

Die letzten Wochen war Abdou ohne Bewußtsein. Sein skelettartiger Leib war auf sonderbare Weise abgekühlt und, von plötzlichem, unvermitteltem Zucken abgesehen, völlig leblos. Die gelegentlich aus den benachbarten Zimmern und angrenzenden, endlos scheinenden Korridoren gellenden markerschütternden Schreie und das dumpfe Heulen der dort aufgebahrten Kranken hat er wohl nicht mehr wahrnehmen können. Genausowenig wie die in den halbdunklen Gängen sitzenden tiefverhüllten Angehörigen der Patienten und die gelegentlich dazwischenhuschenden Ratten. Und die manchmal aus den Infusionsschläuchen herauskrabbelnden, metallisch glänzenden Käfer.

Nach Ablauf von sechs Wochen verstarb Abdou, nur 42jährig. In ein weißes Leichentuch eingehüllt, wurde er in Rabat beigesetzt.

Hanna lebt nun schon einige Jahre allein als Witwe in Bamako. Sie führt eine von der Erinnerung geprägte, zurückgezogene Existenz.

Kürzlich pochte es an ihrer Haustür. Eine auffallend hübsche, hochgewachsene Afrikanerin war gekommen, an der Hand einen etwa dreijährigen Jungen mit dunklen, lebhaften Augen. »Sie kennen mich nicht. Ich heiße Aischa Sidibé, und das ist mein Sohn«, sagte die Afrikanerin lächelnd. »Abdou ist sein Vater. Ich war mit Abdou zuletzt zusammen, als er plötzlich wie vom Blitz getroffen niederstürzte.«

Der mit dem Öffnen der Tür eingefallene Verkehrslärm war schlagartig verstummt und Hanna, wie durch ein unsichtbares Tor, wieder in die peinvolle Vergangenheit, in den so verhängnisvollen Tag, zurückgekehrt. Der Überfall, die rücksichtslosen Täter, ihr zusammengebrochener Mann, das ganze nachfolgende Unheil waren wieder in ihr Bewußtsein gerückt, in dem augenblicklich alles andere wie weggefegt, ja ausgelöscht war. Wie aus großer Entfernung hörte sie die Afrikanerin weiter sagen: »Einen Raubüberfall gab es bei Abdou damals nicht, wie sie es alle glaubten. Es war, ja es war ein tragischer Unfall bei der Liebe!« Da Hanna nichts erwiderte und auch sonst reglos schien, fuhr sie fort: »Als er völlig leblos blieb, bin ich in einen Schock, eine Panik geraten und habe sein Zimmer fluchtartig verlassen. Später beruhigte ich mich wieder und kehrte zurück. Da waren Sie schon bei ihm.«

Hanna war auf seltsame Weise unbewegt, ja wie versteinert. Mit weit aufgerissenen Augen starrte sie die

Afrikanerin ungläubig an und dann den kleinen Jungen, der an der Hand seiner Mutter ungeduldig zappelte.

»Ich kann dies nicht rückgängig machen«, sagte die Afrikanerin, und nach kurzem Zögern: »Können wir nicht, trotz allem, Freundinnen werden? Wir haben uns in guten Zeiten den gleichen Mann geteilt. *Ich* wußte dies. Es war sehr schmerzlich. Abdous Sohn ist ein Vermächtnis. Für uns beide!« Und nach einer kleinen Pause: »Wollen Sie vielleicht zukünftig sein Schulgeld bezahlen? Er soll eine Privatschule besuchen.«

»Treten Sie ein«, sagte Hanna tonlos.

Im Examen

Ich kann mich nicht konzentrieren, dachte Thomas. Wieder und wieder ertappte er sich, daß er aus dem Fenster den in den Zürcher Hauptbahnhof einfahrenden Zügen nachstarrte. Die von der Oberleitung auf den Stromabnehmer der E-Loks überspringenden Funken registrierte. Und darauf wartete, daß sich ein neuer Funken als gleißendes Licht bildete. Schon als Kind hatte er Freude an ein- und ausfahrenden Zügen gezeigt. Oft hatte er stundenlang am Bahndamm gesessen, um auf der eingleisigen Strecke das Heranbrausen der damals noch im Einsatz stehenden Dampfloks zu erwarten. Das Vibrieren der Schienen, lange bevor der Zug sicht- oder hörbar war, hatte ihn stets in eine besondere Erregung versetzt. Als die Lok dann endlich unter Ausstoßen schneeweißer Dampfballen vorübergekeucht war und sich das rhythmische Dröhnen der über die Schienenstränge ratternden Wagen in der Ferne allmählich wieder verloren hatte, konnte Thomas noch lange in Gedanken verloren sitzen bleiben. Es war ihm bis heute nicht bewußt, was es war, das ihn daran fasziniert hatte. Daß er auf etwas wartete, von dem er wußte, daß es eintrat? Die Gewißheit, daß es passieren würde? Gab ihm das Halt? Oder war es mehr die Vorfreude darauf, daß etwas Gewaltiges geschehen würde, an dem er, wenn auch nur mit einem kleinen Beitrag, eben dem Warten und Sehen, beteiligt war? Nein, weg wollte er nicht, er fühlte sich zu Hause geborgen. Unter der strengen Erziehung der Eltern litt er nicht. Es war kein Fernweh, kein Drang, sich woanders hinzubewegen, wozu der gewaltige Zug mit den angehängten Personenwagen seine verläßlichen Dienste angeboten hätte. Ich bin wohl mehr ein statischer Charakter, hatte er oft gedacht.

Thomas zog den Stuhl auf die vom Fenster abgewandte Seite und begann, müde auf die Bücher, Skripten und Notizen zu starren, die auf dem Tisch vor ihm lagen. »Ich muß meine Zeit wirklich gut nutzen. Eine dritte Chance hab' ich nicht.«

Kurz danach stand er auf, schlurfte in die Küche und setzte den gefüllten Teekessel auf den Gasherd. »Der schwarze Tee wird mir helfen, wach zu bleiben. Vielleicht kann ich doch noch mein Tagespensum schaffen, auch wenn es wieder bis spät nach Mitternacht wird.«

— 2 —

Thomas hatte ich über meinen Sohn Michael kennengelernt. Beide studierten sie damals Architektur im gleichen Semester an der ETH Zürich. Thomas, der einen uralten Golf-Diesel besaß, hatte meinen Sohn gelegentlich bei uns in München abgesetzt, bevor er zu einem Wochenende bei seinen Eltern nach Passau weiterfuhr.

Als ich ihn zum ersten Mal sah und er Michael beim

30

Hereintragen eines sperrigen Architekturmodells in unser Haus half, fand ich ihn gleich sympathisch. Ein liebenswürdiger, sehr höflicher junger Mann, Mitte 20. Vielleicht etwas weich, war einer meiner ersten Eindrücke gewesen. Eine Eigenschaft, die einem Architekten nur guttut!

Ob Michael dies auch in ausreichendem Maße hat? Als Bauherr – und da hatte ich eigene Erfahrungen – will man keinen Architekten, der einem den Bauplan aufzwingt. Selbst wenn er davon überzeugt ist! Schließlich möchte man in einem Haus wohnen, in dem man sich selbst wohl fühlt. Der Architekt wohnt ja nicht drin!

Thomas hatte sich danach nur noch kurz aufgehalten und in der Eile des Aufbruchs einen flauschigen, tiefschwarzen Baumwollschal vergessen, der noch immer in unserer Garderobe hängt. Zuvor hatte er eine halbe Colaflasche geleert, eine Banane und eine Tafel Schokolade für die Weiterfahrt gerne akzeptiert. »Um auf der Fahrt wach zu bleiben«, sagte er.

»Was meinst du, Michael«, fragte ich, als Thomas abgefahren war, »würde Thomas nicht etwas physische Aktivität guttun? Er ist sehr liebenswürdig und sympathisch, aber er hält sich schlecht. Dies fällt sofort auf, da er sehr groß gewachsen ist. Er machte auf mich auch einen nervösgehetzten Eindruck! Und trägt einige Kilos zuviel mit sich herum. Sollte er dich nicht gelegentlich zum Joggen oder zum Fitneßtraining begleiten?«

»Papi, das stimmt schon alles. Aber er hat jetzt keine einfache Zeit. Er hatte Pech in seinem Examen und muß wiederholen. Und die Umstände um ihn herum sind nicht besonders vorteilhaft.«

Die beiden Studenten hatten einige Zeit eine Wohnung in unmittelbarer Nähe des Zürcher Hauptbahnhofs geteilt. Im obersten Stock eines alten, angeschwärzten Mietshauses in der Neufrankengasse, die parallel zu den vielen Schienensträngen der SBB verläuft. Durch die bahnseitige Lage ließ sich das Gewirr der Gleise vollständig überblicken. An ein Öffnen der Fenster war anfangs nicht zu denken, da das dann intensive Dröhnen der schon verlangsamten Züge die Wohnung vollständig erfüllte. Erstaunlich war, daß sie sich bald mit Selbstverständlichkeit daran gewöhnt hatten, auch wenn die im Flur stehende verglaste Vitrine regelmäßig in hörbares Zittern geriet. Auch ein ungestörter Empfang des Fernsehprogramms in dem portablen Schwarzweißfernseher, der bessere Zeiten gesehen hatte, war kaum möglich. Die von den Oberleitungen überspringenden Funken lösten darin ein Gewirr von in kurzem Abstand aufeinanderfolgenden, nicht mehr enden wollenden schwarzen Streifen aus. Es gab aber auch Vorteile:

Die 2-Zimmer-Wohnung war gut geschnitten. Zwei gleich große, direkt aneinandergrenzende Zimmer lagen an einem Gang, der in einer Kochnische und daneben einem kleinen Bad mündete. Im Korridor stand neben der Vitrine ein hoher Eisschrank, daneben ein kleines Tischchen mit dem Telefon – für die gemeinsame Nutzung. Und, nicht zu vergessen, der für die Studenten sehr günstige Preis! Nicht nur des Alters des Hauses und seines heruntergekommenen Zustands wegen. Nein, die Lage am Bahnhof gab nicht mehr her – zumal es auch sonst nicht die beste Gegend war. Hier werden auch die Geschäfte der Huren mit ihren Freiern abgeschlossen. Eine rege Aktivität, die keineswegs nur in die Nacht verlagert ist.

»Die besten Geschäfte werden tagsüber gemacht«, sagte mein Sohn. »Die Geschäftsleute sind es, die in ihren Anzügen mittags aus den Banken und ihren Geschäften drängen. In der Mittagspause fällt es nicht auf! Und die Ehefrauen ahnen davon nichts, wenn die Männer, von ihrer Arbeit erschöpft, abends nach Hause kommen. Und brav vor dem Fernseher hocken!« Und, nach einem Zögern: »Ich sehe die Frauen oft. Beim Vorübergehen. Manchmal wechselt man sogar einen Satz. Sie wissen, daß man Student und kein Kunde ist. Es sind auch hübsche dabei, die Ausländerinnen vor allem. Aus Osteuropa, Rußland und Tschechien, aber auch Brasilien, der Karibik. Aber auch ungepflegte Schlampen, die sich bei Tageslicht nicht mehr sehen lassen sollten!«

Michael war mit Ablegung seines Diploms an der ETH aus der gemeinsamen Wohnung ausgezogen. Er bedauerte es ein wenig, denn er hatte sich mit Thomas gut verstanden. Erfahrungen ausgetauscht, Vorlesungen besprochen, Ängste vor den bevorstehenden Examen geteilt und oft bei einem späten Bier zu zerstreuen versucht. Wie auch die Furcht davor, wie es nach dem Studium weitergehen würde. Architekten wurden immer weniger gebraucht. »Und wer baut heutzutage noch anspruchsvoll, worauf unsere Ausbildung ausgerichtet ist? Aber zur Errichtung von kostenminimierten Massenbauten geben wir uns nicht her!«

Thomas war in der Wohnung geblieben. Er hatte im Examen, wahrscheinlich am kritischen Tag zu nervös, kein Glück gehabt und nicht bestanden. In Michaels Zimmer war danach eine Malerin eingezogen, der gute Kontakt zwischen Michael und Thomas aber nicht abgerissen.

Über die Zeit hatte sich Thomas an die neue Mitbe-
wohnerin gewöhnt. Maria hieß sie eigentlich, wollte aber
Naomi genannt werden. Ihr langes, etwas gekräuseltes
Haar war mit Henna gefärbt, und ihren wohl etwas fülligen
Körper hielt sie in langen, wallenden Röcken und einen
wogenden Busen in darüber fallenden Blusen verborgen.

Sie sahen sich nicht oft, aber regelmäßig, hatten sie doch
einen völlig verschiedenen Tagesrhythmus. Thomas zu
Hause, kaum das Zimmer verlassend, über den Büchern
brütend. Naomi, die ihr Atelier am Hönggerberg hatte, ver-
ließ die Wohnung täglich, wobei sie keine festen Zeiten ein-
zuhalten schien.

Wenn sie sich im Korridor zufällig trafen oder ein Tele-
fongespräch im Flur für den anderen bestimmt war, kam es
immer zu einem freundlichen Wort, einem aufmunternden
Satz von ihrer Seite. Manchmal auch zu einem kurzen
Gespräch. Naomi hatte eine positive Energie um sich, war
fast immer fröhlich und voller Projekte. Bilder, die sie sich
zu malen vorgenommen hatte! Der Übergang von ihrer
jetzt noch realistischen Malweise in eine mehr symbolhafte,
abstrakte Form, die sie anstrebte. Farben, die sie in ihrem
Nuancenreichtum erfüllten und die Vielfalt der Motive, die
sie in ihrer Umgebung, die Thomas als grau, schäbig und
abgestanden empfand, in sich aufgenommen hatte. Und
die sie in positive Darstellungen überführen würde. Auch
hatte sie geplant, später viel zu reisen. Das Spektrum an
Formen, Bewegungen, Farbe und deren Wechsel in der
Welt zu erspüren, ganz in sich eindringen zu lassen. Einem
Schwamm gleich würde sie alles aufsaugen, in sich bewah-

ren und zum richtigen Zeitpunkt aus sich heraus auf die Leinwand pressen. Das konnte sie sich in Öl genausogut wie als Aquarell vorstellen, wenngleich sie ersteres vorzog.

»Der Malerei in Öl gilt meine Konzentration«, sagte sie einmal zu Thomas. »Vielmehr, es ist meine Passion! Ich werde ein Leben lang damit zu tun haben. Es gibt hier kein Ende. Nur immer wieder einen neuen Anfang, eine Entwicklung, eine andere Phase – aber kein Ende!«

Ein anderes Mal war das Gespräch auf die Exotik in der Kunst gekommen. Thomas hatte sich gerade ein Kanne Tee gekocht, als Naomi nach Hause kam, und sie spontan zu einer Tasse Tee eingeladen.

»Entschuldige die Unordnung in meinem Zimmer«, sagte Thomas.

»Ich liebe die Unordnung, du solltest erst mein Atelier sehen!« Kein Problem also. »Wenn mir meine Unordnung, die Farben überall, zuviel wird, reise ich einfach ab. Eine Weile! Dann kann ich es wieder gut aushalten. Oder bleibe fort, wie Paul Gauguin, der in die Südsee abgehauen ist. So was kann ich mir auch für mich vorstellen. Es wird mich nur befruchten. Die Tropen vielleicht. Aber Lanzarote oder Gomera, die vulkanischen Inseln, die alle anziehen, sind für mich ohne Reiz. Ich werde noch etwas Ursprüngliches finden. Etwas Eigenes, das bin ich mir und der Kunst schuldig!«

In der Zeit, die solchen Gesprächen folgte, war Thomas von neuer Energie erfüllt, hatte wieder etwas Kraft zum Büffeln gefunden. Es gab eben auch andere, die ihren späteren Beruf mit etwas Besonderem erfüllen wollten. Das hatte er sich für sich auch vorgenommen. Und sich nicht ständig Sorgen um die schwierige wirtschaftliche Seite einer selbständigen künstlerischen Existenz machten. Das konnte dann bewältigt werden, wenn es soweit war. »Ja, der Architekt, ich meine, ein guter Architekt, ist auch ein Künstler«, hatte Naomi einmal gesagt. Das fand Thomas auch! Aber jetzt galt es, erst das Examen abzulegen. Darauf mußte er alle Kraft richten. Und sich allein darauf konzentrieren. Und Naomis Projekte nicht überdenken. Es waren ihre Projekte, ihre Ideen und nicht seine! Oder gab es da Parallelen?

Abends, vor dem Einschlafen, hatte Thomas sich mehr und mehr dabei ertappt, daß er in der Tat solche Analogien zu sehen begann. Wenngleich der Architekt mit geraden Linien und ohne Farbe zeichnet, war er nicht – in Maßen – auch frei, seine Bauprojekte selbständig und unabhängig zu entwickeln? Naturformen einzubeziehen, beobachtete Farben und deren Kombinationen in die Baukörper einzuarbeiten und für ungeahnte Harmonien zu sorgen?

Konnte Naomi ihm dabei vielleicht helfen? Er nahm sich vor, auch nach einem etwaigen späteren Auszug aus der Wohnung den Kontakt mit ihr nicht abreißen zu lassen. Vielleicht konnte man später sogar eine lose berufliche Verbindung eingehen. Ja, sie würde ihn inspirieren, mit aus anderer Richtung kommenden Anregungen zu seinen Entwürfen beitragen, verhindern, daß seine Konstruktionen nur Bekanntes, das Konventionelle widerspiegelten und, allmählich, unmerklich darin erstarrten. Es stimmte schon, die ETH vermittelte eine ausgezeichnete Ausbildung, das Handwerkszeug sowie fundierte theoretische Grundlagen und den konkreten Praxisbezug – unterstützt durch das sich nach dem Vordiplom anschließende obligatorische praktische Jahr. Wenn, ja wenn er das Examen bestünde, würde er darauf aufbauen. Aber das Gewisse, das Besondere, das Unverkennbare, den eigenen Stil, den er später zu entwickeln hoffte, hier war Einfluß von außen bedeutsam. *Da* lag Naomis Rolle!

Dann schloß Thomas vor sich selbst nicht mehr aus, später, nach seinem Examen, mit Naomi eine Kunstreise zu planen. Als er einmal »nur zum Spaß« dies vorsichtig ansprach, sagte sie: »Warum nicht? Ich bin schon mit einigen Männern gereist. Aber nicht immer hat es mich befruchtet! Mal sehen!«

Und hatte Naomi ihn dabei nicht in offener, ja einladender Weise angesehen? Ja, sie war eine aktive Frau! So wie er sich das vorstellte. Und auch attraktiv, fand Thomas, auch wenn sie ihren Körper kaum zeigte und damit seinen Phantasien allen Raum gab. Und das, obwohl das Hennahaar nicht seine Empfehlung gewesen wäre!

Zuletzt hatte er sogar von Naomi geträumt: Sie waren auf einer vulkanischen Insel – an einem tropisch-heißen Tag. Nach nicht enden wollendem, unerbittlichem Aufstieg zum Kegel des die Insel dominierenden Vulkans hatte er, schweißüberströmt, in ein gähnend schwarzes Loch gestarrt, aus dem schwefelige, intensiv gelbgefärbte Dämpfe aufstiegen. Das Gelb hatte zwischen zitronenfarben, maisgelb, dotterig, ocker bis zu einem schwach rötlichen Ton oszilliert. Dann hatte es zu sepiabraun und an den Rändern, dort, wo die Dämpfe und die klare Höhenluft ihre Grenzfläche bildeten, zu karminrot gewechselt. Eigenartig, dachte Thomas, daß sich die Folge der vulkanischen Ausdünstungen so sensitiv auf Naomi eingeregelt hat, deren Farbspiel sie auf ihre Bilder, vielleicht in abstrakter Weise, unmittelbar übertragen kann. Dazu die aschgrauen, manchmal auch erdbraunen und dumpf schwarz schimmernden Töne der Umrisse des Lavagerölls, das ihren Aufstieg so beschwerlich gemacht hatte, und, im kitschigen Kontrast, der azurfarbene, ja lapisblaue, völlig wolkenlose Himmel. Mit diesem ihn blendenden Blau fühlte sich Thomas betrogen. Naomi würde das so nicht auf die Leinwand übernehmen können. Der Wechsel der Farben zu intensiv, unausgewogen in den Intensitäten, unharmonisch, zu schroffe Übergänge. Jetzt war auch der beißende Schwefelgeruch nicht mehr auszuhalten! Als er sich zum Abstieg umwandte, war Naomi spurlos verschwunden.

—5—

Als er eines Abends Naomi mit einem dunkelhäutigen Mann im Gang begegnete, hatte sie Thomas nur knapp gegrüßt und war mit ihrer Begleitung rasch in ihrem Zimmer verschwunden. Thomas ging spät zu Bett – der Mann war aber noch nicht gegangen. Wie konnte dies sein?

Unruhig wälzte sich Thomas in seinem Bett hin und her, ohne in den Schlaf zu finden. Als er, endlich, am Wegdämmern war, glaubte er aus dem Nebenzimmer regelmäßige, rhythmische Geräusche zu hören, die über einen erheblichen Zeitraum andauerten. Als diese von einem lauten Stöhnen begleitet wurden, das Thomas nun deutlich vernehmen konnte, und in einem ekstatischen, langgezogenen und doch immer wieder neu angesetzten Schreien kulminierten, saß Thomas senkrecht im Bett.

So war an Schlaf nicht zu denken, zumal sich diese Geräusche noch dreimal in kurzen Abständen wiederholt hatten. Mit dem einzigen Unterschied, daß Naomi zuletzt in befreiender Weise, und genausolang andauernd wie zuvor, aufgelacht hatte. Als er ihre Zimmertür und darauf die Wohnungstür schlagen hörte, fuhren schon die Frühzüge im Hauptbahnhof ein. Erschöpft fiel er in einen traumlosen Schlaf, der, wohl aufgrund seiner Nervosität und Anspannung, viel zu früh zu Ende ging.

Der folgende Arbeitstag wurde für Thomas schwierig. Übermüdet, nervös, von einer seltsamen Unruhe ergriffen, war er nur wenig produktiv. Und hatte sein abgemessenes Tagespensum nicht erfüllen können. Dabei rückte das Examen immer näher. Naomi war ihm an diesem Tage nicht begegnet. Und auch an den folgenden Tagen nicht. Eigenartig! Ob sie, ohne es ihn wissen zu lassen, verreist war? Oder für einige Tage ausgezogen war? Daß letztere Version als realistische Möglichkeit erschien, quälte ihn.

Als Naomi ihm wieder begegnete, war es erneut in Begleitung des dunkelhäutigen Mannes, an dem Thomas nun lange, herabbaumelnde Rastazöpfe wahrnahm. Nach knapper formaler Begrüßung, an der sich der Rastamann nicht beteiligte, war Naomi auffällig schnell mit ihm in ihrem Zimmer verschwunden. Nach kurzer Zeit schon, obwohl es mitten am Tage war, tönten laute, abgehackte Wortfetzen aus ihrem Zimmer, die sich in einem immer schneller werdenden Takt steigerten. Zuletzt waren intensive Atemgeräusche hörbar und ein wohl vom Rastamann stammendes, lautes auf- und abschwellendes Stöhnen. Als dieses, scheinbar übergangslos, abbrach, ging kurz darauf die Tür. Thomas, der sich wieder gefaßt hatte, klopfte danach an Naomis Zimmertür. Es wurde nicht geöffnet!

Als Thomas über dem Baustatikskript aufschreckte, wurde ihm bewußt, daß er auf dieses schon eine Zeitlang gestarrt haben mußte, ohne die geringste Sachinformation aufgenommen zu haben. Ja, seine Gedanken waren woanders gewesen. Wie konnte Naomi ihm dies antun? Wo sie sich doch so gut verstanden hatten? Auf der künstlerischen Ebene jedenfalls, in Dialogen auch und überhaupt! Immer öfter hatte ihn die spätere Zusammenarbeit innerlich bewegt – und die gemeinsame Kunstreise. War Naomi wirklich so unsensibel, daß sie nicht sah, wie er litt? Oder war ihr das nicht wichtig? Gleichgültig sogar? Das wäre das schlimmste! Nein, das konnte und wollte er nicht glauben!

Als er auf die Uhr sah, merkte er, daß es nahezu Mitternacht geworden war. Er mußte über dem Baustatikskript eingedöst sein. Er konnte sich an nichts daraus erinnern. Der Schweiß brach ihm plötzlich aus. Er wußte, ein zweites Mal konnte das Examen nicht wiederholt werden. Er schlug die Bettdecke zurück, nahm ein Schlafmittel und eine halbe Tranquilizertablette.

In dieser Nacht quälte ihn erneut ein schwerer Traum: Er hatte den Zug aus der Ferne über einen langen Zeitraum herannahen sehen. Er wußte, wo er anhalten und wo er ihn erreichen würde. Er rannte, so schnell er konnte, kam der Haltestelle aber kaum näher. Der Zug hatte inzwischen angehalten und die Fahrgäste quollen heraus. Er würde noch etwas warten, hoffte er. Als er das Gedränge der ausgestiegenen Fahrgäste keuchend erreichte, hörte er den langgezogenen Pfiff des Stationsvorstehers. Der Zug setzte sich langsam in Bewegung. Das rhythmische Stampfen der Lokomotive war noch eine Weile zu hören, obwohl der Zug bereits aus seinem Gesichtsfeld geglitten war. Er hatte ihn versäumt. Es war nicht zu glauben! Er hatte den Zug versäumt! Versäumt, für immer!

Als er am Morgen aufwachte, fühlte er sich zerschlagen und zu konzentrierter Arbeit unfähig. Es würde wieder kein effizientes Studieren werden, wußte er. Ein weiterer nahezu verlorener Tag! Das konnte er sich nicht mehr erlauben. Er brauchte Ruhe, nächtliche Ruhe, innere Ruhe und Gelassenheit. An allem fehlte es. Vor allem an Gelassenheit! Als er auf seine Finger schaute, fiel ihm ein fast unmerkliches Zittern auf. So ähnlich war es gewesen, als er zum einzigen Mal in seinem Leben eine Dosis Heroin genommen hatte. Es war nicht die Droge gewesen, das wußte er. Aber sein schlechtes Gewissen vor sich, eine Angst auch, vielleicht durch zu strenge, konservative Erziehung bedingt. Solche Angst war jetzt wieder in ihm.

Er nahm sich vor, mit Naomi zu reden. Er wußte nun auch, ja das war es, daß sie ihm mehr bedeutete. *Er* paßte gut zu ihr, nicht irgendein Rastamann. Sie konnten etwas Gemeinsames aufbauen, jeder mit seinem gestalterischen Anteil. Architektur und Malerei würden sich gegenseitig befruchten und ergänzen. Vielleicht konnte man sogar ein gemeinsames Atelier mieten und zusammen nutzen. Was konnte ein Rastamann davon schon wissen? Und der Sex würde sich auch zwischen ihm und Naomi gut entwickeln. Das spürte er. Es würde alles gut werden. Wenn er mit Naomi gesprochen hatte. Wenn er sie nur allein antraf und wenn, ja wenn er sein Examen bestanden hatte.

— 6 —

Bevor sich die Gelegenheit ergab, die Malerin allein zu sprechen, war der Rastamann noch einige Male dagewesen. Bei Tag und bei Nacht. Mit einem Mal war er dann aber ausgeblieben!

41

Als Thomas Naomi zum ersten Mal wieder allein begegnete, strahlte sie ihn an und schlug die Einladung, auf eine Tasse Tee in sein Zimmer zu kommen, nicht aus.

Da Thomas immer mehr unter Zeitdruck geriet, kam er sofort auf den Punkt. »Du weißt gar nicht, wie ich in der letzten Zeit gelitten habe! Es geht mir so tief.«

»Sprichst du von deinem Examen?« fragte Naomi. »Steht es dir so sehr bevor?«

»Nein, das ist es nicht«, sagte Thomas und nach einigem Zögern, wobei ihm eine Röte ins Gesicht getreten war, »es ist deine Liebesaffäre – mit dem Rastamann!«

»Wie bitte? Liebesaffäre? Keineswegs! Davon kann keine Rede sein! Aber was geht dich das an? Ich bin doch ein freier Mensch, oder? Und dir zu nichts verpflichtet!«

»Das ist schon richtig«, seufzte Thomas. »Ich hatte nur gedacht, weil wir uns so gut verstanden hatten. Deine Malerei, die Architektur ...«

»Was hat das damit zu tun?« unterbrach ihn Naomi. »Wir können uns doch weiterhin gut verstehen. Was hat *mein* Sex mit *unserem* Verstehen zu tun? Oder der Kunst und meinetwegen der Architektur?«

»Naomi, du magst schon recht haben. Aber die Dinge liegen anders bei mir. Ich mag dich sehr gern, ich glaube«, und als Thomas innehielt, war ihm eine verlegene Unsicherheit anzumerken, »ich glaube, ich liebe dich.« Nun ist es heraus, dachte Thomas. »Das ist mir über die Zeit immer klarer geworden. Deshalb hat mir dein Sex mit dem Rastamann so weh getan.« Thomas sah nun angespannt und geradezu hilflos aus. Naomi schwieg.

Nach einiger Zeit sagte sie dann: »Was den Sex angeht, das ist bei mir wie Zähneputzen. Eine Art körperliche Hygiene! Das muß nicht immer Spaß machen. Aber man fühlt sich danach besser. Deshalb ist es mir, von Zeit zu Zeit, wichtig.«

Und nach einem kurzen Zögern: »Es ist mir wichtig, weil ich die innere Gelassenheit brauche, ein körperliches Gleichgewicht, um in der Kunst etwas schaffen, etwas gestalten zu können. Wenn ich verkrampft oder ungelöst bin, geht nichts. Das ist selbst schon meinem Kunstprofessor aufgefallen! Deshalb wirst du dich daran gewöhnen müssen. Ich will nicht, daß man an meinen Bildern sieht, daß ich verkrampft bin.«

Und nach einer kleinen Pause: »Dann, was die Liebe angeht. Ich liebe den Rastamann nicht. Es ist mit ihm auch ohnehin aus. Und dich«, und hier unterbrach sie und räusperte sich, »ja, und dich, ich schätze dich, du bist ein guter Typ. Aber Liebe, nein! Ich glaube, ich kann gar keinen Mann lieben!«

Als das Telefon im Flur läutete, stand Naomi auf und nahm den Hörer ab. Thomas hörte sie mit leiser Stimme reden, konnte aber nicht verstehen, was sie sagte. Danach schlug die Tür. Die Malerin hatte das Haus verlassen, ohne sich zu verabschieden.

—7—

Daß das Gespräch Thomas aufgebaut hätte, konnte man kaum behaupten. Im Gegenteil: Seine Unruhe, die Nervosität und ein noch zunehmender Mangel an Konzentrationsfähigkeit machten sich immer stärker bemerkbar. Er schlief schlecht, war oft über lange Phasen wach oder schreckte aus tiefem Schlaf, in den er endlich gefallen war, ohne erkennbaren äußeren Grund hoch. Seine Augen waren von dunklen Rändern umgeben. Zuletzt hatte er sogar einen säuerlichen Geruch, den er nicht kannte, an sich festgestellt. In diesem Zustand war er nun wirklich kein attraktiver Mann. Das mußte er sich selbst eingestehen.

Als er nach einem Tag des Brütens, aber auch Zeichnens mitten in der Nacht aus dem Schlaf hochgeschreckt war, spürte er augenblicklich, daß dies einen Grund hatte. Eine heftige Unruhe hatte sich seiner bemächtigt, als er aus Naomis Zimmer laute Stimmen und das Öffnen einer Sektflasche hörte. Kurz danach ächzte und knarrte es. Er fürchtete, bald würde es wieder zu heftigem Atmen, Stöhnen und ihrem Orgasmus kommen. Ob sie nun lachen oder erleichtert schreien würde, das war ihm gleich. »Wie Zähneputzen« nannte sie es. »Körperhygiene, die sie aus künstlerischem Antrieb brauchte«, irgendwie so hatte sie es dargestellt. Welcher Mann es dann war, darauf kam es ihr wohl nicht an.

Am Morgen traf Thomas, der gerade Tee kochte, auf Naomis neuen Liebhaber: einen breitschultrigen, muskulösen Burschen, der sich seine Kraft wohl im Fitneßstudio antrainiert hatte. Aus seinem halboffenen Hemd quoll ein dichter Busch dunkler Haare, der fast bis zu einer geschmacklosen Halskette hochreichte. Ein mediterraner Typ offenbar, sonnengebräunt.

Thomas hatte seinen ganzen Mut zusammengenommen und hörte sich sagen: »Bitte kommen Sie nicht mehr! Zu Naomi!«

»Und wieso?« sagte der Typ.

»Weil ich sie liebe. Auch wenn sie mich nicht liebt. Das wird sich aber noch einstellen.«

»Glaubst du das wirklich?«

»Ja«, sagte Thomas. »Und hier ist mein Ring«, flüsterte er, »von einem venezianischen Silberschmied«, wobei er einen massiven, feinziselierten Silberring von seinem Finger abzog. »Wenn Sie nicht wiederkommen! Ich bin Student und kann ihnen kein Geld geben. Bitte!«

»Du spinnst ja wohl«, sagte der mediterrane Typ, schob den Ring unbesehen in seine Jeanstasche und schlug wortlos die Wohnungstür hinter sich zu.

In der folgenden Nacht drang dröhnendes Lachen in sein Zimmer herein, Gläserklirren, und es wurden offenbar auch Möbel gerückt. Ein betäubender, wohl orientalischer Geruch war in sein Zimmer eingezogen. Danach ging ein Schieben und Scharren dem Stöhnen und heftigen Atmen voraus. Als es zum kritischen Punkt kam, hatte Naomi mit zuvor noch nie gehörter Intensität gellend geschrien. Und Thomas einen lang andauernden Orgasmus erfahren, der ihn entnervt, leer und voller Ekel vor sich selbst zurückgelassen hatte.

— 8 —

Als Michael nach einigen Wochen Thomas wiedersah, erschrak er zutiefst. Aufgedunsen, mit dunklen Augenringen, nervös und fahrig, so hatte er ihn noch nie zuvor gesehen. Geschweige denn während der einige Semester andauernden Zeit des gemeinsamen Wohnens in der Neufrankengasse.

»Weißt du, Michael, mit deinem Auszug hat alles angefangen. Naomi zog ein, du weißt, die Malerin. Wir haben uns gut verstanden, uns aneinander gewöhnt, und ich glaube auch, sehr gemocht. Ja, auch von ihrer Seite, glaube ich.«

»Ja, ist sie denn nun nicht mehr da?« fragte Michael.

»Nein, das ist es nicht. Sie ist da. Ganz oft. Mit Kerlen, die sie vögeln. Und ich muß mir das alles anhören! Die ganze Scheiße mit Keuchen, Stöhnen und langem Heulen oder Lachen am Punkt. Ganz wie es denen einfällt. Du weißt, wie dünn die Wände hier sind.«

»Dann mach eben das Fenster auf, wenn der Typ kommt. Dann hörst du nur noch die Züge ein- und ausfahren. Dagegen kommt der intensivste Orgasmus nicht an«, sagte Michael und lachte.

»Michael, bitte! Mir ist es ernst. Die Frau bedeutet mir etwas, sie bedeutet mir ganz viel!«

»Thomas, nimm doch Vernunft an! Du mußt jetzt dein Examen bestehen. Und sonst gar nichts! Wenn du es wieder nicht schaffst, ist alles vorbei!«

Und nach einer Stille und einigem Zögern sagte Michael: »Das beste ist, du ziehst aus. Das kannst du sonst nicht aushalten! Diese Naomi macht dich kaputt. Ich helf' dir, ein anderes Zimmer zu finden. Überleg's dir und entschließ dich, am besten sofort. Viel Zeit bleibt dir nicht.«

»Das kann ich nicht«, sagte Thomas. »Dann ist sie verloren, auf Dauer. Das will ich nicht. Ich habe Zukunftspläne mit ihr, das kannst du ruhig wissen!«

»Thomas, tickst du denn noch richtig? Wenn sie wenigstens attraktiv wäre! Du hast ja jeglichen Realitätsbezug verloren. Du wirst doch dieser Schlampe nicht deinen Beruf opfern? Einer Frau, die jede Woche mit einem anderen schläft! Da kannst du ja gleich zu einer Hure gehen und mit der Zukunftspläne machen!«

Wenngleich Thomas sich über das Gespräch mit Michael Gedanken gemacht hatte, so gut es ging, wollte er doch nicht ausziehen. Es hatte ihn auch verletzt, daß Michael die Malerin »diese Schlampe« genannt hatte. Sie stand ihm nahe – und das hätte er respektieren müssen. Und daß er sie mit einer Hure verglichen hatte, das ging zu weit. Ja, und brauchte man denn vor Huren keinen Respekt zu haben? War es denn schlecht, mit mehreren oder vielen Männern zu schlafen? Als Beruf, zum Geldverdienen? Wenn die Familie oder ein uneheliches Kind zu versorgen waren? Waren nicht die, die mittags zu einer Hure gingen, am Ende doch die besseren Ehemänner? Die ihre Frauen sonst nicht betrogen und ihren Freunden nicht die Frauen ausspannten. Da sollte es sogar Statistiken geben! Und warum konnte die Malerin nicht mit Männern zusammensein und stöhnen, wie sie wollte, wenn es ihre Kreativität förderte? Und dies zu entspannten Bildern führte! Nein, irgendwas stimmte so nicht. Seine Gedanken begannen sich im Kreise zu drehen. Ja, es traf zu, er war in keinem guten Zustand. Und hatte lange abstinent gelebt, zu lange, um all das Geschehen im Nebenzimmer zu verkraften. Das ihm den Schlaf raubte, wenn er endlich in diesen gefallen war. »Da kannst du ja gleich zu einer Hure gehen«, hatte Michael gesagt. Das saß!

Danach war in Thomas' Leben etwas mehr Stabilität eingezogen. Die Malerin hatte eine Studienreise zum Malen in den Libanon angetreten. Vor seinem Examen wurde sie nicht zurückerwartet. Thomas gelang es nun wieder, sich etwas besser zu konzentrieren. Endlich konnte er sich zwingen, das Tagespensum, koste es, was es wolle, zu schaffen. Und sogar etwas an Versäumtem aufzuholen. Er hatte sich auch entschlossen, mittags sein Zimmer auf einen schnellen Lunch regelmäßig zu verlassen und dabei etwas frische Luft zu schnappen. Dies tat ihm sichtlich gut!

Auf dem Nachhauseweg ertappte er sich, daß er jetzt auch die hier und da herumstehenden Frauen beachtete. Sie waren nicht schlecht, das wußte er nun. Und was war schließlich dabei, wenn sie eine soziale Funktion gut ausfüllten! Und Erleichterung, ja einen Moment an Glücksgefühl in eine sonst langweilige Bankexistenz am Schalter brachten. Als Kassierer immer nur fremdes Geld auszahlen! Da konnte man solches auch mal mit gutem Gewissen für sich selbst ausgeben. Und seinen harmlosen Spaß haben.

Ein anderes Mal war ihm eine Frau mit hellrotem Haar aufgefallen. Ob sie es wie die Malerin mit Henna färbte? Als er sie darauf ansprach, spürte er eine plötzliche Erregung in sich, die er nicht erwartet hatte. Kurze Zeit später war er ihr um einige Ecken herum gefolgt und starrte gebannt auf die Bewegung ihres Pos in den zu knappen Jeansshorts, als sie langsam vor ihm die Treppe hochstiefelte. Dort angekommen, entledigte sie sich sofort ihrer Bluse und faßte sich von unten über ihre enormen Brüste, die in dunkelgefärbten Titten ausliefen.

»Wie möchtest du's denn, Kleiner?« sagte sie und sah Thomas herausfordernd an.

»Wie du's am besten bringst«, hörte sich Thomas zu seinem eigenen Erstaunen sagen.

»Ich kann dir alles machen. Du mußt dich nur trauen! Bisher bist du immer vorbeigegangen. Aber heimlich geschaut hast du schon öfter.«

Inzwischen hatte sie ihre hochhackigen Cowboystiefel mit beiden Händen abgezogen und sich aus den Shorts geschält. Als die Frau ihre Schenkel zu Thomas hin öffnete, sah er, daß der fleischfarbene Slip vorne einen breiten Schlitz hatte, aus dem ihn ihr Geschlecht anstarrte.

»Das machen wir gleich so«, sagte sie, »leg dich hin, ich besorg's dir schon!« Und fügte mütterlich hinzu: »Zu einem Tarif für Studenten, denn das bist du doch, oder?«

Als Thomas danach allein die Treppe hinunterstolperte, wußte er, daß dies seine einzige Erfahrung dieser Art bleiben würde. Das schäbige Zimmer! Der darin hängende säuerlich-schweißige Geruch. Ihr billiges Parfüm! Die über dem Lederpuff liegende Peitsche! Vor allem aber das Gefühl, daß an diesem Tage wahrscheinlich schon eine Reihe Männer in der Frau gewohnt hatten. In der gleichen Frau! Auch wenn sie einen höheren, den vollen Preis zu zahlen hatten, das war ihm jetzt gleich. Und auch, daß sie ihn mütterlich behandelt hatte. Ja, wenn das seine Mutter wüßte! Daß ihm eine Zürcher Hure am hellichten Mittag einen Orgasmus verpaßt hatte. Obwohl es anfangs bei ihm gar nicht so recht hatte klappen wollen. Nein, solcher Erfahrung, ja eine Erniedrigung war es doch, würde er sich nicht mehr aussetzen. Auch nicht mit Naomi, der Malerin. Wo war denn der Unterschied? Die ließ doch auch wahllos Männer in ihren Leib! Zu Zwecken der Kunst! Oder des

Geldverdienens? Eine nicht lizenzierte Prostituierte. Das machte jetzt keinen Unterschied mehr. Letztlich wollte sie auch nur ihre Bilder besser verkaufen. Wenn sie unverkrampfter, gelöster war. Ihre wahllosen Sexbekanntschaften hatten, zumindest indirekt, eben auch mit Geldverdienen zu tun! Und dann hatte Michael auch recht gehabt. »Da kannst du ja gleich zu einer Hure gehen.«

Das war er nun. Damit war er durch! Und mit der Malerin auch. Auf ihn hatte sie auch keine Rücksicht genommen. Ja, brutal hatte sie auf dem Höhepunkt geschrien. Gellend! Und laut gelacht. Wann sie, nach seinem Examen, aus dem Libanon zurückkommen würde, das interessierte ihn nicht mehr. Er würde danach ohnehin ausziehen. Dann war er erlöst. Selbst wenn er das Ein- und Ausfahren der Eisenbahnzüge und das Überspringen der elektrischen Funken vermissen würde.

— 11 —

Als Thomas an diesem Tag nach Hause kam, fand er zwischen Postwurfsendungen eine Ansichtskarte im Briefkasten. Von Naomi aus dem Libanon! In überlangen Druckbuchstaben hatte sie quer über die Rückseite geschrieben: »Mein Lieber, ich hab's mir überlegt! Die nächste Reise werde ich mit Dir antreten! Naomi«.

Wütend zerriß er die Karte in tausend Fetzen. Es fiel ihm danach ein, daß er deren Vorderseite nicht gesehen hatte. Es war ihm gleichgültig. Einige Zeit später hatte er es sich anders überlegt und begann die Papierschnitzel einzeln aus dem Papierkorb zu fischen. Beim Zusammenlegen des Puzzles blickte Thomas in einen tiefblauen Himmel und auf eine sich darunter abzeichnende schroffe Bergkette mit schneebedeckten Gipfeln. Im Vordergrund wurden zwischen Zedern und Zypressen verstreute Teile zerborstener Säulen sichtbar, deren feingemeißelte Kapitelle unversehrt geblieben waren. Die Bauherren, die den Tempel errichten ließen – das war es wohl gewesen –, mochten geglaubt haben, dachte Thomas, daß dieser die Zeit überdauern würde. Welche Illusion! Ein Erdbeben, ein verlorener Krieg, ein aufgezwungener anderer Glauben – und vorbei ist's mit dem Tempel. Es ist halt nichts von Dauer, bestätigte Thomas sich selbst. Die Mühe, das Mosaikbild umzudrehen, um noch einmal den Text der Postkarte zu lesen, das graphische Druckbuchstabenbild auf sich wirken zu lassen, dazu hatte Thomas keine Lust mehr.

— 12 —

Sein Examen hat Thomas bestanden, heiratete bald danach und ließ sich in der Nähe von Passau als diplomierter Architekt ETH nieder. Der Umbau ländlicher Stadel und alter Bauernhäuser, in denen die »Stoderer« aus Passau, Deggendorf oder Regensburg fürs Wochenende oder auf Dauer einziehen, beschäftigt ihn hauptsächlich. Dafür lassen sich auch die Bauern, manchmal beim Weißbier nach dem sonntäglichen Kirchgang, interessieren. Baut er doch solide, festgefügt, ohne Experimente – und bodenständig, wie die dortige Bevölkerung. Gut, man kann auch an einen

Bauernhof einen Glaswintergarten anfügen oder ein Solardach aufsetzen, aber es muß sich in die Ruhe der niederbayrischen Landschaften einfügen. Mit mir, sagte er einmal, gibt es keine Risiken, Brüche, Widersprüche oder Sonderwege. Seine Frau Ulrike stammt übrigens auch aus der Gegend, aus Viechtach. Sie arbeitet als Assistentin eines Landtierarztes. Manchmal packt sie mit an, wenn die Kühe kalben. Enorm, was so eine zarte Person leisten kann! Thomas kannte sie schon aus der Volksschule.

Zu meinem Sohn hat Thomas den Kontakt verloren.

Die Fürstin

—1—

Maximilian und Johanna, Fürst und Fürstin zu R., habe ich auf eigentümliche Weise kennengelernt. Seit Wochen hatte ich in der Süddeutschen Zeitung unter der Rubrik »Verschiedenes« inseriert, um unsere Anteile am Golfclub in H. zum Verkauf anzubieten. Am Golfsport wie an den Leuten des Clubs hatten wir jegliches Interesse verloren und hofften, durch den Verkauf das Geld für die nicht unbeträchtliche Einlage zurückzuerlangen. Der dazu eingeschlagene Weg erschien erfolgversprechend: waren doch mit einer gewissen Regelmäßigkeit gleichartige Angebote unter dieser Rubrik zu finden. Eigenartigerweise stieß jedoch gerade ich auf keine Reaktion.

Eines Abends, gegen 21 Uhr, und ich erinnere mich an den Anruf noch sehr gut, war Maximilian am Telefon und erkundigte sich nach den Anteilen des Golfclubs, dem Preis und ob er gegebenenfalls verhandelbar sei – ich war entzückt! Um so enttäuschender fand ich es dann, in Maximilian nur den anderen Anbieter der Mitgliedschaft im Golfclub in H. kennenzulernen, der von Zeit zu Zeit – ebenfalls ohne jegliche Reaktion – inserierte. Er wollte lediglich Erfahrungen austauschen.

Auf diesen Schreck hin verabredeten wir uns auf einen

53

Drink – und fanden weitere Gemeinsamkeiten heraus: Halbwüchsige Kinder in der Ausbildung, Freude am Tennissport und Bergsteigen, am Reisen und an Geselligkeit. So haben wir uns über die Jahre hin sehr angefreundet. Ein Kapital an Freundschaft war mir über das Inserat zugeflossen, dessen Wert ich beträchtlich höher als den unserer Mitgliedschaft im Golfclub schätze, dessen Anteile sich weiterhin, da offenbar unverkäuflich, in meinem Besitz befinden.

Maximilian und Johanna bewohnten, damals noch mit ihren vier Kindern und einigen Dienstboten, ein auf einer Anhöhe im Schwäbischen sich majestätisch erhebendes Schloß. Durch den großzügigen Garten mit alten Eichen- und Buchenbäumen ist es dem unmittelbaren Blick entzogen. Davor ein grünlich schimmernder, etwas verlandeter Teich mit einer kleinen Insel und einem Blockhaus, erreichbar durch ein auf das Ufer gezogenes Ruderboot. Die geradlinige, beidseitig mit Pappeln bestandene Auffahrt zum Schloß teilt sich am Teich, läuft beidseitig um diesen herum und endet vor dem Schloßportal, dessen beide Flügel mit dunkelverfärbtem Kupferblech beschlagen sind.

Ein Relikt aus einer anderen Zeit! Hatten die Fürsten zu R. es doch schon über fast drei Jahrhunderte verstanden, den Besitz mit den dazugehörigen Ländereien in der Familie zu halten: Wald vor allem, aber auch ausgedehnte Wiesen und Ackerflächen sowie eine Fischzucht, über die man von den auf der Rückseite des herrschaftlichen Anwesens befindlichen Terrassen und Balkonen den Blick schweifen lassen konnte. Das ›Forsthaus‹ mit der darin befindlichen fürstlichen Administration und ein stattliches Sägewerk sind dagegen, da im Wald gelegen, den Blicken verborgen. Als zieme es sich nicht, zu sehen, wo das zum

Erhalt des Schlosses und des angemessenen Lebensstils der großbürgerlichen Familie erforderliche, gewiß beträchtliche Einkommen erarbeitet wird.

Maximilian wurde in diesem Schloß geboren, wie sein Vater und Großvater zuvor auch schon. Wie diese hat er im Schloßpark gespielt, im Sommer im Teich gebadet und im Blockhaus auf der Insel seine ersten, abenteuerlichen Nächte im Freien verbracht. Durch die abgelegene Lage des Anwesens wurden seine dörflichen Freunde anfangs von deren Eltern vorgefahren, später radelten sie aus den umliegenden Dörfern an. Maximilian besuchte die Volksschule und dann das Lyzeum in der benachbarten Kreisstadt D., in die ihn Wolfgang, der Chauffeur – auch aus Gründen der Sicherheit – brachte und daraus auch wieder abholte.

Durch den unerwarteten, da viel zu frühen Tod des Vaters übernahm Maximilian die Ländereien und die Administration des beträchtlichen Familienbesitzes schon als sehr junger Mann. Nach Ablegung des Abiturs hatte er gerade eine Banklehre begonnen, als ihn die traurige Nachricht erreichte. Nach deren Abschluß, ohne daß er das geplante Studium der Volkswirtschaft absolvierte, hatte er sich den familiären Pflichten nicht entzogen. Er bejahte diese auch, wohnte gern im Schloß und freute sich, als Johanna, eine schlanke, musisch-feinsinnige, aber auch etwas sportliche junge Frau aus guter Familie seinen Heiratsantrag annahm und zu ihm zog. Sie war die erste Frau in seinem Leben. Seine noch nicht alte Mutter, die an der Wahl seiner Ehefrau hinter den Kulissen nicht unbeteiligt gewesen war, zog sich weise in einen Seitenflügel des Anwesens zurück. Und tat alles, um sich in das junge Glück – aber auch die wirtschaftlichen Belange der familiären Unternehmungen – nicht einzumischen.

Eine Bilderbuchfamilie in großbürgerlichen Verhältnissen, hatte ich gedacht, als ich zum ersten Mal auf den Besitz der Fürsten zu R. eingeladen worden war. Maximilian und Johanna traten bescheiden auf. Im Umgang mit ihren Freunden waren sie äußerst liebenswürdig, liebevoll und feinfühlend. Und achteten auf die Familientradition großzügiger Gastfreundschaft, der sie eine eigene Prägung gaben: Einmal im Jahr wurden die halbwüchsigen Kinder der Freunde zu einem mitten im fürstlichen Wald stattfindenden Zeltlager eingeladen. An großen nächtlichen Lagerfeuern wurden Fisch und Wild, das das Forsthaus spendiert hatte, gebraten, Wald- und Orientierungsläufe veranstaltet und unter der Anleitung des jungen Försters das Wild beobachtet, und es wurde geangelt. Zumindest unsere Kinder kehrten begeistert zurück! Deren Eltern wurden regelmäßig, zwei- oder dreimal im Jahr, zu festlichen Essen ins Schloß gebeten, wobei livrierte Bedienstete in weißen Handschuhen eine nicht endende Folge an Köstlichkeiten aus eigenen Gärten, Wald und Teichen auftrugen. Daneben aber auch zu einem gelegentlichen Wohltätigkeitskonzert oder –basar. Tradition hatte auch der alljährliche Kinoabend: Maximilian und Johanna mieteten das Kino der benachbarten Kleinstadt, um für ihre Freunde und Bekannten einen Filmabend zu gestalten: Akira Kurosawas *Die sieben Samurai*, *Casablanca* mit Ingrid Bergman und Humphrey Bogart oder Stanley Kubricks *Space Odyssee* – nun auch schon ein Klassiker – sind mir in Erinnerung.

Als Ruth, meine Frau, und ich Maximilian und Johanna zuletzt besuchten, waren wir auf dem Wege zu einer ›runden‹ Geburtstagsfeier meines Bruders. Dieser, Professor für Informatik in Tübingen, hatte zu einem festlichen Abendessen eingeladen. Für uns eine gute Gelegenheit, dies zu einem Abstecher ins Schwäbische zu nutzen. Maximilian und Johanna hatten wir schon etwa ein Jahr nicht mehr gesehen. Immer war etwas dazwischengekommen: ein wichtiger Prozeßtermin, die Geburt des ersten Enkelkinds, meine Knöcheloperation. Um so mehr freuten wir uns, daß unser mittäglicher Besuch Maximilian und Johanna paßte; die Einladung zum Mittagessen hatten wir gerne akzeptiert.

Wie gewohnt nahmen wir auf der Terrasse einen trockenen Sherry mit Käsegebäck und wurden dann in das Herrenzimmer geleitet, in dem für uns festlich gedeckt war: ein hoher Raum mit mahagonigerahmten Ahnenbildern und stirnseitig einem eindrucksvollen Granitkamin, vor dem in zwei Käfigen giftgrüne Papageien saßen.

Danach zog man sich zu Kaffee und Cognac in ein gemütliches Wohnzimmer zurück. Nachdem sich Maximilian wegen eines dringenden Geschäftstermins schon zuvor verabschiedet hatte, blätterten wir mit Johanna in den Familienalben. Ihre vier Kinder waren groß geworden, zum Teil verheiratet und mit eigenen Kindern schon, so daß die Fotos beachtliche Ansammlungen von Personen aus drei Generationen wiedergaben. Die älteste Tochter war in Australien gut verheiratet, mit deren Mann sich Maximilian besonders gut verstand. Mit ihm und Maximilians einzigem Sohn Georg war er kürzlich beim Hochseefischen gewesen. Das Foto zeigte die Männer mit breitkrempigen Hüten neben einem erlegten Riesenthunfisch mit auf diesem stolz aufgesetzten Angeln. Davor hatten Maximilian und Johanna, diesmal mit einem befreundeten Ehepaar, die polynesische Inselwelt bereist.

»Wie aufmerksam von euch«, sagte ich zu Johanna, »daß ihr uns mit dem traditionellen Weihnachtsfamilienfoto an der Entwicklung von euch allen so regelmäßig Anteil nehmen laßt« und »Was seid ihr doch für eine großartige Familie; leider ist es mir ja nicht gelungen, meine Lieben so zusammenzuhalten. Laßt uns auf dich und Maximilian anstoßen«, sagte ich und hob das Cognacglas.

Danach war es plötzlich still geworden. Johanna setzte ihr Glas nur langsam ab und starrte ins Leere. Dann sah sie zuerst mich, dann Ruth eindringlich an und sagte nach einigem Zögern: »Großartige Familie! Leider stimmt das nicht mehr. Maximilian hat eine Freundin. Schon seit fast einem Jahr! Er plant auszuziehen.«

Ich faßte Johannas Hand, stand auf, umarmte und küßte sie sanft auf die Wange.

»Das tut mir so leid für dich, Johanna, und für euch alle. Ich kann es gar nicht glauben!«

»Ich auch nicht«, sagte Johanna. »Es ist furchtbar! Ich weiß noch nicht einmal, wie es anfing!«

»Wer ist denn die Freundin? Weiß sie denn, welch wunderbare Familie sie zerstört?« fragte ich.

»Wahrscheinlich schon. Sie kam aus Düsseldorf: gelernte Soziologin, die ihren Beruf aber nie ausübte. Drei gescheiterte Ehen hat sie bereits hinter sich! Wenn ihr so wollt, eine Femme fatale. Sie wird auch Maximilian in sein Verhängnis ziehen! Ich glaube nicht, daß sie ihn liebt. Sie ist ohne Besitz und offenbar aus ihren Ehen ohne besondere Versorgung entlassen worden.« Und nach einiger Zeit: »Ich glaube, Maximilian ist für sie *die* Chance: der Name, die Tradition, das Geld, eine Versorgung, wenn sie alt ist! *Das* will sie. Der Rest interessiert nicht!«

»Johanna, und eure Kinder?« fragte ich. »Halten sie zu dir? Setzen sie dem Vater nicht zu?«

»Doch, schon. Sie haben alles versucht, wie ich auch. Es war bisher zwecklos!« Johanna war aufgestanden, zum Kamin getreten und hatte einen der Papageien geneckt, was der andere mit eifersüchtigem Schwatzen aufmerksam verfolgte. Dann setzte sie sich wieder, und nach einigem Zögern sagte sie: »Es ist auch für Maximilian nicht einfach gewesen, immer nur die familiäre Linie zu leben. ›Ein zu R. tut das nicht‹, pflegte sein Vater wieder und wieder zu sagen. Das behütete Elternhaus und dann, durch den frühen Tod des Vaters, ohne Übergang der abrupte Einstieg in die familiären Betriebe.«

Sie räusperte sich, schenkte Cognac nach und fuhr fort: »Er hat in diesem Sinne keine normale Jugend gehabt, kein freies Studentenleben! Einmal über die Stränge schlagen können, etwas Verrücktes anstellen!«

Und indem sie uns beide anschaute und dann Ruth an die Hand faßte: »Weißt du, ich war auch Maximilians erste Frau. Er hatte kein Vorleben! Und dann kamen unsere Kinder sehr bald, die er liebt. Eins nach dem anderen. Er war immer, und wohl auch gerne, in der Pflicht!«

»Aber dann paßt das doch nun gar nicht zusammen! Ich meine seine Freundin? Mein Gott …«

Hier wurde ich von Johanna unterbrochen. »Ja und nein! Maximilian hat Nachholbedarf. Er ist jetzt wie von Sinnen! Er meint, er ist es sich schuldig, zum ersten Mal in seinem

Leben so zu handeln, allein so, wie *er* es will. Und er läßt sich deshalb nicht dreinreden! Wir sind alle machtlos!«

— 3 —

Das festliche Geburtstagsmahl zu Ehren meines Bruders, der einige Professorenkollegen und ansonsten unsere in all ihren Verästelungen auch zahlreiche Familie eingeladen hatte, standen Ruth und ich wie im Trancezustand durch. Die auf ihn gehaltenen Reden erschienen uns eigenartig, ja ohne Gewicht und ohne jegliche Gewähr auf die Zukunft. Wie schnell und unvorhersehbar konnte alles umschlagen! Auch wenn kein konkreter Anlaß zu solcher Annahme bestand. Aber hatte das, was mit Maximilian nach langer, und wie wir alle angenommen hatten, erfüllter Ehe vorgekommen war, irgend jemand erwartet? Niemand!

— 4 —

Wieder in München zurück, entschloß ich mich, Maximilian zu schreiben. Aufgrund eigener Auszugserfahrung. Darin hieß es:

Lieber Maximilian,

wir hatten keine Gelegenheit, über die Dinge zu sprechen, die Dich in diesen Tagen, ja schon seit einiger Zeit sehr bewegen und Dich, Johanna und einen Dritten, Deine Freundin, betreffen.

Johanna öffnete ihr Herz, nachdem Du abgefahren warst, und ich meine Überzeugung, daß Ihr eine so wunderbare Familie seid, wiederholt hatte.

Du weißt, lieber Maximilian, daß es auch in meinem Leben einen Riß gibt, ich einen Menschen verlassen habe, mit dem ich viele gute Jahre verleben durfte, und so das Wechselbad der Gefühle durchlebte, in dem Du Dich befindest. Aus diesem Grunde bitte ich um Nachsicht, wenn ich mich einmische, was beabsichtigt ist, Stellung beziehe, ohne Partei zu nehmen. Gerade in dieser Situation fühle ich mich Euch besonders nah, als Euer Freund, im Vergleich zu der guten Zeit, in der Ihr und wir mit Beruf, Familie, unseren Partnern … uns in langen Lebensphasen befunden haben.

Lieber Maximilian, zunächst, es steht mir nicht zu, Dir einen Ratschlag zu geben. Schon gar nicht kann ich einen Lösungsvorschlag machen – vielleicht wäre er sogar unerwünscht. Aber vielleicht ist meine Meinung aus der Distanz, meine Lebenserfahrung für Dich ein Mosaikstein für das Bild, das Du Dir machen mußt. Deshalb schreibe ich Dir.

Anfangen will ich mit Deiner Johanna, meiner Sicht, vom kleinen Detail zum Wesentlichen. Solange wir uns kennen, 15 Jahre oder mehr, hat sie es nicht versäumt, ausführlich zu Weihnachten zu schreiben und persönlichen Kontakt zu halten. Immer, auch wenn wir uns hier und dort nur in größeren Abständen sahen, war sie eine großartige, elegante, fröhliche und liebevolle Frau an Deiner Seite. Ich hatte Dir, Maximilian, angemerkt, daß Du auf sie stolz warst, daß Ihr ein Paar wart und darüber hinaus das, was ich – und ich bin mir sicher – viele Eurer Freunde/Bekannten so empfunden haben, eine wunderbare Familie.

Es mag mir nicht in meinen Kopf, daß Ihr das in Zukunft nicht mehr sein wollt oder werdet. Und daß Euer stilvoller Rahmen nicht mehr von dem Flair, der Geschichte und der Verbundenheit einer homogenen Familie erfüllt sein soll.

Wir, und ich glaube, daß viele Eurer Freunde/Bekannten es auch so sehen, wären so dankbar, wenn Ihr es schaffen würdet, den Weg zueinander wieder zu finden.

Einem neuen Menschen zu begegnen, in einer späteren Lebensphase oder wenn man in unbefriedigender Bindung ausharrt, ist etwas Wunderbares! Es geht eine Faszination von ihm aus, etwas, das man so nicht erfahren durfte, vielleicht gar nicht wußte oder glaubt, längst eingebüßt, auf Dauer verloren zu haben. Es scheint, als ob sich ein schwerer, dunkler Vorhang gehoben hätte, der bisher alles verstellte. Man fühlt sich verstanden, mag Pläne schmieden, neue Wege begehen, manchmal auch aufregende, erfüllende Sexualität erfahren, die es lohnend erscheinen läßt, Altes, »Erstarrtes« zurückzulassen. Darf man einer solchen Versuchung, ja Kostbarkeit, wenn sie einem begegnet, widerstehen – hat man nicht die primäre Verantwortung für sich, die Verpflichtung, für sich selbst zu sorgen? Um durch die zuwachsenden Energien Kräfte für ein erfülltes, positives Leben zu gewinnen? Und, wahrscheinlich trifft man einen solchen Menschen doch nie wieder!

Aber, womit wird bezahlt? Sicher mit einem Bruch der Familie. Das ist das Vordergründige! Zwar wohnen die Kinder nicht mehr im Hause; trotzdem ist es meine Meinung, daß sie mit zunehmendem Alter der Eltern an Bedeutung gewinnen. Keineswegs aus materiellen Gründen oder vielleicht sogar wegen einer dann notwendigen Pflege. Nein, auf einer anderen Ebene.

Das Auseinandergehen der Eltern löst, oft, Loyalitäten der Kinder aus – auf unterschiedliche Weise. Bei einem engen Tennisfreund von mir derart, daß seine beiden Kinder sich kaum mehr melden oder zugehörig fühlen, weil sie das Verhalten des Vaters mißbilligen oder vielleicht auch weil sie die Lebensgefährtin des Vaters nicht akzeptieren. Unter diesem Verlust leidet mein Freund sehr.

*Dann, auch wenn man, oder ich sollte besser von mir spre-
chen, nachdem ich meine neue Lebensgefährtin gefunden hatte,
die ich liebe und mit der ich oft glücklich bin, packt mich doch
immer wieder die Sorge um den Menschen, den ich zurückließ.
Kann ich denn richtig glücklich sein, wenn der Mensch, der mir
lange Jahre wichtig war, es nicht ist oder wird? Das ist sicher die
Frage, Maximilian, die Du Dir stellen wirst, inwieweit Du glücklich wirst, wenn Du Johanna, die Dich über all die Jahre treu
begleitet hat, am Wege zurückläßt.*

*Schwierig ist auch, hat man sich mit einem anderen Menschen
eingelassen, daß plötzlich auch dort Verantwortung auftaucht.
Man fragt sich, fürchtet, was geschieht, wenn man zu vielleicht
dort gegebenen Versprechen nicht mehr steht? Hat Deine Freundin für Dich Dinge aufgegeben, für die sie erwarten mag/kann,
daß Du zu ihr stehst? Wird sie vielleicht krank, solltest Du zur
Familie zurückgehen?*

*Meine unmaßgebliche Meinung ist hier, daß sich solche
Fragen und Verantwortungen immer nach beiden Seiten stellen,
und wenn dies so ist, die Priorität, wenn man sich der Verantwortung stellt, bei der älteren, bewährten Lebensverbindung
liegt. Denn der später hinzugetretene Mensch weiß um die beste
hende Beziehung, die Familie und auch, daß man darin manchmal, phasenweise, nicht so glücklich ist oder Konflikte hat und in
solcher Zeit vielleicht Zusagen macht, die man – mit Abstand –
manchmal rückgängig machen will oder muß.*

*Maximilian, verzeih mir nun doch einen kleinen Ratschlag
zum Schluß. Solltest Du ausziehen wollen, willst Du vielleicht
überlegen, daß Du am dritten Ort   alleine – zunächst wohnst?
Das war meine Lösung und die Monate/Jahre allein waren für
mich, meine Entscheidung, meinen inneren Frieden wichtig. …*

Einige Tage später erreichte uns Johannas Anruf.
»Maximilian hat sich sehr über deinen Brief gefreut, der ihn

berührte. Er ist aber inzwischen ausgezogen. Ich werde auf ihn warten, zumindest solange ich es durchhalte ...«

— 5 —

Maximilians Leben veränderte sich danach auf dramatische Weise. Er war mit der Soziologin, Alexa N., in eine gemietete Wohnung nach Stuttgart gezogen. Die geschäftige Stadt würde für Anregungen und Abwechslung sorgen, vor allem aber den notwendigen Abstand verschaffen. Zumal er weiterhin die Führung der familiären Betriebe in den Administrationsgebäuden, in unmittelbarer Nähe des Familiensitzes, wahrnahm. Aus dem täglichen Fußweg dorthin war nun jeweils mehr als eine Stunde Anfahrt in seinem Landrover geworden. Ab und zu erschien er überraschend im Schloß zum Mittagessen, hatte sich aber strikt ausbedungen, daß »das leidige Thema« nicht zur Sprache komme.

Alexa hatte solche Besuche mit Kritik zur Kenntnis genommen. Sie fand dies »inkonsequent«. Als Mann sollte Maximilian nun auch zu den getroffenen Entscheidungen stehen!

Abends und am Wochenende gingen sie häufig aus: ins Kino oft, Theater und Oper gelegentlich. Am Essen in schwäbischen, aber auch italienischen und griechischen Restaurants hatten sie Spaß. An guten Gerichten, ohne selbst kochen und abwaschen zu müssen! Das war Maximilian ja auch früher abgenommen worden.

Inzwischen waren einige Monate ins Land gegangen.

64

Ein gewisser Alltag hatte sich eingestellt. Der frühere repräsentative, gesellschaftliche, großbürgerliche Rahmen, den Maximilian gewohnt war und mit dem Alexa gerechnet hatte, war ausgeblieben. Anders als Alexa es erwartet hatte, war Johanna im Schloß verblieben und hatte auf ihr Schreiben, doch in absehbarer Zeit Konsequenzen zu ziehen, nicht reagiert. Auch hatte ihr Liebhaber bislang keine Anstalten gemacht, seine verlassene Ehefrau zum Auszug zu veranlassen. Gesellschaftliche Anlässe fanden nicht statt: Zum einen fehlte es hierzu am äußeren Rahmen, zum anderen an den festlichen Gästen. Ja, es war eine Tatsache, daß sich Maximilians zahlreiche Freunde und Bekannte größtenteils zurückgezogen hatten! Einige entschuldigten sich mit ständigen beruflichen Terminen und ihrer generellen geschäftlichen Anspannung. Andere hatten nun mehr mit gesundheitlichen Störungen zu kämpfen und waren deshalb nicht abkömmlich. Manch einer verwies offen auf seine Loyalität zu Maximilian *und* Johanna und bat um Verständnis, daß es nur möglich sei, Maximilian *ohne* Begleitung zu sehen. Es gab auch solche Freunde, die ihre Ablehnung von Alexa N. unverblumt formulierten und sich von Maximilian völlig zurückgezogen hatten, dagegen mit Johanna weiterhin Verbindung hielten.

Auch Maximilians Kinder ließen keinen Zweifel daran, daß sie an der Seite der Mutter stünden und Alexa nicht zur Kenntnis nähmen. Sie besuchten ihre Mutter wieder häufiger, quartierten die Enkelkinder in den Ferien im Familienschloß ein und versuchten, ihr mit Telefonanrufen, Karten und Briefen Kraft zu geben.

Johanna hatte sich vorgenommen, dies alles, solange sie es konnte, durchzustehen, um Maximilian eine eventuelle Rückkehr im Guten zu ermöglichen. Aber die Zeit und die

Umstände nahmen ihr Kraft. Dazu trugen auch Maximilians eigenartig verlaufende, gelegentliche Mittagessenbesuche im Schloß bei, bei denen es ausschließlich zum Austausch von Belanglosigkeiten gekommen war. Johanna war nach solchen Besuchen noch über Stunden in Tränen aufgelöst, ja zuletzt einem Zusammenbruch nahe.

Zunehmend wurde sie nun auch von Zweifeln gequält, ob dieses Aushalten noch Sinn mache, ja ein späteres Zusammenleben mit Maximilian ihr noch möglich sei, sollte er wieder zur Vernunft kommen und zu ihr zurückkehren. Warum sich dann weiter in den hohen Räumen, auf den breiten Treppen und vor den mächtigen Kaminen quälen? In einem Schloß, in dem ihre Schritte seltsam hallten und wo sich nachts belastende, unheimliche Ruhe auf die Gemächer herabsenkte, die ihr gespenstisch erschienen. Und dazu immer vor den Bediensteten eine Rolle zu spielen, immer Fassung zu bewahren und die von ihr als Zwang empfundene Notwendigkeit, den herrschaftlichen Rahmen, zumindest äußerlich, weiterhin mit Stil auszufüllen.

— 6 —

Als das Telefon in Maximilians und Alexas Stuttgarter Wohnung nach dem Abendessen läutete, hatten sie keine Lust, den Hörer abzunehmen. Zu erregt waren sie beide! Daß Maximilian bislang noch nicht an Scheidung gedacht, geschweige denn diese eingereicht hatte, war ihm von Alexa temperamentvoll vorgehalten worden.

»Du stehst nicht zu mir«, hatte sie geschrien, »du willst

dir nur Rückzugslinien offenhalten! Ich habe dies schon seit langem gespürt! Das finde ich mies und treulos!«

Daß Maximilian die mit Johanna gemeinsam gehaltenen Konten nicht inzwischen getrennt hatte, fand sie auch nicht in Ordnung. Dabei war es unerheblich, daß er auch ihr, Alexa, im begrenzten Rahmen darüber Vollmacht erteilt hatte. Alexa fand gerade in solcher Beschränkung eine weitere Bestätigung ihres Mißtrauens, Maximilian dagegen anstößig, mit welcher Leichtfertigkeit und in welchem erheblichen Umfang Alexa sich bereits daraus bedient hatte.

Das Telefon war inzwischen verstummt, um kurz darauf ebenso quälend wieder langanhaltend zu läuten. Als Maximilian endlich entnervt den Hörer hochriß, hörte er ohne ein Wort zu sagen aufmerksam zu und legte dann den Hörer, noch etwas benommen, wortlos auf den Apparat zurück.

»Johanna hat einen Nervenzusammenbruch erlitten! Dr. A., unser Hausarzt, ist bei ihr. Ich muß sofort los«, sagte er tonlos. Das Blut war aus seinem Gesicht gewichen.

Auf der rasanten Autofahrt durch die Nacht hatte Maximilian einen Zusammenstoß mehrfach nur knapp vermieden. Zu sehr war er in Gedanken versunken. War sein Fortzug, die Aufgabe der Familie, der Freunde, die zunehmend erkennbar gewordene Isolierung mit Alexa dies alles wert gewesen? Das hatte er sich anders vorgestellt! *Johanna* hatte keine Vorwürfe erhoben, nicht gedroht, ja sogar etwas Verständnis gezeigt. Und mit Geduld, Ruhe und in Freundschaft auf seine Rückkehr gehofft. Und nun war es zu ihrem Zusammenbruch gekommen! Dafür würde man ihn, selbst wenn es nicht offen ausgesprochen wurde, verantwortlich halten.

Er wußte nun: Er mußte die Dinge überdenken. Am

besten für einige Tage, wenn es Johanna wieder besser ging, allein verreisen, um Abstand zu gewinnen: Abstand für eine endgültige Entscheidung, um die er sich bislang gedrückt hatte.

Als er im Schloß eintraf, war der Hausarzt gerade am Gehen.

»Ihre Frau braucht absolute Ruhe! Ich wiederhole, absolute Ruhe. Auch vor Ihnen! Eine Begegnung mit Ihnen *jetzt* würde den Heilungserfolg ernsthaft in Frage stellen.«

Als Maximilian endlich an Johannas Krankenbett vorgelassen wurde, waren drei Tage vergangen, die er in nervöser Anspannung im Schloß verbracht hatte. Er fand Johanna mit nun wieder guter Gesichtsfarbe und äußerlich scheinbar gelassen vor.

»Maximilian, gut, daß du da bist. Ich wollte schon einige Tage vor dem Zusammenbruch mit dir reden: Es gibt, auch bei mir, eine Grenze. Diese hast du weit überschritten. Mein Zusammenbruch ist nur *ein* Zeichen dafür. So etwas wird sich nicht wiederholen.«

»Johanna, das habe ich so nicht gewollt, ich glaubte ...«

»Aber in Kauf genommen«, unterbrach ihn die Fürstin. Sie atmete nun tief ein und strich sich die Haare aus der Stirn, bevor sie fortfuhr: »Ich bin mit dir innerlich fertig. Fühle dich völlig frei – für deine andere Frau. Dazu habe ich lange gebraucht. Wahrscheinlich zu lange! Dafür ist mein Entschluß gereift und sorgfältig bedacht. Maximilian, niemals hätte ich angenommen, daß du mich so langanhaltend quälen würdest.« Und nach einem Zögern: »Um unsere Trennung werden sich die Anwälte kümmern! Wenn alles geklärt ist, werde ich hier ausziehen. In diesem Schloß hält mich nichts mehr. Unternimm keinen Versuch, mich umzustimmen! Es wäre zwecklos! Und nun laß mich bitte alleine!«

Wie ich später erfuhr, hatte Maximilian, bevor er den Wagen am Folgetag nach Stuttgart zurücklenkte, eine weitere, durchwachte Nacht auf dem Familienbesitz verbracht. Johanna hatte ihn trotz seiner inständigen Bitte nicht mehr empfangen.

Sie hat mich ja nie richtig angehört, oft kaum zu Wort kommen lassen. Sie ist eben sehr dominant, vielleicht war es das, dachte Maximilian, was mir so zu schaffen machte. Und monatelang immer diese überlegte, angestrengte Geduld, das gespielte großmütige, fast mütterliche Verständnis, das endlose Auf-ihn-warten-Wollen, das *ihn* belastete. Hätte sie ihn doch angeschrien, ihre Empörung gezeigt, einen Auftritt losgetreten, dann hätte er sich wehren, die Dinge, die ihn schon lange störten, klar zur Sprache bringen können. Und das letzte Gespräch: Knapp, schroff, kühl, unzugänglich, ja unnahbar war sie gewesen. *Das* war ihre wirkliche Natur. Es gab keinen Zugang mehr, alles war versperrt. Nun wollte auch *er* keine Fortsetzung der zuletzt unerträglichen Verhältnisse. Es war *endgültig* Schluß!

Die Zukunft ist Alexa, ich muß nur voll zu ihr stehen. Meine Zwiespältigkeit und mangelnde Entschlußkraft hat sie zu Recht beanstandet. Daß ich mich voll und ganz zu ihr bekenne, mich eindeutig für sie entschieden habe, werde ich jetzt klarmachen. Es wird sich über die Zeit auch das Verhältnis mit den Kindern und einem Großteil der Freunde wieder normalisieren. Alles wird gut werden!

Im Blumenladen an der Ecke erstand er eine Armbeuge langstieliger Rosen und trat damit in den Flur des Apartmenthauses ein. Wie von einem schwer auf ihm lastenden

Alptraum befreit, schritt er rasch an der Reihe der Brief-
kästen vorbei, aus denen Postwurfsendungen und die
wöchentlichen Stadtbezirkszeitungen herausquollen. Er
wickelte die Blumen aus dem Papier und bestätigte sich,
daß es ein prachtvoller Strauß tiefroter Rosen war, deren
schweren Duft er genußvoll einsog. Er hatte gut gewählt,
und Alexa würde überrascht sein. Sie hatte die Blumen ver-
dient! Die Rosen waren ja auch ein Symbol der Versöhnung,
der endgültigen Parteinahme in den zuletzt etwas verwor-
renen Umständen, der Ausdruck, daß er sie aufrichtig liebte. In ungeduldiger Vorfreude nahm er jeweils zwei Trep-
penstufen auf einmal und war etwas außer Atem, als er die
Wohnungstür aufschloß. Sie ist ausgegangen, dachte er, als
er den Schlüssel im Schloß zweimal umdrehen mußte.

Als er öffnete, sah er, daß im Wohnzimmer ein Großteil
des Mobiliars ausgeräumt worden war. Sämtliche Schub-
laden der beiden Nußbaumkommoden waren herausgezo-
gen und fanden sich auf dem Parkettboden wieder, wo
zuvor eine Perserbrücke gelegen hatte. Maximilian fiel
sofort auf, daß die Silberrähmchen fehlten, die bisher die
Oberseite des Sekretärs dekoriert hatten. Die Fotos seiner
Kinder, der Eltern und des von ihm besonders verehrten
Großvaters waren in einem kleinen Stapel darauf aufge-
schichtet. Auch die silberne Zigarettendose mit seinen auf
dem Deckel eingravierten Initialen vermißte er. Ich rauche
ja nicht, wird Alexa gedacht haben, und es war ohnehin ein
Geschenk von ihr, dachte Maximilian. In den Bücherschrän-
ken waren die zurückgelassenen Bücher reihenweise in die
nun freigemachten Räume umgestürzt.

Als er in das Schlafzimmer eintrat, sprangen ihm die
weit offenen Türen von Alexas Kleiderschrank ins Auge –
alles leer! Ein Geruch nach Staub und stehender dumpfer

Luft hing in den Räumen, die sich trotz der offenen Zimmertüren ersichtlich nicht bewegt hatte. Auf der Ablage ihrer Ankleide lag ein Briefumschlag.

Erschöpft ließ er sich auf dem Stuhl davor niederfallen und verbarg seinen Kopf in beiden Händen. Wie von ferne hörte er, wie unten die Straßenbahn schwer in ihren Schienen ratterte, und es schien ihm, als ob der Fußboden des Altbaus zitterte. Oder war es in ihm, nur in ihm, daß alles ins Schwanken und Schwimmen geraten war? Wie konnte er nur den Rest des Tages bewältigen, die Tage und Wochen, die folgten? Es würde noch dauern, bis die Nacht kam – die nichts zuzudecken vermochte.

Denn es gab Nina

—1—

Als meine heißgeliebte Mutter starb, war ich sehr glücklich. Längst hatte sie den Kampf gegen den Lungenkrebs verloren, der ihr zuletzt den kümmerlichen Rest eines einzigen Lungenflügels belassen hatte. Mit dem sie kaum atmen, geschweige denn ausreichend Sauerstoff erlangen konnte. Am Vorabend ihres Todes hatte ich – durch eine Geschäftsreise einige tausend Kilometer entfernt – immer wieder und ausdauernd gebetet: daß ein gütiger Gott, eine höhere Macht, wenn sie denn existiert, unsere Mutter endlich von ihren Qualen erlösen und sie in ein anderes Leben gnädig aufnehmen möge. Als ich viel später in den Schlaf fand, war der schon Jahre zuvor verstorbene Vater in meinem Traum erschienen. Das war zuvor äußerst selten passiert. Hoch aufgerichtet stand er in einem wundersamen braunen Anzug in einer großen Pforte, reglos, stumm, geradeaus schauend, wartend, während gleichzeitig ein intensives, gleißendes Licht neben ihm durchbrach. Durch diese Helligkeit war er, obwohl mir nah, nur wie aus großer Entfernung schemenhaft sichtbar.

Als mich am Morgen der Telefonanruf des Bruders mit der Nachricht weckte, daß Mutter verstorben sei, wußte ich, daß mein Vater gekommen war, um sie abzuholen. Ein am Ende versöhnliches Bild einer nicht immer harmonischen Beziehung, ein Bild, das ich gern in mir aufbewahre. Abzuholen, wohin?

Bis dahin kannte ich das Gefühl nicht, zugleich glücklich und tieftraurig zu sein, so wie es einem heiß und kalt den Rücken herunterlaufen kann. Und befreit fühlte ich mich. Weil *sie* es endlich war. Und meine Geschwister. Von der Angst um die Mutter und ihrer erforderlichen Pflege, in der wir uns im letzten Jahr abwechselten. Für sie zu sorgen war uns allen ein Bedürfnis gewesen. Nun war es auch nicht mehr nötig, wichtige Entscheidungen, ja die eigenen Lebensplanungen mit den Eltern zu erörtern. Manchmal war dies in der sicheren Annahme geschehen, daß sie keine Billigung finden würden. Man hat sich dann trotzdem so entschieden, aber mit schlechtem Gewissen. Jetzt waren beide Eltern tot. Was ich noch nicht wußte: Sie blieben so lebendig! Ihre leise innere Stimme verstummte nicht, bei allen wichtigen Entscheidungen war sie zu vernehmen. Wenn ich nur hinhörte.

Es war ein umfassendes Abschiednehmen. Nun stand auch unser Elternhaus zum Verkauf, in dem die Mutter nach dem Tod ihres Ehemanns bis zuletzt gelebt hatte. Meine Geschwister hatten sich, wie auch ich, aus dem kleinen Ort in Schleswig-Holstein längst wegorientiert, der reizvollen Natur seiner Umgebung, da er keine wirklichen beruflichen Möglichkeiten bot. Wir brauchten das Geld aus dem Verkauf und waren nicht bereit, den schönen Besitz nur für gelegentliche Besuche oder einige Ferienwochen zu halten. Trotzdem machte mir, der ich mit der Abwicklung des Verkaufs beauftragt war, die Endgültigkeit der Aufgabe des Elternhauses innerlich schwer zu schaffen. Abgesehen von meinen Erinnerungen aus Kindheit und Jugendzeit:

Ein solches Anwesen war nicht mehr zurückzuholen, sollten wir dessen Abgabe später bereuen. Direkt am Wald gelegen, blickt man aus dem reetgedeckten Haus über den nach vorn angrenzenden See, dessen gegenüberliegendes Ufer unter Naturschutz steht. Im hohen Schilf, den Binsen und dem sich nach hinten anschließenden sumpfigen Unterholz nisten zahlreiche Vögel, die sich durch Spaziergänger aufscheuchen lassen und die Stille des Sees mit empörtem Gezwitscher unterbrechen. Auch einen kleinen Badestrand mit Steg gibt es, von dem wir von klein auf in das weiche, etwas moorige Wasser des Sees hinausschwammen. Und noch öfter war ich mit unseren zwei gräßlich gefährlich aussehenden Boxerhunden, in denen ihr spielerisch friedfertiges Gemüt nicht zu vermuten stand, in den rückwärtigen Wald zu ausgedehnten Spaziergängen aufgebrochen. Die führten durch das Unterholz und den lichten Mischwald in ausgedehnte Wiesen, kleinere Ackerflächen und Pferdekoppeln, die sich durch längs und quer verlaufende Hecken gegeneinander abgrenzen. An dem in Mäandern laufenden, mit Erlen gesäumten Bach hatte ich manchmal gesessen und dem langsam fließenden Wasser, den Schmetterlingen und den überall schnüffelnden Hunden zugesehen.

»So ein Besitz ist selbst in Schleswig-Holstein selten. Der Verkauf wird kein Problem sein«, sagte Stefan, der Architekt. Ich war mit ihm schon seit Studienzeiten, genaugenommen seit dem Sommer 1983, gut bekannt. Der Onkel eines Freundes, der in der Seniorenmannschaft unseres Tennisclubs spielte. Stefan hatte damals schon ein Büschel schlohweißer Haare auf seinem kantigen Schädel, eine dicke Hornbrille auf und eine durch nichts zu brechende, optimistische Fröhlichkeit, die er auf unser aus Studenten gebildetes Herrenteam übertrug. Väterlich-freundschaftlich fühlte er sich für uns alle mitverantwortlich. Oft hatte er uns in der Saison 1984 in seinem VW-Bus nach Eutin, Bad Schwartau, Bramstedt, Elmshorn, Ahrensburg, Hamburg-Volksdorf, Kiel und anderswohin transportiert, wo wir unsere Turnierspiele austrugen. Mit beachtlicher Anteilnahme folgte er dem Ablauf der Spiele, flüsterte beim Platzwechsel gutgemeinte Ratschläge zu und wartete geduldig den nicht immer erfolgreichen Ausgang ab. Um uns Spieler danach in seiner Etagenwohnung, wenn es notwendig war, wieder moralisch aufzurichten. Mit einigen Kästen Jever-Pils! Und den, dem dies zu herb oder bitter war, mit Becks.

Aufgrund solcher Vorgeschichte stand es für mich auch noch im Jahr 2003 außer Zweifel, daß ich Stefan mit der Erstellung eines Gutachtens zum Wert des Anwesens und als treuen Makler mit dessen Verkauf beauftragen würde. Damit wollte ich den Geschwistern und mir selbst fachliche Kompetenz sichern. Aber auch meinen Dank für eine schöne, längst vergangene Tenniszeit abtragen, zu der er mir

76

und den Clubkameraden verholfen hatte. Es konnte sein, daß Stefan solche späteren Aktivitäten in seinem geschäftlichen Gespür vorausgesehen und vorbereitet hatte. Wahrscheinlich stand schon zu erwarten, daß der eine oder andere aus unserem studentischen Team im späteren Berufsleben Erfolg haben könnte. Ob nun die pragmatisch-strategische Sicht der Dinge zutraf oder ob Stefan damals einfach nur Freude an uns sportlichen Burschen entwickelte, mir war's egal. Es ging um den Verkauf des Elternhauses.

Durch Stefans Beauftragung, die dabei zu führenden geschäftlichen Gespräche und seine gelegentlichen Nachrichten über Kaufinteressenten vor Ort kamen in mir Erinnerungssplitter hoch, die, wie verschüttet in einem tiefen, dunklen Brunnen, nicht mehr präsent waren. So unter anderem auch an seine Schwester Elke, die in einem Nachbarort mit einem Arzt verheiratet war. In dem ländlich festlichen Rahmen der Weihnachtsfeier des Clubs hatte er uns bekannt gemacht. In klarem Bewußtsein blieb mir freilich ein durch Stefan initiierter Abend nach einem Samstagsspiel in ihrem Hause, das er als ihr Architekt kurz zuvor fertiggestellt hatte. Nachdem Elkes Mann übers Wochenende nach Celle zu seiner Mutter verreiste, war sie es, die uns mit unverhohlenem Stolz durch den weitflächigen Bungalow führte. Durch bodengehende Glasflächen hatte sich ein nach Süden geöffneter, im nahezu gesamten Haus präsenter Innenhof ergeben, den sie mit Azaleen und mächtigen, damals schon verblühten Rhododendronbüschen bepflanzt hatte. Auch ein Feigenbaum wuchs dort und wil der Wein, der sich an einem betonierten Abschnitt hochrankte. Ohne, wie sie sagte, jemals reife Trauben zu liefern. Daß in den Übergangszeiten das Braun, das verdorrte Gebüsch, die eingerollten vertrockneten Blätter, die nackt und kraftlos in die Luft gerichteten Äste der Bäume in den Wohnräumen eine morbide Stimmung erzeugten, hatte sie auch erwähnt. Vielleicht wollte sie damit unsere offene Bewunderung etwas dämpfen. Denn wir besaßen noch nichts Eigenes. Aber wir wußten schon um unsere Energien und hatten eine optimistische Kraft, später auch uns selbst etwas zu schaffen. »Wie gut, daß ich mit einem Knopfdruck gleichzeitig überall Rolläden absenken kann, die mir die Sicht nehmen. Die mich von der toten Natur in wenigen Augenblicken abschirmen.« Jetzt erinnerte ich mich wieder, wie eigenartig, fast undankbar mir Elkes Satz damals erschienen war. Zumindest aber deplaziert, denn es war Hochsommer, und der Garten stand in saftigem, wucherndem Grün. Aber es stimmte, dieses hermetische Abschließenkönnen hatte etwas praktisch Bedrohliches an sich. Sollte ich später zu einem eigenen Haus kommen, würde ich solche Abschottung nicht wollen.

Eine derart perfekte Symbiose von elegantem Wohnen und unmittelbar einbezogener Natur hatte ich zuvor noch nicht gesehen. Die im Keller installierte Bartheke mit den davor stehenden hohen Hockern und den an den Ecken angeordneten Ledersofas empfand ich dagegen als nicht gelungen, kleinbürgerlich, ja spießig. Allerdings war die Bar gut sortiert, und der Alkohol floß im Verlauf des Abends reichlich. Die Stimmung war entsprechend fröhlich, später auch etwas anzüglich – provokativ und vielleicht sogar frech, insbesondere nachdem Stefan sich früh verabschiedet hatte. Es war ein unbeschwerter Sommer, wir hatten eine gute Saison gespielt und fühlten uns einfach wohl. Elke auch, denn sie setzte sich später auf meinen Schoß und hielt mich in ihren Armen fest umschlungen. Ich, der im 4. Semester studierende Student, nahm dies ohne Verwunderung auf. Ich kannte sie kaum, aber es erstaunte mich nicht, zumal auch meine Sportkameraden dies mit selbstverständlicher Gelassenheit aufnahmen. Es hatte eine Normalität an dem frühen Sonntag morgen, der es geworden war; Elke war ohne Scheu, zärtlich auch, und ich erwiderte dies. Der Alkohol eben, die gut aufgelegten Burschen, ihr abwesender Ehemann, es hatte ja auch nichts zu bedeuten.

Schwieriger war dann schon unser an diesem Sonntag folgendes, letztes Punktespiel. Wir hatten dies auf die leichte Schulter genommen. Ich selbst lieferte ein blamables Tennismatch gegen einen lang aufgeschossenen, kaum 15jährigen Schüler ab, ohne Kraft, ohne ausreichenden Schlaf keine Konzentration, eine nicht endende Löffelei über drei Sätze, die ich zuletzt nur äußerst knapp gegen den fortgeschrittenen Anfänger gewann. So wollte ich mich nicht präsentiert haben.

Aber die letzte zärtliche Stunde mit Elke – oder waren es mehrere? – bot meine Rechtfertigung. Sie hatte mich auch nicht belastet, obwohl ich gerade im Frühsommer 1984 sehr ernsthaft verliebt war. In die junge, angehende Sporttherapeutin Nina, die in dem schäbigen Altbau, der meine Studentenbude enthielt, in einem gegenüberliegenden Zimmer eingezogen war. Jede freie Minute verbrachten wir miteinander, die Nächte ohnehin, und spürten instinktiv, daß dies mehr bedeutete, daß wir aneinander festhalten würden. Auf Dauer, auch wenn dies von uns beiden, wahrscheinlich bewußt, da verfrüht, nicht direkt ausgesprochen wurde. Nina und ich hatten uns gefunden und viele, auch familiäre Gemeinsamkeiten entdeckt. Wenn nur möglich, kochten wir zusammen, gingen zum Sport ins nahe Hallenbad, und hörten uns gegenseitig die fremdartigen Nomenklaturen unserer jeweiligen Ausbildungen ab. Wir waren einfach rundum glücklich in unseren bescheidenen, ja fast ärmlichen studentischen Umständen.

— 3 —

An dem der Rückkehr in meine Hamburger Studentenbude folgenden Tag erreichte mich, zu meiner Überraschung, ein abendlicher Telefonanruf von Elke. Sie erkundigte sich nach der Mannschaft, dem Ergebnis unseres letzten Turnierspiels, meiner Rückfahrt und ob uns der Abend in ihrem Hause gefallen habe. Und dann, unvermittelt: »Es geht mir jetzt nicht so gut. Ich kann dir das am Telefon nicht erklären. Darf ich dich am nächsten Wochenende besuchen? Ich möchte beide Tage bleiben. In deiner Studentenbude. Bitte! Mein Mann ist dann auf einer Fortbildung. Du wirst mich, wenn wir gesprochen und die Zeit miteinander verbracht haben, bestimmt verstehen.«

Ich war wie erstarrt. Es ging nicht. Beim besten Willen nicht. Keinesfalls! Obwohl, das gebe ich zu, es mich auch reizte. Nein, ich wollte die Beziehung mit Nina nicht gefährden, geschweige denn sie verlieren. Sie wohnte gegenüber und abends ohnehin bei mir. Nichts konnte ich vor ihr verheimlichen.

»Du hast ja ein beachtliches Tempo drauf, Elke«, sagte ich. »Den Turbo sozusagen.«

»Ich bitte dich, sprich nicht so salopp. Es ist mir ernst. Ich weiß, zuerst muß ich eine Basis schaffen. Eine körperliche Basis. Mit dir. Dann kann ich anfangen, Ballast abzuwerfen. Das muß ich dringend, denn es zieht mich nieder. Unaufhaltsam. Ich kann so nicht weitermachen.«

Sie glaubt, sie sei gut im Bett. Und könnte mich so auf ihre Seite ziehen, dachte ich und sagte: »Hör zu, Elke, es geht nicht. Jetzt nicht, ich meine nächstes Wochenende. Glaub mir! Ich lebe in meiner Bude mit einer Studentin zusammen, mit Nina. Sie bedeutet mir viel. Ich sehe dich später mal wieder, auf einen Kaffee. Bestimmt …!«

»Darf ich dich dann wenigstens anrufen? Meine Situation ist schwierig. Ich lebe hier, ja ich lebe hier in einem goldenen Käfig. Selbst Telefonate, das Sprechen mit dir würde mir Kraft geben. Ein-, zweimal die Woche. Zumindest das kannst du mir nicht abschlagen!«

Etwas benommen hatte ich den Hörer aufgelegt. Wie kam es eigentlich dazu, daß sich Elke gerade *an mich* als Notanker anklammerte? Und nicht an Stefan, ihren Bruder, ihre Eltern, Nachbarn oder wen auch immer. Ich kannte sie doch kaum. Es mußte auch andere Dialogpartner ihres Vertrauens geben. Ich verfügte ja gar nicht über die Lebenserfahrung, die Weisheit, um bei ihr etwas zu bewirken oder zu verändern. Und wenn sie in Wirklichkeit gar keinen Ratschlag brauchte, sondern nur einen Mann, als Ventil, als sexuellen Ausgleich? In meinem Kopf begannen sich die Dinge zu drehen …

Einige Tage später erreichte mich erneut Elkes Anruf, den ich nur mit Mühe in Belanglosigkeiten halten konnte. Nina lag zu dieser Zeit auf unserer Couch und repetierte halblaut die einzelnen Faszien und Muskeln des Rückens und ihre Funktionen: M. semispinalis thoracis, M. semispinalis cervicis, M. semispinalis capitis, M. multifidus, Mm. rotatores cervicis … Die sollte ich sie später abhören. Wieder schwirrte mir der Kopf. Saublöde Situation, in die ich geraten war. Ich konnte diese Nina gar nicht so richtig erklären. Na ja, mit der Zeit würde sich das wohl geben!

Bei Elkes Anruf, der drei Tage später folgte, wiederholte sich die Situation. Ihr erneutes Angebot eines Treffens überhörte ich bewußt und sprach davon, daß die Tennissaison vorüber und deshalb unklar sei, wann ich wieder nach Hause käme. Ich würde mich aber rechtzeitig vorher melden, bestimmt. Es standen noch Freundschaftsspiele an, der Termin sei aber noch nicht festgelegt. »Es wird sich dann ein Zusammensein ergeben.« Nina, die in der Kochnische hörbar hantierte, trat in diesem Moment heraus, und ich fing ihren mehr als fragenden Blick auf. »Mit dem gesamten Tennisteam«, fügte ich hastig hinzu und legte nach einer Abschiedsfloskel auf, ohne Elkes Antwort abzuwarten.

Danach beschloß ich, das Telefon für einige Tage nicht mehr zu beachten. Nina verstand, daß wir uns ganz auf unsere Studien konzentrieren mußten. Unsere Freunde und Kommilitonen sollten uns nicht mehr davon ablenken.

Einige Tage später, es war mittlerweile Anfang August geworden, schrillte das Telefon den ganzen Abend. In regelmäßigen Abständen. Lang anhaltend und durchdringend. Zuletzt kurz nach Mitternacht. Da hatte ich entnervt den Hörer hochgerissen und sofort wieder aufgelegt.

Ich war sehr erleichtert, daß Elkes Anrufe danach ausblieben. Aber all dies liegt nun viele Jahre zurück. Wie vieles andere hatte ich es längst vergessen. Nicht mehr als eine der banalen Episoden meiner damaligen studentischen Zeit. Es war ohne wirkliche Bedeutung. Tempi passati, die Stefan, ohne es zu wissen, wieder in meinem Bewußtsein aufrührte. Darin war es all die Jahre zu Recht versickert. Stefan wickelte übrigens den Verkauf unseres Elternhauses in bester professioneller Weise ab. Über den erzielten Kaufpreis konnten wir uns alle freuen. Mir selbst war allerdings die kurze Zeitspanne, die der Verkauf nur dauerte, zutiefst zuwider und dessen rasche Abwicklung ein Stich ins Herz. Mein elterliches Heim war nun endgültig verloren, in dem ich eine so glückliche Jugendzeit verlebt hatte. Jegliche Verbindung zu meinem Heimatort für immer gekappt! Allein das Grab meiner Eltern existiert noch dort. Dies mindestens einmal im Jahr, wenn möglich öfter, aufzusuchen, nahm ich mir vor. Wenn ich aus diesem Grund in meinen Heimatort zurückkehre, gehe ich viele der mir vertrauten Straßen ab, wobei ich jedoch den Weg zu unserem früheren Besitz am See konsequent meide. Der Verlust schmerzt mich zu sehr! Aber immer suche ich die Straße auf, die den Namen meines Vaters trägt und lese ihn laut für mich vor. In der meiner Grundschule gegenüberliegenden Bäckerei kaufe ich frische Rundstücke ein, Semmeln, wie wir in Bayern sagen, wo ich jetzt wohne. Und wenn die alte Bäckersfrau in den Laden tritt, erkennt sie mich wieder, noch – was mich freut. Und ich esse im alten Dorfkrug: Wildschwein oder Heidschnucken-

braten, wenn diese auf der Karte stehen, und trinke ein
Jever dazu.

Auf dem Friedhof habe ich es mir zur Gewohnheit gemacht, die Ruhestätte der Eltern immer über neue Grabes-
reihen zu suchen. Ich mache bewußte Umwege, um an den
Namen der Verstorbenen, den Inschriften auf den Grabsteinen mich in den Erinnerungen an die vergangene Zeit
zu verlieren. Ein Stück Heimat kehrt dadurch zurück.
Manch einen kannte ich doch gut. Die Toten sind die leben-
digen Erwachsenen meiner Kindheit, die sich bei mir fest
einprägten. Diese Zeit für einen Tag wieder aufzuschürfen,
aus der Tiefe ans Licht zu ziehen, ist mir wichtig. Das
Schicksal, das sich aus den Inschriften erschließt, läßt mich
oft in nachdenklicher Besinnung, trauriger Stimmung,
manchmal aber auch in Dankbarkeit zurück.

— 5 —

Zuletzt war ich vor einem Monat, am Volkstrauertag, auf
dem heimatlichen Friedhof. Ein erster Schnee hatte die
Thujahecken, die Dächer der Kapelle und den an der
Rückseite des Friedhofs ansteigenden Tannenwald mit
einer weißen Decke überzogen. Das Knacken des sich unter
meinen Schritten verpressenden Schnees mischte sich in
meine Gedanken. Es ist ein eigenartiges Gefühl: Dort, wo
ich stehenbleibe und eine Inschrift wahrnehme, lese ich
mich in ein fremdes Leben ein. Über das eingemeißelte
Datum des Todes schließe ich auf solche Existenz zurück.
Welche ich unter den vielen aufspüre, bleibt meine Ent-

scheidung. Oder folge ich einem herbeigeführten Zufall, so wie ein blind auf der Zeitung aufgesetzter Finger einen Artikel aus der Masse der Buchstaben löst? Nein, aktiv suchen will ich nicht. Es ist schon genug, das Grab der Eltern über neue Wege anzugehen. Und, warum nicht, vielleicht allein die Ästhetik der jeweiligen Grabstätten entscheiden zu lassen, wo ich verweile.

Vielleicht war es der verwitterte Findling! Inmitten von Eiben und dahinter stehenden Föhren sah er wie ein Stück unberührter Natur aus. Ein erfreulicher Gegensatz zu poliertem Marmor, in Rahmen verblichenen Abbildern, ewigen Lampen und abgebrannten Kerzenstummeln.

Als ich auf der Steinfläche den Namen Henrik V… las, traf mich die Erinnerung mit Wucht. Augenblicklich und übergangslos geriet ich in das Allgäu meiner Ferientage, ins Hintersteiner Tal zurück. Die furchtbaren Stunden kehrten in unveränderter Intensität wieder: In meinem Abiturjahr verbrachten wir mit einer Gruppe des Alpenvereins die Weihnachtsferien auf der Schwarzenberghütte. Wie verloren liegt diese unterhalb des Nebelhornsattels, lawinensicher, auch wenn es viel Schnee gibt. Und der war in jenem Winter reichlich gefallen. Es war am Silvestertag, als die Nachricht eintraf, daß zwei unter uns von ihrer Skitour zum Schochen, zu der sie frühmorgens aufgebrochen waren, nicht zurückkehren würden. Sie erreichten den steilen Hang des Gipfelgrats zu spät und querten erst am Mittag, als die Sonne den Schnee schon vom Untergrund gelockert hatte. Sie selbst traten das Schneebrett los, das sie weit nach unten in die Tiefe riß. Es war im Tal beobachtet worden. Die mit einem Hubschrauber unverzüglich eingeflogene Bergwacht stocherte mit ihren langen Aluminiumsonden, unterstützt durch ihre Hundestaffel, durch den späten

Nachmittag und die zu früh hereinbrechende Dunkelheit. Vor Kälte zitternd hatten wir die eisige Neujahrsnacht vor der Hütte mit bangem Blick auf den dunklen Schochen verbracht, auf die Lichtpunkte, die unterhalb des Gipfels durch die Nacht tanzten. Es war am Morgen, als unsere Angst zur Gewißheit wurde: Henrik und sein Bergkamerad waren in den Schneemassen gefunden worden. In drei Meter Tiefe, mit gebrochenem Genick. Sie waren beide 21 Jahre alt.

Danach kehrte ich noch einige Male auf die Schwarzenberghütte zurück, angezogen von ihrer einsamen Lage, der sich in der Höhe einstellenden Kameradschaft und dem ursprünglichen Leben! Das Glücksgefühl, das ich nach intensiver körperlicher Anstrengung erfuhr, gehört zu meinen wichtigen Lebenserfahrungen. Nachdem wir den kleinen und den großen Daumen, den Nebelhornsattel und im Frühjahr verbotenerweise den unmittelbar hinter der Hütte aufsteigenden Hengst, der unter Naturschutz steht, erstiegen hatten. Auf den langen Weg hinüber zum Schochen wagten wir uns jedoch niemals mehr; er war uns unheimlich, ein nun verbotener Berg. Der Tribut, den er eingefordert hatte, war unberechtigt und zu grausam, allein die Erinnerung daran läßt mich noch heute frösteln.

Der gefallene Schnee ließ die sorgfältig im Rechteck abgegrenzten Grabflächen, die ich passierte, deutlicher als sonst hervortreten. Dagegen waren die noch im Herbst in vielen Farben blühenden Blumen wie durch eine leichte weiße Decke übertüncht. Da und dort ragten jedoch Blumensträuße mit vom Frost geknicktem Hals heraus. Eine eigenartige Helligkeit lag diesmal über dem Friedhof, die mich an dieser Stätte des Todes eigenartig berührte. Zu oft hatte ich sie in düsteren, grauen und braunen Farben, im

Herbst und Winter oder bei Regen und Nebel erlebt. Dazu paßten die älteren trauernden Menschen, die in schwerem Gang durch die Grabreihen schritten oder schweigend in gebeugter Haltung vor einer Grabstätte verharrten. Befremdlich schienen mir heute auch die flackernden Grablichter, denn hell genug war es doch! Wie konnte man nur auf den Gedanken kommen, da ein Licht anzuzünden?

Als ich einige Schritte weiter auf einem graugesprenkelten Grabstein, angezogen durch eine Fülle untereinanderstehender goldener Kreuze, die Inschriften einer mir fremden Familie las, war ich erneut – wenn auch in anderer Weise – tief betroffen. Das war das Schlimmste, was Eltern zustoßen kann: Sie hatten drei Söhne verloren. Ihre Namen waren in der Chronologie vor denen ihrer Eltern in den polierten Granitstein eingelassen: Alfred A…, † 26.1.1943, abgestürzt als Flugzeugführer über Stalingrad, Johann Baptist A…, † Dezember 1944, vermißt in den Ardennen, Franz A…, † 20. April 1945, gefallen bei Berlin. Nach den Daten hatten die Eltern mit ihrem Schmerz noch mehr als zwanzig Jahre weiterleben müssen. In ihren belastenden Phantasien über die eisigen Trümmer der zerschossenen Stadt, die zerlumpten, erschöpften und erfrorenen Soldaten der aufgegebenen 6. Armee, in denen das abgeschossene Flugzeug zerschellt sein mußte. Und über das sinnlose Aufbäumen der heimlich in den Ardennen massierten Streitkräfte, zu denen auch ihr Sohn gezählt hatte, deren Offensive im alliierten Bombenhagel bald zusammengebrochen war. Unter welchen Umständen ihr zweiter Sohn sein Leben eingebüßt hatte, erfuhren die Eltern wohl nicht. Deren andauernde Hoffnung, der vermißte Sohn werde eines Tages doch wieder in der Tür stehen, sich nicht erfüllte. Und dann noch der sinnlose Tod des dritten Kindes, wo schon alles vorüber schien. Welche in Stein gemeißelte Tragödie!

Das war die Wirklichkeit. Als Jugendlicher hatten mich die »Heldentaten« unserer Wehrmacht, vor allem unserer U-Boot-Waffe, noch mit Bewunderung erfüllt. Regelmäßig erstand ich nach dem sonntäglichen Kirchgang am Bahnhofskiosk die Hefte, die die Kriegserfahrungen der Landser schilderten. Oder die Abenteuer eines nach Kriegsende ausgebrochenen Kapitäns mit seinem – im weitesten Wortsinn – abgetauchten U–Boot und dessen kühner Besatzung. Einige Jahre später wurden diese Heftreihen eingestellt. Mein Interesse war schon zuvor erloschen und einer sich allmählich aufbauenden Ernüchterung, Entsetzen und auch Zorn gewichen. ›La guerre, le cimetière‹ heißt es in einem Gedicht von Prévert, ja, der Krieg und der Friedhof sind Schwestern. Wie begnadet war doch unsere Familie, die den Krieg mit Entbehrungen, aber letztlich unbeschadet überstanden hatte.

Noch in Gedanken blieb ich vor einem mit Heide, winterhartem Kirschlorbeer und Efeu umwucherten Granitstein stehen. Die Äste der Lorbeerbüsche bogen sich tief unter der Last des Schnees, als hätten sie die geballte Trauer des Friedhofs auszuhalten. Gegen ihre Natur waren sie weit aufgespreizt und gaben den Blick auf ein braunes Innenleben frei. Durch den Mangel an Licht war es verkrüppelt: kurze, vertrocknete Zweige mit vereinzelten eingewölbten, verdorrten Blättern. Dem Grabstein hatte der Schnee eine weiße Kappe aufgesetzt. Sie schimmerte und glitzerte in einem darauf fallenden Sonnenstrahl. Als wollte sie wahrgenommen und bewundert werden. Oder mich anziehen? Auf den bemoosten Inschriften waren die Angaben kaum noch zu lesen. Mit Mühe entzifferte ich:

Elke M…

geboren am 14. Dezember 1956

gestorben am 15. August 1984

Die darunter stehenden Namen ihrer Eltern, die viel später verstorben waren, verschwammen vor meinen Augen. Bestürzt begann ich zurückzurechnen. Ja, 1984 war es gewesen. Meine Bekanntschaft mit Elke. In der Mitte des damals so heißen Sommers. Allein der Gedanke an diese Zeit hatte in dieser Winterumgebung etwas eigenartig Unwirkliches an sich. Die Erinnerung kroch in mir langsam, aber unausweichlich hoch. Elkes Anrufe! Zuletzt noch Anfang August. Wenige Tage später war sie tot! Wie meine nachfolgenden Erkundigungen ergaben, hatte sie sich das Leben genommen.

Seitdem ich dies weiß, verfolgt mich der Gedanke daran unablässig. Eingesperrt war sie gewesen. »In einem goldenen Käfig.« Im Gefängnis ihrer kinderlosen Ehe. Mit einem Mann, den sie nicht liebte? Wer weiß das schon. Abgeschottet durch gleichzeitig herabfallende Markisen. »Meine Situation ist schwierig«, sagte sie damals. »Darf ich dich dann wenigstens anrufen?« Richtig wäre es gewesen, das Falsche zu tun. Und falsch war es, das Richtige zu unterlassen. Was war denn richtig? Ich hätte sie anhören *müssen*. In einem Hotel, zur Not. Und wenn sie, wie sie sich ausdrückte, dort »eine körperliche Basis hätte schaffen« wollen?

Dieser Satz hatte mich damals eigenartig berührt, ja verwundert, und er war deshalb in meiner Erinnerung verblieben. Niemals zuvor, und auch später nicht, haben sich Frauen mir gegenüber so direkt und eindeutig geäußert. Vielsagend angeblickt hatten sie mich, gelächelt auch, ein »vielleicht« in Aussicht gestellt – *ohne sich festzulegen*. Oder eine Reise geplant, wobei in unausgesprochener Weise anzunehmen war, daß wir das Zimmer teilen würden. Es muß noch eine Periode gewesen sein, in der man Hoffnungen, Erwartungen und, manchmal, weitgehende Phantasien hegte und Pläne in die Tat umsetzte – genauso wie heute –, all dieses jedoch im verborgenen beließ, sich allenfalls indirekt artikulierte und darüber, selbst im engeren Kreis, einfach nicht sprach.

Elke hatte dagegen unmißverständlich klargestellt, daß sie Körperlichkeit wollte. Daß diese eine Basis, ein Fundament, die Grundlage wäre, auf der sie abladen konnte und auf der sich etwas Neues errichten ließ. Ihre Stimme, die zuvor weich und melodisch erschienen war, hatte gezittert, Unsicherheit, Nervosität, wahrscheinlich auch Verzweiflung verraten. Meine Antwort hatte sie so nicht erwartet, sie hatte Elke verwirrt, aber nicht abgebracht. Denn sie war logisch und analytisch vorgegangen: erst die geknüpfte Verbindung festigen, bevor sie belastet würde. Ich sollte dies wissen, mich auf ihren schlanken, von der Sommersonne gebräunten Körper freuen dürfen, meine Träume damit haben, ihn genießen können, und dann war es auch gerechtfertigt, mich in ihre Realität einzubeziehen. In dieser Klarheit hatte ich dies nicht erfaßt, obwohl, vielleicht doch, und wenn, dem damals eine nachrangige, geringerwertige Priorität zugeordnet. Ja, ich saß selbst in der Klemme, hatte etwas zu verbergen, und wenn mir dies nicht gelang, etwas Kostbares zu verlieren, und *deshalb* den Mut zur Lösung nicht. Das war's: Denn es gab Nina!

Ich kann es nicht mehr ungeschehen machen, jetzt, nachdem ich weiß, was danach folgte – und mir auch nicht verzeihen.

Wenn an langen, trüben Wochenenden das Telefon nicht

läutet, kommt mir das Ganze oft sinnlos vor, und ich bin auf eigentümliche Weise traurig.

Warten auf Urs

—1—

Sie kannten sich aus gemeinsamer Schulzeit. Und hatten sich vom ersten Tag an gemocht. Mitten unterm Schuljahr war Ludwig in Angelas Klasse im Gymnasium in J. eingetreten; sein Vater war Beamter und ans dortige Landratsamt als Baudirektor versetzt worden. Angela war damals knapp 15 Jahre alt.

Ludwig war der erneute Schulwechsel – sein Vater war schon mehrfach versetzt worden – nicht leichtgefallen. Mußte er sich doch seine Position und den nötigen Respekt unter den Jungen wieder neu erkämpfen und Anerkennung, vielleicht sogar ein bißchen Bewunderung, bei den Mädchen erst erwerben. Eine robuste Kämpfernatur, nein, das war er nicht! Eher feinfühlig, sensibel und musisch auch.

Mit seiner liebenswerten, rücksichtsvollen Art fand er den ersten Rückhalt bei den Mädchen der Klasse. Und besonders bei Angela! Sie mochte seine sanfte Stimme und die Gelassenheit, mit der er seine schulischen Aufgaben anging. Ja, richtig begabt ist er, dachte Angela, die sich in der Zeit der Pubertät nur mit Mühe in der Klasse behauptete. Die, wenn sie in den naturwissenschaftlichen Fächern, Mathematik und Physik vor allem, aber auch im Chemieunterricht, aufgerufen wurde, manchmal verlegen errötend ohne Antwort blieb. Oder auch geantwortet und damit nur Stirnrunzeln, überlegenes Lächeln der Lehrer und einmal sogar brüllende Heiterkeit in ihrer Klasse ausgelöst hatte. Seit Ludwig in die Klasse gekommen war, hörte dies auf: Er hatte in solch peinlichen Situationen Angela geschickt eingesagt und bei Prüfungsaufgaben manchmal den auf einem Zettel skizzierten Lösungsansatz in einem unbeobachteten Augenblick nach vorne geschoben.

Im Musikunterricht stellte sich bald heraus, daß Ludwig ausgezeichnet Klavier spielte. Seine Finger schwebten mit fast schon virtuoser Leichtigkeit über die Tastatur, und es schien, als ob Ludwig übergangslos in eine andere Welt, die der Musik, geglitten war, deren Spielregeln er kannte, die ihm vertraut waren und die er vollständig beherrschte. Angela fand besonderen Reiz daran, wie er sich vor dem schwarzglänzenden Klavier im Rhythmus bewegte und danach etwas verlegen aufstand, fast linkisch den Schemel zurechtrückte, ohne jegliches Bewußtsein, wie großartig er gespielt hatte.

Seine umfangreiche Sammlung klassischer Schallplatten, die wie die Geräte, um sie abzuspielen, aus einer alten Zeit stammten, hatten es Angela besonders angetan. Wenngleich Ludwig manches Musikstück gleichzeitig auch als CD in höchster Tontreue besaß, war es doch das Wiederaufleben dieser vergangenen Zeit, das gelegentlich auftretende Knacken und Rauschen der Schellackplatten, das sie anrührte.

Durch Ludwigs Anregung und CD-Repertoire lernte Angela auch die ihr bislang fremde Welt des Blues kennen. Sie konnte sich den Texten traurig-sentimentaler Lieder von B. B. King, John Lee Hooker, Stevie Ray Vaughn, Curtis

Mayfield und anderen Größen hingeben und in diese Welt eintauchen, wenngleich sie der besondere Rhythmus, die Begleitband und die rauchig-verworfene Stimme von Etta James am meisten faszinierte: »Here I am – come and take me …« spielte sie wieder und wieder ab – es war lange Zeit ihr Lieblingsstück!

—2—

Angela stammte aus einer fröhlichen Großfamilie, in der es mit vier älteren Brüdern manchmal turbulent herging. Ihr Vater besaß ein mittelständisches Unternehmen, das Katalysatoren zur Entschwefelung von Rauchgas produzierte. Diese fanden in Ziegeleien bevorzugte Anwendung, die vom Vater, zusammen mit seinem Verkaufsleiter, über ganz Europa hinweg regelmäßig besucht wurden. Auch Angelas Mutter war im Familienbetrieb als guter, kontrollierender Geist halbtags beschäftigt. Durch die häufige Abwesenheit der Eltern hatten sich die Geschwister, die von häuslichen Hilfen betreut wurden, rasch selbständig entwickelt. Zwei der Brüder waren inzwischen aus dem Hause und gingen ihren Studien an technischen Universitäten nach.

Angela war, obwohl einzige Tochter, mehr am Rande mitgelaufen. Sie hatte weder Begabung noch Freude an der Technik, die die Gespräche der Brüder und des Vaters dominierte. Ihr Interesse galt mehr den modernen Sprachen, den kleinen und großen Problemen der Menschen um sie herum und Büchern. Die sie serienweise verschlang. Biographien vor allem! Was berühmte Menschen erreicht hatten, wie und unter welchen Umständen sie es schafften, und ihre Wertvorstellungen – ja, das interessierte sie zutiefst. Dieses Interesse hat sich Angela übrigens auch später bewahrt.

Dazu kam ihr Sport: Schwimmen, Radfahren, Volleyball betrieb sie mit Leidenschaft und hielt auch daran fest, als sie sich mit Ludwig mehr und mehr anfreundete. Angela war damals ein schlankes, hübsches Mädchen mit brauner Ponyfrisur, die gerne hellbeige Cordhosen, manchmal dunkle Jeans und Pullis trug, aber auch in Kleidern gut anzusehen war. Vor allem in kurzen, die den Blick auf ihre gutgeformten Waden freiließen.

Als Ludwig in ihre Schulklasse gekommen war, begann sie gerade, ihre Interessen vorsichtig auf das andere Geschlecht auszudehnen.

— 3 —

Angela hatte es sich bald zur Gewohnheit gemacht, Ludwig, der in der Nachbarschaft wohnte, morgens zur Schule abzuholen. Es war einfach gemütlicher, zusammen in die Schule zu radeln, zu schwätzen und manchmal auch sich ihre plötzlich auftretenden Schulängste von Ludwig zerstreuen zu lassen. Und beim Rückweg die kleinen Gemeinheiten der Lehrer und das, was noch bevorstand, durchzusprechen.

Am Nachmittag waren sie sich oft bei den Schulaufgaben behilflich. Ihre Begabungen lagen unterschiedlich, und gerade deshalb konnten sie sich so gut gegenseitig helfen.

Danach ging's zum Radeln, im Sommer zum an einem Wäldchen hübsch gelegenen Baggersee, der von einer Großbaustelle zurückgeblieben war und sich allmählich mit grünlich schimmerndem Grundwasser gefüllt hatte. Oder zum Volleyball in der Turnhalle und auf den Tennisplatz, wo Ludwig Angelas sportlicher Bemühung gelassen zusah. Daran hatte Ludwig Freude, wenngleich ihn eigene körperliche Aktivität weniger reizte; er lebte mehr in einer musischen, einer musikalischen Welt.

— 4 —

Als sich der Schulabschluß, das Abitur, näherte, gingen Ludwig und Angela mit Selbstverständlichkeit davon aus, ihre Studien gemeinsam fortzusetzen. Wenngleich in verschiedenen Fächern, so doch an der gleichen Universität. Sie waren über die Jahre innige Freunde geworden, die vieles verband und die sich, auch wenn es nur gelegentlich und dann vorsichtig angedeutet wurde, nicht vorstellen konnten, ihr Leben jemals getrennt voneinander zu führen.

Angela hatte nunmehr das Studium der Psychologie und Soziologie an der Ludwig-Maximilians-Universität in München begonnen. Eine gutgeschnittene 1 ½-Zimmer-Wohnung in der zwischen Uni und dem Englischen Garten verlaufenden Kaulbachstraße, vom wohlhabenden Vater erworben, hatte sie sich liebevoll eingerichtet. Mit ›aufrührerischen‹ Schriften, wie ihr Vater ihre soziologischen, philosophischen und auch teilweise marxistischen Bücher bezeichnete, angefüllt. Ludwig, der am nördlichen Stadtrand in einer einfacheren Bude hauste, besuchte sie dort oft. Sie kochten, lasen zusammen oder gingen im Englischen Garten spazieren. Und versäumten kaum eine Ausstellung im Haus der Kunst; nicht weil sie absolute Kunstfreaks waren! Nein, Angela wohnte eben nur ein paar Schritte entfernt und damit zu nah, um die großflächigen Ankündigungen beim nahezu täglichen Vorübergehen unbeachtet zu lassen. Die wirkliche Faszination ging, zumindest für Ludwig, jedoch von der Musik aus, deren Studium er an der Musikhochschule aufgenommen hatte.

Sie waren nun in eine andere, freiere Lebensphase geraten: weg von zu Hause, weg von einer, wenn auch liebevollen Überwachung der Eltern, heraus aus der kleinstädtischen Enge. Auch wenn sie darunter nicht gelitten hatten! Ihre tiefe Freundschaft war ja von den Eltern akzeptiert und Ludwig in Angelas großzügigem Elternhaus nahezu wie ein eigenes Kind aufgenommen worden. Brachte Angelas Vater manchmal Geschäftsbesuch nach Hause mit, stellte er Ludwig oft spaßhaft als ›Adoptivsohn‹ vor!

Nun als Studenten in München standen ihnen, die sie beide ihr Studium sehr ernst nahmen, andere Wege offen. Sie trafen auf ein Spektrum unterschiedlichster junger Menschen aus allen Himmelsrichtungen und deren Meinungen. Die Vielfalt der oft konfrontativen Ansichten, die Ernsthaftigkeit der manchmal etwas ausgefallenen Lebensplanungen und die Intensität, mit der ihre Kommilitonen, die auch Soziologie oder Philosophie, zum Teil auch Journalistik studierten, dies ausdrückten, hatten Angela anfangs sehr überrascht. Ludwig nahm dies mit der ihm eigenen Gelassenheit auf. Er schien in sich zu ruhen, hatte festgefügte Meinungen und Planungen, die dem Aufprall des intensiven studentischen Lebens unveränderlich und unerschütterlich standhielten.

Ludwig war es auch in diesem neuen Lebensabschnitt sehr wichtig, daß er Angela nicht nur als Persönlichkeit, sondern weiterhin vor allem als junge Frau respektierte. Die er schützen würde! Und mit der er nicht zu ungeduldig war! Denn ihre Beziehung ging weit über eine Freundschaft hinaus: Wie oft hatten sie sich schon zärtlich umarmt, geschmust und lang anhaltend geküßt. Und tief und sehnsuchtsvoll in die Augen gesehen. Oder eng umschlungen gebummelt – und beim Radfahren sich an den Händen gehalten.

Oft hatten sie darüber gesprochen, daß Ludwig auf Angela »warten« würde. Daß es nicht zu mehr kommen würde, Angela »ihre Unschuld« nicht verlieren sollte, bevor Ludwig etwas geworden war. Beruflich! Zumindest mußte es sich abzeichnen, daß er im Leben etwas Konkretes erreichen würde. Er sein Vorexamen im Musikstudium mit Erfolg absolviert hatte! Damit der Studienabschluß später erreichbar und gesichert schien. Damit er Angela adäquat versorgen, ihr eine verläßliche Zukunft bieten konnte.

Gelegenheiten, »es zu tun«, hatten sich viele eröffnet. Schon zur Schulzeit, als Angelas Eltern verreist waren, nach dem nächtlichen nackten Baden im Baggersee im dort angrenzenden Wäldchen. Und nach dem Tennisfest, als Ludwig Angela im elterlichen Wagen über abgelegene Umwege nach Hause gebracht hatte. Oder einfach »irgendwo« beim Spaziergang: auf einer lichtbeschienenen Waldschneise oder im Unterholz, hatte Angela manchmal gedacht.

Nein, vorher und auf solch profane Weise sollte es nicht passieren. Der Schatz, den Angela in sich trug, wollte bewahrt sein. Und nicht auf billige Weise vorzeitig entwertet werden. Es lohnte sich zu warten. Aufeinander! Bis der richtige Zeitpunkt gekommen war. Darauf lebte Ludwig zu. Und Angela wußte, wie innig und auf welch altruistische Weise Ludwig sie liebte. Und daß sie mit einem besonders wertvollen Menschen verbunden war. Für den sie alles bedeutete und der für sie alles tun würde.

— 5 —

Als Ludwig nach dem fünften Semester in den Winterferien auf sein Vorexamen büffelte, blieb nur wenig private Zeit für Angela. Die sich deshalb ihren Eltern zum Skilaufen anschloß. Für Angela war dies ein Novum, eine Herausforderung, war sie doch zuvor noch nie auf Skiern gestanden.

Unglaublich, wie schwierig es ist, Skifahren zu lernen, hatte Angela gedacht, der es anfangs kaum gelingen wollte, auf den glattgewachsten Skiern auch nur stabil zu stehen. Und die vielen blauen Flecken, die sie abends an sich entdeckte. Unglaublich aber auch, welche Fortschritte sie schon nach wenigen Tagen in ihrem Kursus gemacht hatte. Hänge, die ihr anfangs ungeheuer steil erschienen waren, konnte sie – mit Vorsicht zwar – nun befahren. Und hatte vor den Schleppliften, aus denen sie anfangs mehrfach gefallen war, jegliche Angst verloren. Es hatte sich ein anderes, stabileres Gleichgewichtsgefühl eingestellt.

All dies verdankte sie Urs, dem Skilehrer. Mit Engelsgeduld hatte er die Bewegungen vorgeführt, war auf leichter Bahn vorgefahren, hatte die gestürzten Kursteilnehmer

aus dem Schnee gebuddelt, wieder in Fahrtrichtung gebracht und zuvor vom Schnee abgeklopft. Es machte aber
auch Spaß mit ihm! Diesem Allgäuer Naturburschen aus
dem kleinen Walsertal! Der wahrscheinlich im Sommer
Holz machte oder als Senn arbeitete oder als Bergführer.
Egal, jetzt war Winter – und es war eindrucksvoll, mit
welch selbstverständlicher Gelassenheit sich der Kursus
»im Gänsezug« unter Ursens Führung den Hang am Ende
der Kurszeit hinunterschlängelte. Und gleichzeitig Fröhlichkeit und Spaß im Kurs herrschte. Ja, sogar zum Tanztee
hatte Urs die ganze Gruppe einmal ausgeführt!

Seiner folgenden Einladung »auf ein Glasl Glühwein«
war Angela danach gerne gefolgt. Daß es bei ihm zu Hause
war, hatte sie neugierig gemacht, aber nicht gestört. Genausowenig, daß er dabei sehr rasch zur Sache kam, Angela
fühlte sich bei ihm wohl. Und wußte, daß er der Mann war,
mit dem sie zum ersten Mal schlafen wollte; der es gut bringen würde, dem sie vertrauen mußte.

Es ist an diesem Abend nicht bei einem Mal geblieben!

— 6 —

Als Urs Angela zum ersten Orgasmus ihres Lebens verhalf,
war ihre lang-andauernde, gemeinsame Zeit mit Ludwig
wie im Zeitraffer vor ihrem inneren Auge rasch vorbeige-
glitten: Wie er sie behutsam berührt, liebevoll und zärtlich
angesehen und auf sie gewartet hatte. Die Gelegenheiten
zu Hause, am Baggersee, im Wald, in ihrer Studentenbude
hatte bewußt verstreichen lassen. In allerbester, fehlgeleite-

ter Absicht: Welch gute, gemeinsame Zeit sie miteinander verbracht hatten! Wie vertraut sie sich gewesen waren. Zu vertraut – und nicht vertraut genug! Und daß Sichvertrautsein allein keine ausreichende Basis ist. Daß lange warten eben nur der kann, der weiß, worauf er wartet. Daß ein starker Trieb, eine drängende Reiselust in den Menschen wohnt, die sie voneinander entfernt. Die erst gestillt ist, wenn man vieles, vielleicht sogar alles bereist, gesehen, erspürt und in sich aufgenommen hat. Davor ist das Leben aufregend, labil und schon allein durch die bloße Existenz unbekannter Territorien gefährdet. Und daß zwischen fernen Ländern und fremden Menschen, die hinzutreten, kein wirklicher Unterschied besteht!

Schlagartig wußte Angela auch, daß Ludwig auf eigenartige Weise großes Glück gehabt hatte. Weil es ihr jetzt passiert war. Endlich! Und nicht später, in der Ehe. Dies hätte Ludwig nicht nur mit schmerzender Verwundung, sondern dann auch in den Trümmern einer gemeinsam geschaffenen Existenz hinterlassen. Davor hatte ihn Urs bewahrt. Rechtzeitig!

Ludwig wäre unendlich verletzt, würde er jemals davon erfahren. Auch wenn er sich eingestehen müßte, wie lange Angela gewartet hatte, daß sie reif und die Zeit überfällig gewesen war. Nein, bereuen konnte sie es nicht! Gerade deshalb hatte sie sich gegen den athletischen Naturburschen nicht gewehrt, war nicht zimperlich, sondern mehr als bereitwillig gewesen.

Ludwig fiel aus allen Wolken, als Angela ihm nach Rückkehr aus dem Skiurlaub das Ende ihrer Beziehung mitteilte. Eine Welt brach in ihm zusammen. Eine artifizielle Welt!
Totenbleich und sprachlos hatte ihn Angela nach dem
Gespräch zurückgelassen. Ludwig hatte es nicht begreifen
können und wollen, daß sie beide für eine Festlegung auf
das Leben noch zu jung waren. Daß Angela noch Freiheit
zur Entscheidung brauchte.

Nach Hause kommen

— 1 —

Als Frank Hilfinger aus seiner Ehe ausstieg, erfuhren es
seine schon im Ruhestand lebenden Eltern zuerst. Er hatte
sie, wie es gelegentliche Gewohnheit war, mit einem Wo-
chenendbesuch und einem mitgebrachten Korb kulinari-
scher Köstlichkeiten überrascht. Um der Mutter die Mühe
einer ersten Mahlzeit zu ersparen. Als er eintraf, waren die
Eltern gerade in ein Gespräch auf der Terrasse ihres Hauses
vertieft, das von einem großen Garten und einer zu hoch
gewachsenen, etwas verwilderten Buchenhecke umstanden ist. Es war einer dieser prächtigen Frühsommertage,
bei denen jede Minute reut, die man nicht an der frischen
Luft verbringt.

Schnell waren eine Decke über den Tisch geworfen,
gedeckt und die mitgebrachten Köstlichkeiten ausgebrei-
tet: längs aufgeschnittene Langustenschwänze mit Cognac-
Mayonnaise, eine gebratene Ente, Kartoffelsalat und Apfel-
mus und danach rote Grütze mit Schlagsahne. Dazu gut
temperierten roten Sancerre.

»Welche Überraschung«, sagte seine Mutter, »wie schön,
daß du gekommen bist.«

»Ich finde das auch. Ihr wißt, wie gern ich nach
Hause komme! Leider viel zu selten. Ich entziehe mich

den Zwängen meiner Arbeit nicht genug. Aber ich habe mir vorgenommen, euch in Zukunft häufiger zu besuchen!«

»Das würde uns so freuen«, sagte der Vater. »War viel Verkehr, bist du über die Autobahn oder über die Landstraße gekommen? Aber egal, jetzt bist du erst mal da! Wie geht's im Büro?«

»Gut«, sagte Hilfinger. »Zu viel Arbeit! Und wenn nur nicht der ständige Termindruck wäre! E–Mail und Telefax haben unsere Arbeit nicht leichter gemacht. Dadurch, daß wir viele wichtige Kunden haben, laufen deren Informationen, Anfragen, Bitten um Kostenangebote fast ohne Unterlaß ein. Von uns wird dann prompte Antwort, am besten per Fax oder E–Mail, erwartet. Gott sei Dank kommen auch Aufträge! Aber wir sind ein effizient organisierter Betrieb und bewältigen das schon.«

Seine Mutter: »Wie geht 's den Kindern, Hansi und der kleinen Lisa, meinem Liebling?«

»Bestens. Sie sind immer fröhlich. Keine Schulprobleme, und Ferien gibt's auch bald«, meinte er.

»Und Yaram, deine Frau?«

»Ich weiß nicht. Ich weiß wirklich nicht, wie's ihr geht. Und wie sie es verkraftet; ich bin Anfang der Woche aus dem gemeinsamen Haus ausgezogen! Ich wohne jetzt allein, zumindest eine Zeitlang.«

»Frank, das tut uns so leid. Das ist ja furchtbar! Was haben die Kinder dazu gesagt, und Yaram? Wir hatten keine Ahnung, daß es bei euch Schwierigkeiten gibt! Wie ist es denn dazu gekommen?« sagte seine Mutter.

»Das weiß ich nicht so genau. Will es aber auch nicht wissen. Fest steht, Yaram betrügt mich. Mit einem Freund, vielmehr mit jemand, den ich für einen Freund hielt. Sie versprach, ihre Beziehung zu beenden. Aber es ist nun mal geschehen. Ein eklatanter Vertrauensbruch.«

Als Hilfinger seinen Bericht beendet hatte, standen ihm Tränen in den Augen. Sein Vater, der ihn, ganz anders als die Mutter, nicht unterbrochen hatte und seinen Angaben kommentarlos gefolgt war, schob seinen Stuhl zurück, stand auf und ging auf ihn zu. Dabei hatte er seine goldene Uhr von seinem Handgelenk gelöst und Hilfinger entgegengehalten.

»Frank, ich kann das alles nicht ändern. Du weißt, wie sehr ich auch Yaram liebe. Es tut mir sehr leid. Ich möchte, daß du zukünftig meine Uhr tragst.«

— 2 —

Hilfinger erinnerte sich, daß seine Mutter dem Vater die Uhr zu Weihnachten geschenkt hatte, als er etwa zehn Jahre alt war. Er hatte sich sehr darüber gefreut, war sie doch damals eine Kostbarkeit. Eine Schweizer Uhr, automatisch, mit goldenem Gehäuse, robust und doch genau. Eine Omega »Seamaster«, die man, nachdem auch das Armband aus einer in feinen Gliedern gewirkten, breiten Goldkette bestand, beim Schwimmen nicht ablegen mußte.

Er hat die Uhr sehr liebgewonnen. Nicht ihres materiellen Wertes wegen, der für den »Klassiker« heute über dem des in nahezu gleichem Design gefertigten Nachfolgemodells liegen dürfte. Nein, es ist der emotionale Wert! Aufgrund der Tatsache, daß der Vater in dem Moment, als er von seiner schwierigen Situation erfuhr, diese abmildern, ihm seine Sympathie versichern wollte und sich spontan von einem Stück getrennt hatte, an dem er selbst viel Freude und bescheidenen Stolz hatte.

Heute hütet Hilfinger die Uhr, behandelt sie als »Wertsache«. Wenn er zum Sport geht oder in Urlaub fährt, tauscht er sie durch ein Massenfabrikat aus; seine »Seamaster« wird sicher weggeschlossen. Dabei bemerkte er kürzlich eine Gravur auf der Rückseite »3.12.73«, die er, weil sie schon etwas abgenützt war, bislang wohl übersehen hatte. Was mag dies für ein Datum sein? Geburtstag und Hochzeit der Eltern sind es jedenfalls nicht!

— 3 —

Als Yaram Hilfinger ihren Mann über ihr Verhältnis mit einem engen gemeinsamen Freund in Kenntnis setzte, war es ihm wie Schuppen von den Augen gefallen. Das war also die Ursache, weshalb sie sich nach langen, harmonischen Ehejahren, in denen sie Kinder aufgezogen und ein Haus gebaut hatten, in der letzten Zeit nicht mehr so gut verstanden! Sich wegen Kleinigkeiten in die Haare bekommen hatten und Yaram eine gewisse Intoleranz, Ungeduld und zuletzt auch Heftigkeit an den Tag gelegt hatte, die er an ihr nicht kannte. Und daß sie ein schon vor Jahren verlorenes, nun sehr lebhaftes Interesse an seinem Betrieb, an seinen Kunden im Ausland, vor allem in Übersee, überraschenderweise wieder gezeigt und ihn ermuntert, ja gedrängt hatte, diese regelmäßig zu besuchen. Daß sie dabei weniger an die Festigung seiner geschäftlichen Verbindungen als an

die sich ergebenden Freiräume zur Festigung ihrer priva-
ten Liaison gedacht hatte, stand nun zu vermuten. Und daß
sie ihn dabei nicht begleiten wollte, obwohl seine Reisen
zum Teil in attraktive Städte mit reizvollem kulturellem
Angebot und schönen Läden führten, fand nun eine zwang-
lose Erklärung. Ihr Hinweis, daß dafür noch genügend Zeit
sei, wenn erst »die Kinder aus dem Gröbsten heraus sind«,
erschien ihm nur mehr wenig glaubhaft.

Nun erkannte er auch das systematische Vorgehen ihres
Liebhabers, der zuvor Teil ihres Freundeskreises war. Hatte
er zuletzt nicht immer besonders lange am Bett ihrer kleinen Tochter gesessen, wenn er zu einem späten Abendessen
eingeladen war? Dadurch wurden die Beziehungen in
seine Familie nicht nur verbreitert, sondern auch schon
früh ein eventuell späterer Übergang erleichtert? Und die
jeweils Anfang Dezember in seinem Auftrag schon seit drei
Jahren nun ausgelieferte Kiste mit Orangen? Galt diese der
Stärkung ihrer Abwehrkräfte im heranziehenden schlechten Wetter oder war es nicht eine der weiteren Maßnahmen,
um Zug um Zug, aus dem Verborgenen schleichend, in
seine Position einzurucken? Sei es, wie es sei, das war nun
nicht mehr wichtig!

— 4 —

Dem Auszug aus dem gemeinsamen Haus, dem Wegzug
von Yaram und den beiden halbwüchsigen Kindern ging
ein schmerzhafter Abnabelungsprozeß voraus. Vielleicht
hatte er – unbewußt – schon in den letzten zwei Jahren ein-

gesetzt, in denen Hilfingers Beziehung auf sonderbare Weise zunehmend unharmonisch geworden war. Aber wenn es um die letzte Entscheidung geht, um die konkrete Formulierung »Ich möchte von hier weg, ich ziehe aus!«, kreisen die Gedanken unaufhörlich um das, was man aufgibt und auf Dauer verliert. Insbesondere auch dann, wenn das In-der-Beziehung-Verharren als alternative Option denkbar scheint.

Wie würde ihn der Verlust des täglichen Kontakts mit den Kindern treffen? Kein gemeinsames fröhliches Frühstück mehr, bis sie sich dann zur Schule verabschieden. Keine neugierigen Fragen abends beim Nachhausekommen und beim Abendbrot. Daß seine kleine Tochter auf seinem Schoß sitzt, ihre Arme um ihn schlingt und, vielleicht als wichtigstes Tagesereignis, von ihrem Hasen berichtet. Das Gespräch, das abendliche Schachspiel mit seinem heranwachsenden Sohn wird es so nicht mehr geben.

Es ist auch wahr, daß er sein gemütliches Haus, das nach den gemeinsamen Wünschen des Paares geplant und gebaut worden war – sie hatten jahrelang auf der Suche nach einem geeigneten Grundstück die Stadt durchstreift – sehr vermissen würde. Der schöne Kamin, der hübsch eingewachsene Garten, die Terrasse, die den gesamten Nachmittag in Sonne, wenn sie scheint, getaucht ist – das würde ihm fehlen! Und der kurze Weg nur zum Betrieb! So etwas würde er kaum wieder finden, dachte Hilfinger.

Wer würde das Sorgerecht für die Kinder bekommen? Für sie ist es besser, bei Yaram zu bleiben, die zu Hause die erziehende Mutter ist. Wird ihm aber dies die Kinder nicht auf Dauer entfremden? Wird er den guten Kontakt zu ihnen nicht einbüßen? Und wie werden sie es aufnehmen? Es muß sie wie ein Blitz aus heiterem Himmel treffen! Wird es ihnen nicht ein bleibendes Trauma setzen, das sie in ihrem späteren Leben beeinträchtigen wird? Verlustängste, Bindungsschwierigkeiten, die ihr Zusammensein mit einem späteren Partner maßgeblich beeinträchtigen werden ...

Und Yaram, wie wird sie damit fertig werden? Sie hat wohl kaum damit gerechnet, daß er Konsequenzen zieht. Eher, daß er ihr Abenteuer, nach einigen unschönen Diskussionen vielleicht, zwar nicht akzeptiert, aber hinnimmt. Das dann irgendwann vergessen und verziehen ist! Wird sie mit dem plötzlichen Übergang zur alleinstehenden Frau fertig werden? Den Konflikten mit den heranwachsenden, puberticrenden Kindern, ohne daß der Vater ein hilfreiches Machtwort spricht? Der Freundeskreis wird sich spalten und teilweise zurückziehen. Wie will sie das den Kindern aus ihrer Sicht erklären? Und ihr Freund ist, weil selbst verheiratet, womöglich nicht verfügbar. Vielleicht will sie ihn gar nicht wirklich, wenn erst das Abenteuer zum legitimen Alltag wird? Aber das hätte sie sich vorher überlegen müssen! Schließlich ist es kein »Ausrutscher«, sondern eine, soweit er es übersehen kann, über ein, zwei Jahre andauernde Beziehung gewesen.

Aber geht es zuletzt nicht um *ihn*, um *sein* Leben? Muß er in einer solchen Situation denn Kompromisse schließen? Und was passiert, wenn sie ihre Absicht, ein ihm gegebenes »Versprechen«, die Verbindung zu beenden, nicht einhalten kann? Wenn sie das »Heimweh« nach ihrem Freund überfällt? Es war eine emotionale Bindung gewesen, die sie an ihren Freund gebunden hatte, ein gegenseitiges Stützen; nicht ein Austausch von Zärtlichkeiten nur, sondern sicher auch von, das bleibt doch nicht aus, angedachten Plänen, Optionen, gemeinsamen Illusionen, die, weil sie den zermürbenden Alltagstest noch nicht erfahren hatten, auf ungeahnte Weise attraktiv bleiben werden. Kann er ihr noch vertrauen, wenn er lange Besprechungen in seinem Büro hat, wenn er auf seinen häufigen Geschäftsreisen ist? Muß er nicht vielleicht wieder mit Heimlichkeiten rechnen, etwas, was ihm an die Substanz geht? Geben solche Fragen, der Zweifel allein nicht schon die Antwort, daß allein eine Trennung richtig ist? Wenn der »Kitt« der Sexualität brüchig geworden ist, und das kann er in der letzten Zeit nicht in Abrede stellen, kann man an die Festigkeit, die Stabilität der Bindung noch glauben? Als Ingenieur, als der Hilfinger sich noch immer fühlte, sicher nicht.

Aber muß er nicht die ihm nun eröffneten Möglichkeiten eines »Freibriefs« dagegen abwägen, die ihm das Festhalten an der bisherigen Beziehung, die so schlecht nicht war, versüßen? Nun könnte ihm niemand einen Vorwurf machen, wenn er die sich bietenden Möglichkeiten voll ausnützte! Auf den Geschäftsreisen in alle Welt, insbesondere nach Osteuropa und Fernost. Gelegenheiten, die er früher hatte und die sich ihm immer wieder bieten, die abzuschlagen bislang mit Zögern, ja inneren Kämpfen gerade noch gelungen war. Frauen, die ihn in ihrer Fremdartigkeit oft neugierig und erregt zurückgelassen hatten. Wehmütig denkt er manchmal an versäumte Gelegenheiten zurück. Mit gutem Gewissen würde er ab jetzt ihre Körper genießen, ihre Weiblichkeit, ihren Charme, sicher auch ihre fremdartige Erotik. Ja, mit ganz gutem Gewissen! Jeder müßte das verstehen, sollte sein geplantes, geheimes Leben durch irgendeinen Zufall ans Licht kommen.

Wollte er denn eine offene Beziehung? Konnte er denn seine Heimlichkeiten und Genüsse im vollen Bewußtsein ausleben, wenn Yaram ebensolche mit ihrem Freund genießt? Würde ihre Beziehung dann nicht eine leblose Farce werden, in der sie nur noch Belanglosigkeiten teilen und in ihren Gedanken und Schnsüchten bei Dritten sind? Nein, das will ich nicht! dachte Hilfinger. Er hatte andere Vorstellungen von seinem Leben. Die studentischen Allüren, bei denen er es schick fand, möglichst viele Frauen, womöglich gleichzeitig, zu konsumieren, hatten jetzt keinen Wert mehr für ihn. Das waren Billigkeiten, denen er in seinem jetzigen Leben keinen Raum mehr geben würde.

Bei einem heftigen Wortwechsel ist es dann zu den Worten »Yaram, ich möchte von hier weg, ich ziehe aus« gekommen. Traurigkeit auf beiden Seiten, plötzliche Tränen, entsetzte Verzweiflung sogar, schließlich der Nachsatz »Vielleicht nur für sechs Monate oder ein Jahr. Laß uns dann sehen, ob wir den Weg zueinander wieder finden ...«.

— 5 —

Hilfinger war danach ausgezogen. Lange Nächte lag er grübelnd im Bett, dachte über vieles nach und unternahm den Versuch, Klarheit über seine Situation und sein zukünftiges Leben zu gewinnen. Dabei spielten auch vergangene Zeiten, die Kindheit, Erinnerungen und Wertvorstellungen Dritter hinein. Vor allem die der Eltern waren Hilfinger wichtig: Ihre Ehe war aus seiner Sicht vorbildlich gewesen.

Fünf Kinder hatte seine Mutter geboren und in schweren Kriegszeiten, zum Teil allein, erzogen. Sie mußte in den letzten Jahren ihren Mann in seiner kriegswichtigen Industrieposition in Berlin zurücklassen, das Nacht für Nacht durch gewaltige britische und amerikanische Bomberflotten in Angst, Terror und gewaltige Feuersbrünste versetzt wurde. Mit den kleinen Kindern kam sie bei ihrer im Kanton Uri in der Schweiz lebenden Mutter unter, mit all den Schwierigkeiten, die ein Zusammenleben dreier Generationen auf engstem Raum mit sich bringt. Mit unendlich viel Arbeit und dem Mut einer Löwenmutter hatte sie ihre kleinen Kinder durch diese schwere Zeit gebracht.

Danach hatten die Eltern anfangs schwierige Jahre des vollständigen Neubeginns in einem Kleinstädtchen in der Nähe von Zürich durchzustehen. Die Aufmerksamkeit der Mutter galt dabei der Ausbildung ihrer Töchter und Söhne. Alle wurden sie erfolgreich durchs örtliche Gymnasium gebracht, wobei sie den bei einigen Geschwistern fehlenden schulischen Arbeitseinsatz oder Leistungswillen mit einer ihr eigenen Disziplin einforderte. Hilfinger erinnert sich an einige Schuljahre der intensiven Diskussionen, Auseinandersetzungen auch mit einem jüngeren Bruder, des nachmittäglichen gemeinsamen Arbeitens, Vokabelabhörens und auch an die empörten Blicke seines Bruders, die die Mutter hätten töten können. Daneben wurde das Spielen mit Musikinstrumenten erlernt und vor Weihnachten (viel zu lange) gemeinsam musiziert, bevor die Familie in das Weihnachtszimmer mit einem strahlenden Weihnachtsbaum zur großzügigen Bescherung eingelassen wurde.

Es war eine behütete, ländliche Existenz, auf die er zurückblicken konnte. Sie hatten Freude an Tieren, die im Haus und im Garten gehalten wurden. Kaninchen, Dohlen mit gestutzten Flügeln und Hunde diverser Provenienz: Schäferhunde, Neufundländer und nicht zuordnungsfähige Mischlingshunde waren über die Zeit hinweg ihre engen Freunde. Sie hatten aber auch manche Sorge bereitet, setzten sie doch gelegentlich über den Gartenzaun, um im

114

benachbarten Wäldchen zu wildern. Mancher Postbeamte oder auch Hausierer ist durch die Mutter, zur hellen Empörung seines Vaters, mit einem seiner abgetragenen Anzüge oder Mäntel als Kompensation für schmerzhafte Bißwunden abgefunden worden.

Als sie halbwüchsig waren, wurden die Kinder in Sprachferien bei Familien in England und Frankreich verschickt, weshalb viele Jahre lang die »Gegenkinder« mit ihnen ebensolche Ferien verlebten. Mit diesen hatten sie das Weißhorn bestiegen, den Vierwaldstätter See, den Rheinfall in Schaffhausen, die Kunsthalle in Zürich und andere Sehenswürdigkeiten besucht. Die sich durch die stetige Wiederholung der Besichtigung bei ihnen nachhaltig einprägten. Danach verließen sie das Elternhaus zum Studieren an den Universitäten, die sie als Lehrer, Betriebswirt und Informatiker, Bauingenieur bzw. Rechtsanwalt verließen. Sollte man sie als im Beruf erfolgreich ansehen, wäre es auch ein hart erarbeitetes Verdienst der Eltern!

Hilfingers Vater, der, vor allem anfangs, in neuer Stellung beruflich zu kämpfen hatte, hatte die Mutter immer treu zur Seite gestanden. Als er später die Karriereleiter nach oben kletterte, Erfolg sich einstellte, hat sie ihm manche Rede geschrieben, die er im Betrieb, aber auch in städtischen Ehrenämtern hielt. Mit viel Geduld hielt sie ihn davon ab, »den Beutel hinzuwerfen«, als sein Vater glaubte, es mit seinen Direktorenkollegen nicht mehr auszuhalten oder die von der Konzernspitze abverlangte geschäftliche Linie nicht mehr mitverantworten zu können.

Es war jedoch keine heile Welt. Hilfinger erinnerte sich, als er die ersten Jahre des Gymnasiums besuchte, daß er sehr unter einer anderen Sicht der Ehe der Eltern zu leiden begann. Sie war leider manchmal recht unharmonisch! Waren es die schweren Kriegsjahre, die jahrelange Trennung der Ehepartner, der Hunger und die tägliche Sorge, die kleinen Kinder satt zu bekommen, die nervliche Anspannung des beruflichen Neuanfangs in der Schweiz? Die Asthmaerkrankung des Vaters? Oder alles zusammen? Ich weiß es nicht! dachte Hilfinger. Mehr und mehr ergaben sich Irritationen, Ungeduld, die in heftige Gespräche – oft im Beisein der Kinder – mündeten. Dabei blieb es aber nicht immer. Kam es doch durch den explosionsartig anschwellenden Jähzorn seines Vaters zu lautstarken Auseinandersetzungen, ja zu unflätigen Ausdrücken. Und zur Verfolgung seiner Mutter um den lang ausgezogenen Tisch im Eßzimmer, was die Kinder in Schreck erstarren, manchmal aber auch eine Schlichtung, Intervention, ein Dazwischengehen versuchen ließ. In blinder Wut, außer sich vor Empörung, ließ sich der Vater dann zu Gewalttätigkeiten, auch gegen intervenierende Kinder, hinreißen. Daß er außer Kontrolle geraten war, hat seinem an sich gutmütigen, großzügigen Vater hinterher sehr leid getan und ihn geschmerzt!

Hilfingers Mutter konnte ihm all dies irgendwann nicht mehr verzeihen. Sie schloß sich in die hinteren Gemächer des Hauses ein und war, auch durch liebevolle, versöhnliche Worte des Vaters und inständige Bitten der Kinder, tagelang nicht zu bewegen, diese zu verlassen. Sie muß es

116

dabei ohne jegliches Essen ausgehalten haben. Manchmal spielte sie danach am Klavier getragene Musik über Stunden hinweg, in die sich die bedrückende Stimmung im Haus in sie lähmender Weise einmischte. Es war nach diesen gewalttätigen Auseinandersetzungen, daß die Asthmaanfälle des Vaters vermehrt auftraten und an Heftigkeit drastisch zunahmen.

In den letzten Jahren seiner Schulzeit hatte er davon abgesehen, seine Freunde mit nach Hause zu bringen. Konnte doch unvermittelt ein heftiger Streit gewaltiger Intensität losbrechen. Diese Disharmonie galt es nach außen abzublocken, war sie doch im Hause selbst schon durch die engsten Angehörigen schwer genug zu ertragen. Einige der erlebten Szenen sind in ihrem Ablauf noch heute in jeder Einzelheit, mit jedem der verletzenden Sätze, die geschrien wurden, und mit dem, was sich danach abspielte, unauslöschlich in sein Gedächtnis eingebrannt. Jedes der Kinder mag dies auf andere Weise erfahren und verarbeitet haben. Soweit es möglich ist, obwohl es scheint, daß seine Schwestern am meisten darunter gelitten haben. Sie waren in der Zeit ihres Universitätsstudiums und danach kaum mehr in das Elternhaus zurückgekehrt. Und Hilfingers Eltern haben trotz allem an ihrer Ehe bis zum heutigen Tage unerschütterlich festgehalten.

Wenn er in der Rückschau dies chronologisch richtig einordnet, scheint es, als ob die Ehe der Eltern nach einer schweren Krankheit, die die Mutter durchzustehen hatte, zunehmend unharmonisch geworden war. Er hatte gerade die damals noch zu absolvierende Aufnahmeprüfung zum Gymnasium geschafft, als seine Mutter an einem Morgen plötzlich das Bett nicht mehr verlassen konnte. Das hatte alle zutiefst beunruhigt und erschreckt. Sie war, ohne erkennbaren äußeren Grund, plötzlich zu schwach, um aufzustehen. Hatte Hitzewallungen, um danach erbärmlich zu frieren. Ihre Glieder schmerzten auf eine offenbar kaum auszuhaltende Weise. Oft atmete sie schwer, fiel tagsüber in einen erschöpfenden Schlaf, der sich dann nachts nicht mehr einstellen wollte. Über viele Wochen hinweg erschien ihr Hausarzt täglich, verabreichte Injektionen mit stärkenden Vitaminen, Spurenelementen und wohl auch Medikamenten. Ohne daß die Ursache der Krankheit aufgehellt und eine Besserung eingetreten wäre. Es war ihnen allen ein furchtbarer Gedanke, daß Mutter nicht mehr gesund werden, ja vielleicht sehr früh sterben würde.

Wirklich alles war versucht worden, um Mutters Krankheit beizukommen. Sie hatte immer frische Blumen im gutgelüfteten Zimmer. Bücher trafen mit zahlreichen Briefen der Freunde ein. Viele Besucher in ihrem Städtchen nahmen Anteil, wurden aber zur Mutter – weil sie es nicht wollte – nicht vorgelassen. Auch ein Wünschelrutengänger war erschienen und hatte eine unter dem Krankenzimmer verlaufende Wasserader geortet. Dies erschien allen sehr unheimlich! Als eine Batterie leerer Flaschen sowie Kupferplatten zum Schutz gegen schädliche Erdstrahlen direkt vor dem Krankenzimmer im Garten tief eingegraben worden waren, beruhigten sie sich etwas.

Nachdem Monate ins Land gegangen waren, begann seine Mutter wieder besser auszusehen. Sie nahm etwas zu und konnte, wenn auch anfangs nur für kurze Zeit, aus dem Bett aufstehen. Zu einem Liegestuhl im Garten bewegte sie sich bald mit eigener Kraft, auf dem sie, in dicke Wolldecken eingehüllt, für Stunden ruhte. Die Schäferhündin Mira, die Hilfingers Mutter liebte, wich in dieser Zeit nicht von ihrer Seite. Ganz allmählich war Mutter dann wieder gesundet; auf genauso rätselhafte Weise, wie die Krankheit über Nacht gekommen war, hatte sie sich verflüchtigt!

— 8 —

Zur Erholung – Rehabilitation würde man heute sagen – durfte Mutter für zwei Monate in die Toskana reisen. Durch eine mehrjährige kaufmännische Lehre, die sein Vater seinerzeit vor Aufnahme des Studiums in Perugia absolviert hatte, sprach er Italienisch wie seine Muttersprache. Und hatte eine tiefe Liebe zu Italien, seinen Landschaften und seiner liebenswürdigen und temperamentvollen Bevölkerung gefaßt. Wahrscheinlich aus diesem Grunde hatte die Familie schon zu Zeiten, als dies noch nicht allgemein üblich war, wunderbare Urlaube in Italien verbracht. Mutter hatte die Liebe zu Land und Leuten aus vollem Herzen übernommen. Und in der Volkshochschule, nach und nach, recht ordentlich Italienisch erlernt. Nun war die Gelegenheit da, ihre Sprachkenntnisse in einem Ferienkurs an der Universität in Siena, vor allem aber ihre Kenntnis der italienischen Literatur, zu vertiefen.

Es muß für Hilfingers Mutter eine zauberhafte Zeit gewesen sein, von der sie immer wieder geschwärmt hat. Wegen der Genesung von sehr schwerer Krankheit tief dankbar, konnte sie sich dem besonderen Licht, dem Eindruck der sanften, mit Olivenbäumen bestandenen Hügel und der typischen Architektur der toskanischen Landschaften in besonderer Weise öffnen. Das milde Klima, die italienische Küche und der toskanische Wein mögen das ihre dazu getan haben. In ihren literarischen Studien – wie sie später erzählte, denn geschrieben hat sie in dieser Zeit kaum – war sie vorangekommen. Besonders die Rime und Sonette von Vittoria Colonna hatten sie verzaubert, wie auch die Umstände ihres mittelalterlichen Lebens, denen Mutter durch spätere Besuche auf den Inseln Ischia und Procida weiter nachspürte. Und mit der ihr eigenen Intensität hatte sie sich auch mit den literarischen Schriften, besonders aber den Gedichten Michelangelos, einer bei uns weniger bekannten Neigung des Meisters, auseinandergesetzt. Und seine zahlreichen Briefe an Padre Lodovico in Firenze, Domenico Bouninsegni in Roma und seinen Neffen Leonardo (auch in Firenze) für sich ins Deutsche gebracht.

Den Rime 287

*»Di giorno in giorno insin da' mie prim'anni, Signior, socorso tu mi fuste e guida, onde l'anima mia ancor si fida di doppia aita ne' mie doppi afanni«**

zitierte sie als ihren Lieblingsvers danach noch oft.

---

* »Seit meinen ersten Jahren hast Du mich, oh Herr, von Tag zu Tag geführt und mir beigestanden; deshalb hat meine Seele Vertrauen, bei doppelten Sorgen Deine doppelte Hilfe zu erfahren.«

Nach ihrer Rückkehr hatte sie die Aufgaben als Mutter und Ehefrau mit Kraft wieder aufgenommen. Auch wenn sich in der Folge eigenartigerweise mehr und mehr Disharmonie und Unfrieden in die Familie eingeschlichen hatten. Hilfingers Mutter war danach von schweren Krankheiten verschont geblieben, wenn man von einer Netzhautablösung an einem Auge absieht. Die damals noch in konventionell-langwieriger Weise in einer Züricher Privatklinik behandelt wurde. Gefallen war sie, und der heftige Schlag hatte die Netzhaut vom Augenhintergrund zum Teil abgelöst.

— 9 —

Kann die Ehe meiner Eltern, an der sie wie an einem eisernen Gesetz festgehalten haben, ein Vorbild für mich darstellen? fragte sich Hilfinger. Eine Entscheidungshilfe? Sie haben sich wirklich lieb, oder vielleicht präziser, sie hatten sich wirklich lieb gehabt. Über einige Jahre hinweg hatten sie es wieder und wieder geschafft, einen Neuanfang zu machen. Aber dann wohl nicht mehr! Zu sehr hatten sie untereinander gelitten und, schlimm genug, die Kinder darin verwickelt. Sie zu Komplizen für die Sache des einen geworben, um Verständnis zu wecken, sie in Parteipositionen gedrängt und um sie als Boten für Botschaften zu nutzen, die sie selbst nicht überbringen konnten oder wollten, erinnerte er sich.

Kann ich eine Ehe zukünftig führen, die primär auf die Kinder gerichtet und durch deren erhofften Erfolg im

121

Leben sanktioniert ist? Werde ich dadurch meine innere Enttäuschung »wegstecken« und den von mir empfundenen Treuebruch vergessen? Unfrieden in Kauf nehmen? Oder habe ich, gerade durch meine Erfahrung der Kindheit, ein besonderes, gesteigertes Harmoniebedürfnis? Welches sind meine Entscheidungskriterien, die ich nach der Zeit des Trauerns, des Abstands anwenden werde, um zu entscheiden, ob ich zu Yaram zurückkehre oder nicht? Diese Fragen bedrängten Hilfinger mehr und mehr.

Und warum hatte Vater bei seinem ersten Besuch »danach« zu Hause seinem Bericht regungslos und kommentarlos zugehört, um ihm dann einen für ihn hohen Wert, seine goldene Uhr, nahezu wortlos zu überreichen?

Sein Ratschlag war Hilfinger in seinem bisherigen Leben immer in besonderer Weise wertvoll gewesen und hatte ihn, auch oft unaufgefordert, erreicht. Warum diesmal nicht? Und was bedeutete das Datum der Gravur auf der rückwärtigen Schale der Uhr?

Er beschloß, seinen Vater um einen Besuch bei sich zu bitten, um zu reden …

— 10 —

»Papi, es ist so lieb, daß du gekommen bist! War die Fahrt anstrengend? Und ich durfte dich nicht am Bahnhof abholen, weil du so gern zu Fuß gehst«, sagte Hilfinger.

»Das stimmt! Weißt du, ich bin Pensionär und habe jetzt Zeit, Dinge beschaulich anzugehen, was ich früher nicht konnte …«

»Papi, du kennst meine Situation. Bis vor kurzem hätte ich mir nicht träumen lassen, daß wir uns in diesem Häuschen treffen, in dem wir jetzt sitzen, und daß ich dich um einen Ratschlag, sozusagen in ›ureigenster Sache‹, bitten würde.

Du hast bei meinem kürzlichen Besuch so wenig Stellung bezogen. Aber du warst so lieb und deine goldene Uhr – ich bin tief gerührt und dir sehr, sehr dankbar! Übrigens, es ist mir ein Datum aufgefallen. Der 3.12.73 – was ist das für ein Tag, woran kann ich mich, der nun deine Uhr trägt, erinnern?«

Für einige Zeit war es still geworden, und das Zwitschern der Vögel in den Apfelbäumen im rückwärtigen Teil des Gartens war plötzlich deutlich zu hören, als ob diese nun lauter singen würden.

»Willst du es wirklich wissen? Dann will ich dich ins Vertrauen ziehen, aber mich auch auf deine absolute Diskretion verlassen: Der 3.12. ist das Datum einer Beichte, eines Wiederanfangs auch, und das kam so: Du erinnerst dich, daß Mutter schwer krank und danach zur Erholung in der Toskana war. Sie hat an der Ferienuniversität in Siena eine gute Zeit gehabt. Und«, hier trat eine Pause ein und Vater räusperte sich, »sich in den Professore verliebt, der dort Literaturwissenschaft lehrte. Der uns danach auch mehrfach besucht hat und mit dem wir noch heute in Korrespondenz stehen. Und, du weißt, Mutter hat früh geheiratet. Mit 19 Jahren, ich war ihr erster Mann! Aber – und sie hat mir dies am 3.12.73 gebeichtet – sie hat auch mit ihm, dem Professore, geschlafen.« Der Vater hatte nun Mühe, seine Gefühle zu beherrschen. Ein nachdenklicher, ja bestürzter Zug war in sein Gesicht getreten. Ersichtlich um seine Fassung ringend, fuhr er nach einer Stille mit stockender

Stimme fort. Hilfinger spürte, daß er ihn jetzt nicht mehr unterbrechen sollte.

»Sie hatte mit ihm über die Wochen ihres Ferienaufenthalts eine sexuelle, aber auch eine tief emotionale, geistige Beziehung! Ohne das eine wäre das andere wohl nicht möglich gewesen.

Unter Tränen hatte sie mir dies gebeichtet, um Vergebung, nein, um Verständnis gebeten und geschworen, daß sich so was nicht wiederholen würde. Sie hat mir freigestellt, sie zu verlassen! Du weißt, daß ich keine Wahl hatte: das neugebaute, mit Schulden belastete Haus, ihr Kinder, die ihr die Mutter so gebraucht habt. Meine berufliche Situation!

Aber, ihr Geständnis traf mich tief. Ich hatte mich deshalb nicht in der Gewalt. In meiner Erregung versetzte ich ihr einen Faustschlag ins Gesicht, was mir noch heute zutiefst leid tut. *Das* hat die Netzhaut ihres linken Auges abgelöst, die dann in der Züricher Klinik behandelt werden mußte. Sie fiel nicht in der Waschküche über die Türschwelle, so wie wir euch Kindern das erklärt hatten.

Der 3.12. war aber auch das Datum eines Neuanfangs. Mutter hat mir am nachfolgenden Weihnachtsfest die goldene Uhr, die jetzt dir gehört, mit der Gravur geschenkt. Sie sollte alles wiedergutmachen und einen Neubeginn symbolisieren.

Aber wenn ich ehrlich bin, wir haben es nicht geschafft. Unsere Ehe war für mich nicht mehr dieselbe! Die Gedanken und die Phantasien eines toskanischen Sommers haben mich immer wieder und wieder verfolgt. Fast gleichgültig, wo wir uns später in Italien aufhielten, diese Geschichte kam mir in Erinnerung. Uns beiden, wenn auch oft unausgesprochen – es lag in der Luft. Selbst, und das ist absurd, die Beziehung zu meinem geliebten Italien ist seitdem beeinträchtigt. Für die Ferien ziehe ich nun Frankreich vor.

Im nachhinein war es sicher nicht hilfreich, daß ich das Fortbestehen einer Beziehung, allein auf freundschaftlicher Ebene, mit dem Professore zugelassen habe. Daß er an uns beide, an Mutter und mich, gerichtete Briefe schrieb, euch zur Hochzeit beschenkte und zu gelegentlichen Besuchen kam. Das hat die Wunde immer offengehalten.

Unsere Beziehung hat darunter sehr gelitten. Vieles schluckte ich danach nicht mehr. Auch Mutter ließ sich manches nicht mehr gefallen! Eine Atmosphäre der Intoleranz, der Verdächtigungen auch hat sich breitgemacht. Unser Temperament ist mehr und mehr aufeinandergeprallt. Dazu kommt mein unglückseliger Jähzorn. Groteskerweise hat Mutter danach *mich* mit einer übersteigerten Eifersucht verfolgt. Bei jeder Zugfahrt, noch so kleinen Geschäftsreise, dem Betriebsausflug, immer vermutete sie, daß ich hinter anderen Frauen her bin, diesen Komplimente mache, sie hintergehe.

Und sie hatte nicht unrecht: Fairerweise muß ich dir eingestehen – und davon weiß niemand etwas, absolut niemand – habe ich auf dem folgenden Betriebsausflug unsere damalige Buchhalterin, Frau F. – du kennst sie auch –, gevögelt. Entschuldige den Ausdruck! Aber ja, so muß ich das ausdrücken. Es war ja keine Liebe. Ein bißchen Emotion vielleicht, aber hauptsächlich Selbstbestätigung.«

Und nun zögerte der Vater, ein Moment der Stille trat ein. Das monotone Brummen eines tiefffliegenden Flugzeugs drang durch das offene Fenster herein. Hilfinger überlegte, ob er etwas sagen sollte, als sein Vater fortfuhr. »Rache auch, etwas heimzahlen. Aber: Frau F. ist eine patente Frau! Sie wollte das auch! In einem Wäldchen auf

dem Jura, als die Belegschaft auf einen Schoppen Wein ein-
gekehrt war. Es hat sich danach noch einmal ergeben. Es
ging schnell. Wir sprachen darüber in den folgenden Jahren
unserer Zusammenarbeit nicht mehr.«

Ja, Frau F., die Buchhalterin, kannte Hilfinger auch –
aber eben nur als jemand, der mit Zahlen umging. Der
Gedanke überfiel ihn, sich bei einem kommenden Besuch
im Betrieb, dem sein Vater in seiner aktiven Zeit als Direktor vorgestanden hatte, Frau F. besonders anzusehen. Ob
sie auch außerhalb der Zahlen mit seinem Vater harmonier-
te? Ein gutes Ventil für die ihn schmerzende Verbitterung,
den verletzten Stolz und sein Sich-selbst-beweisen-Wollen
gewesen war? Er würde sie sich für einen Moment ohne ihr
Bürokostüm vorstellen …

Nein, das alles kommt nicht in Frage. Keinesfalls will ich
meinen Papi einer Kontrolle, einer Bewertung seiner Sexualität unterziehen. Das ist eine Ebene, die ich bei meinen
Eltern nie, nie betreten werde! Nur keine Details, keine
Fragen stellen, dachte Hilfinger.

»Eins weiß ich allerdings«, sagte sein Vater. »Es war
keine Befreiung. Im Gegenteil, mein Asthma ist danach
stärker geworden …«

— 11 —

Als die ihm selbstgesetzte Bewertungszeit verstrichen war,
beschloß Hilfinger, für sich zu bleiben. Das illusionäre
Totale, die von ihm erwartete, ablenkungsfreie Zuneigung
seiner Frau war abhanden gekommen. Er wußte, sie war

126

unwiederbringlich. Ein Leben in trauriger Erinnerung oder in ab und zu wiederkehrender Melancholie, mit guten Momenten dazwischen, würde er nicht führen. Kehrte er in sein früheres Leben zurück, würde es von der Vergangenheit überschattet sein, der Täuschung, dem Vertrauensbruch. Er würde anderswo sein Gleichgewicht wiederfinden. Koste es, was es wolle ...

Frauen und Extrudierzylinder – in Moskau

— 1 —

Als Bruno Zenetti Anfang der 70er Jahre erstmalig in Moskau eintraf, war er baß erstaunt: Bei klirrender Kälte und beachtlicher Schneedecke hatte er Zürich Mitte Dezember verlassen und war im nieselnden Regen einige Stunden danach in Moskau-Scheremetjewo gelandet. »Der russische Winter kommt erst im Januar, und wenn nicht, bestimmt im Februar«, sagten seine russischen Gesprächspartner.

Einige Tage später hatte starker Schneefall die Stadt in einen prachtvoll schimmernden Winterpalast mit den darüber schwebenden goldenen Zwiebeltürmen des Kreml verwandelt. Die Geräusche der auf den Prospekts, wie die Russen die überbreiten Straßenzüge nennen, mit unveränderter Geschwindigkeit und zu geringem Abstand unaufhörlich in die Stadt einfahrenden Kraftfahrzeuge erschienen nun gedämpft. Moskau war der Zauber verliehen, den er von Anfang an erwartet hatte.

Das im Zuckerbäckerstil errichtete, vom Zentrum schon etwas abgelegene Hotel Ukraina war sein Domizil. Dort schob er sich in wartenden Menschenschlangen nur mühsam zu den Schaltern in der Hotelhalle vor und checkte bei den ungerührt lange Zeit miteinander oder den Gästen lautstark diskutierenden ›Hotelweibern‹ ein. War dann einige Stockwerke mit dem Aufzug in die Etage des zugewiesenen Zimmers hochgefahren. Mit Staunen hatte er zur Kenntnis genommen, daß auch dort, hinter schmucklosen Tischen, ebensolche Hotelweiber beobachtend und kontrollierend saßen. Die in drei Schichten rund um die Uhr wechselten. Keiner westlichen Sprache mächtig, schienen sie zu keiner dem Gast effektiv dienenden Serviceleistung befähigt. Zenetti wußte damals nicht, daß die Verfassung des Landes allen Menschen im arbeitsfähigen Alter einen Arbeitsplatz zusicherte. Eine Tätigkeit, nein, die mußte damit nicht verbunden sein.

Dann war er in seinem stark überheizten Zimmer angelangt. Wo konnte er nur die Dampfheizung abstellen? Heizungsventile, Drehknöpfe in der Wand, Regelungsanlagen waren jedoch nicht vorgesehen. Das Befinden der Gäste war nur über das gesamte Stockwerk hinweg regelbar. Wie so vieles andere in diesem Land der Kontrolle des einzelnen entzogen. Als er die Fenster aufriß, dröhnte das mahlende Geräusch der Motoren und entnervendes Hupen mit eisiger Luft herein. Wie er hier Schlaf finden sollte, beunruhigte ihn etwas. Aber er war ja nicht gekommen, um sich zu erholen. Daß er geschäftlich etwas anbahnen könnte, war wichtig. Noch in Gedanken begann er, Konstruktionszeichnungen, Gegenüberstellungen der erreichbaren Produktionswerte, Prospekte seines Unternehmens und Kostenaufstellungen auszupacken und auf dem zweiten Bett abzulegen. Auf seine Geschenke und die diskrete Art der Übergabe würde es allerdings mindestens ebenso ankommen! Ein italienischer Geschäftsfreund hatte ihn darauf hingewiesen. Wie um sich rückzuversichern, daß er daran gedacht hatte, legte er die mitgebrachten Gaben aus: Pralinékästen, französischen Cognac, amerikanischen Whiskey, Parfüm, einige Stangen Marlboro, aber auch den einen oder anderen verschlossenen Umschlag.

Zenettis mittelständischer Betrieb in Olten, direkt an der Aare gelegen, war auf die Produktion von verschleißfesten Achsen bzw. Teilen davon spezialisiert. Seit Jahrzehnten gingen diese in den Lastwagenbau. Aber auch in erheblicher Zahl in die benachbarte Ausbesserungswerkstätte der Schweizer Bahn. Diese war nun geschlossen worden, und ob der Bau von Lastwagen in der Schweiz überleben würde, unsicher. Auf der Suche nach anderen Produktionsmöglichkeiten war Zenetti auf den wachsenden Markt an Kunststoffverarbeitungsmaschinen aufmerksam geworden. Dort ließen sich die Erfahrungen und Technologien seines Betriebs mit beachtlichem Erfolg umsetzen. Dafür mußte er jedoch einen neuen Kundenkreis erschließen. Das war nicht einfach. Aber Zenetti war es gewohnt, seine Überlegungen hartnäckig und zielstrebig zu verfolgen. Er würde sich auch durch den Eisernen Vorhang nicht abhalten lassen, die dahinter verborgene Geschäftswelt aufzuspüren.

Der anhaltende Widerstand der V/O Machinexport, in die gewünschten Geschäftsbeziehungen einzutreten, hatte Zenetti zu dieser Reise veranlaßt, in der Hoffnung, im direkten Gespräch weiterzukommen. Verschleißfeste Extrudierzylinder wollte er liefern, die es in dieser Qualität zu seinem Preis anderswo nicht gab. Davon war er überzeugt. V/O Machinexport, auch für den Vertrieb von Kunststoffverarbeitungsmaschinen zuständig, könnte so bestückte Doppelextrudiervorrichtungen anbieten. In der UdSSR und im Export. Und würde damit wirtschaftlichen Erfolg haben – denn der erreichbare Markt war bedeutend! Wenn er nur die Extrudierzylinder liefern durfte! Die Korrespondenz war bislang unverbindlich, ausweichend geblieben. Sofern mit erheblicher Verzögerung überhaupt geantwortet worden war. Seine früheren Versuche, telefonischen Kontakt aufzunehmen, waren an mangelnden Sprachkenntnissen und dem Knacken der gestörten Telefonverbindungen gescheitert.

Die Gepflogenheiten und Abläufe der sowjetischen Welt kannte Zenetti noch nicht. Niemand aus dem Betrieb hatte den Ostblock zuvor bereist; es bestanden keine geschäftlichen Kontakte. Bislang wurden nur Kunden vor Ort und im benachbarten Ausland beliefert. Zenetti war bereit, sich auf die neuen Erfahrungen einzulassen. Diese hatten schon bei der Einreise begonnen.

Ja, ein kleines Abenteuer war es schon, die stringenten Grenzkontrollen am Moskauer Flughafen mit den in der Höhe kalibrierten Spiegeln zu passieren, die den Einreisenden zur Überprüfung von Paß und Visum in die Rundumsicht der Grenzpolizei rückten. Eine erste Nervenprobe des minutenlangen Musterns, des Einblicknehmens in die Dokumente, wiederholtem Vor- und Zurückblättern der Reisepapiere, des erneuten prüfenden Anstarrens und barschen, knappen Fragens, bis endlich die gewünschten Stempel aufgedrückt wurden. Damit konnte man in die benachbarte, doch so andersartige Welt eintreten. Sich dort zurechtzufinden war nicht einfach: um Selbstverständlichkeiten wie ein Taxi galt es anzustehen, Formulare auszufüllen, zu kämpfen. Das Hotel war nicht frei wählbar gewesen, es wurde am Flughafen zugewiesen. Schon dabei türmten sich erhebliche Sprachbarrieren auf. In seiner Bleibe eingetroffen, war es für Zenetti schon erstaunlich, daß sich niemand für ihn zuständig fühlte, niemand an einer Dienstleistung interessiert schien und sich früh die hohen Türen des Speisesaals wegen Überfüllung schlossen. Daß er und zahlreiche andere Gäste hungrig und unversorgt ohne Einlaß blieben, ließ die davorstehenden uniformierten Wächter unbeeindruckt.

In den geschäftlichen Gesprächen mußte sich Zenetti stets auf Delegationen erheblicher Stärke einstellen. Wer welche Funktion und Bedeutung darin einnahm, war ihm bis zuletzt unklar. Ja nicht einmal, ob jemand darin, oder die Delegation insgesamt, Entscheidungsbefugnis hatte. Am Ende der jeweiligen Verhandlungsphase war dann – im Gegensatz zu den steifen, förmlichen und unverständlichen Diskussionen – die überaus großzügige Gastfreundschaft der staatlichen sowjetischen Stellen auszuhalten! Gab es doch bei Geschäftsessen eine nicht abreißende Folge kalter Platten, Suppen, in Butter gebratener Hühner und auch Weißfisch und Stör, schwere Desserts. Dazu Weißwein aus Georgien oder Tokai aus Ungarn, armenischen Cognac, vor allem aber Wodka, in Karaffen serviert, in unfaßbaren Mengen. Hierbei und danach kühlen Kopf für die Geschäfte zu bewahren forderte beachtliche Trinkfestigkeit, nicht nachlassende Konzentration und politische Sensibilität. Aber auch die Fähigkeit, die zahlreich ausgebrachten Toasts freundschaftlich zu erwidern.

Allmählich begann er, die Situation besser zu verstehen: Sein gewünschter Vertragspartner war für die Anbahnung geschäftlicher Kontakte gar nicht zuständig gewesen, hatte dies aber zu keinem Zeitpunkt zu erkennen gegeben. Alles mußte über eine Zentralstelle laufen, die Industrie- und Handelskammer in Moskau. Die dort geführten Besprechungen erwiesen sich als umständlich, mühsam und zeitaufwendig. Aber Geduld, Geschenke und Zeit hatte Zenetti mitgebracht. Tag um Tag traf er aufs neue in der nun eisglatten Kuybishevstraße ein, in dem heruntergekommenen, überheizten Nebengebäude der Industrie- und Handelskammer, in dem die Kaseinfarbe mit säuerlichem Geruch von den Wänden abblätterte. Endlich schienen seine Gesprächspartner davon überzeugt, daß ein aussichtsreiches Geschäft winken könnte. Er würde zwei verschleißfeste Extrudierzylinder liefern, kostenfrei, die nach ihrem Einbau in die Kunststoffverarbeitungsmaschinen intensiver Beanspruchung in beschleunigten Testversuchen ausgesetzt werden sollten. Wenn sie das hielten, was er versprochen hatte, würde das Gesamtgeschäft abgeschlossen werden. Erstaunlicherweise kam es dann zu dem für den Folgetag mit V/O Machinexport geplanten Gespräch nicht mehr.

»Das ist nun nicht mehr nötig! Der Vertrag über die besprochene Lieferung, die Prüfung durch V/O Machinexport und, im Erfolgsfall, die nachfolgende Kooperation mit Ihrem Unternehmen ist nun definitiv abgeschlossen!« Ihm war dies recht, aber etwas verwundert war er schon. Ein ihm verborgenes Zusammenwirken der Industrie- und Handelskammer mit der mächtigen, zentral gesteuerten Organisation des sowjetischen Maschinenbaus!

Danach blieb ihm ein zauberhafter Abend im Kremlpalast in Erinnerung, zu dem ihn eine Abteilungsleiterin, ein überaus aktives Mitglied in den Geschäftsbesprechungen, begleitete. »Aida« wurde in italienischer Sprache glanzvoll aufgeführt. Doch die mit viel Emotion und beachtlicher Stimmgewalt dargestellte Tragik des Feldherrn, der, gleichzeitig von zwei rivalisierenden Königstöchtern geliebt, dem zum Opfer fällt, berührten Zenetti kaum. Selbst der spektakuläre Aufmarsch der äthiopischen Gefangenen in zerrissenen Uniformen, ihre furchtbaren Wunden, die erbärmlichen Krücken, ja die mitgeführten, an kurzer Leine gehaltenen, erbeuteten äthiopischen Löwen vermochten ihn kaum aus seinen Gedanken zu reißen. Es war, als würden langsam und unaufhörlich Extrudierzylinder in seinem Kopf rotieren, verschleißfest, mit nitridgehärteten, spiegelglatt geschliffenen, bläulich schimmernden Innenflächen. Ja, diese würde er liefern, das Herzstück, den kritischen Teil der Maschine, in dem der zu verarbeitende Kunststoff bei hohen Temperaturen und Drucken schmelzflüssig vorgetrieben, mit Hilfsstoffen vermischt und ausgepreßt wurde. Er hatte es geschafft, der erste wichtige Schritt war gelungen. Die schrillen Pausenglocken rissen Zenetti aus seinen Gedanken; nun wurde er über lange Korridore und einige Seitentüren in ein verstecktes Kabinett geführt. Die in dunkelrotem Seidenstoff mit in ganzflächigem Muster aufgedrucktem goldenem Hammer und Sichel-Symbol bespannten Wände und das matt schimmernde Deckenlicht ließen ihn, der geschwätzigen Menschenmenge entronnen, in eine wohlig-intime Sphäre eintauchen. Auf dem mittig stehenden Tischchen hergerichteter, dünn geschnittener, geräuchter Stör, roter und schwarzer Kaviar und mit Schlagrahm bestrichene Blinis in silbernen Schalen waren nur für ihn und seine Begleitung zubereitet worden. Ein livrierter Bediensteter öffnete eine Flasche trockenen Krimsekt, kaum, daß sie eingetreten waren. Ein großkapitalistisches Intermezzo, welch großzügiger Abschluß der zähen Verhandlungen, dachte Zenetti. Meine Anstrengungen haben sich gelohnt.

Am Abend vor seiner Heimreise blieb Zenetti erstmalig zum Abendessen im Hotel Ukraina, in dessen riesigem Speisesaal später eine russische Band aufspielte. Zum Ende hin entschloß er sich, eine strohblonde russische Schöne, die ihm aufgefallen war, zum Tanz aufzufordern. An Konversation war dabei mangels Sprachkenntnissen und der enormen Lautstärke der Musik nicht zu denken. Sie kam aber auch deshalb keineswegs in Betracht, weil sich seine Tanzpartnerin in einer jegliches Gespräch ausschließenden Weise derart körpernah an ihn anschmiegte, daß ihm keine Faser ihres warmen Körpers verborgen blieb. Einschließlich der darauf teilweise aufliegenden Unterwäsche, wie der über Strapsleisten befestigten Nylonstrümpfe. Das allein erforderte ausschließliche Aufmerksamkeit! Er hatte nicht damit gerechnet, daß sie es war, die bei jeder seiner ohnehin schon verlangsamten Tanzbewegungen ihr intensives Bein in seinen Schritt tief einführte und dort reizende und schiebende Berührungskontakte schaffen würde, die er so nicht kannte. Als sie sich am Ende eines überlangen Tanzstücks kurz auf die Toilette verabschiedete, hastete er auf sein Zimmer. Er hatte keine Skrupel, obwohl er fest versprochen hatte, auf seine Tanzpartnerin zu warten. Es mußte für sie überraschend gewesen sein, ihn nicht mehr vorzufinden. Im nachhinein war Zenetti jedoch sehr erleichtert. Er hatte kein Abenteuer gewollt. Daß attraktive Frauen als Agentinnen eingesetzt wurden, wußte er. Das Vergnügen, wenn es ein solches gewesen war, ließ sich dann in kompromittierenden Fotos und Aussagen dokumentieren und konnte in einer erzwungenen

Nebentätigkeit für den KGB enden. War es eine solche Falle gewesen?

— 3 —

Als Zenettis Ehe zum Erliegen kam, war dem ein jahrelang andauernder, schmerzvoller Prozeß vorausgegangen. Daß dieser im Ergebnis in einem endgültigen Bruch enden sollte, verstehen ihre jeweiligen Familien, gemeinsamen Freunde und sie selbst, seine damalige Frau Leonore wie er, bis heute nicht so richtig.

Gut, ich gebe zu, sagte sich Bruno manchmal, ich habe mich vielleicht sehr wenig um Leonore gekümmert, zu viel gearbeitet. Den Löwenanteil verfügbarer Zeit dem Geschäft gewidmet. Die Phase der betrieblichen Neuausrichtung, die Zeit der Umstellung ist eben schwierig gewesen. »Schwierig ist kein Ausdruck, existenzbedrohend war es, für mich, die Familie, vor allem aber den Betrieb«, hatte er sich einmal einem engen Geschäftsfreund gegenüber geäußert. »Es wäre auf eine Interessenabwägung hinausgelaufen, der Betrieb oder die Ehe. Eine solche Alternative war doch absurd!«

Sie hatten in diesen Jahren die Angewohnheit, mit einer Reihe befreundeter Paare in Urlaub zu reisen, mit und ohne Kinder. Selbstbewußte Industriemanager, Ärzte, Wirtschaftsanwälte und auch Unternehmer waren sie. Darunter auch Alex und Johanna, in deren Ehe es trotz zweier entzückender blonder Mädchen kriselte; vielleicht auch deshalb, weil die von Italien aus betriebenen Weinimporte immer schlechter gingen und schließlich eingestellt werden mußten. Alex, aus bestem Haus, vielleicht eine »3. Buddenbrooks-Generation«, vielgereist, mehrsprachig und kultiviert, konnte den materiellen Einbruch mit nachfolgender andauernder Berufslosigkeit durch das beträchtliche väterliche Vermögen auffangen. Die mentale Belastung, die sich aufzwingenden Depressionen, den Bruch seiner Ehe nicht. Es war Leonore, die hier mit Zenettis Unterstützung fürsorglich einsprang. Als sich daraus mehr ergab, war Zenettis eigene Beziehung verändert und ihm der unbedingte Wille abhanden gekommen, daran festzuhalten.

Dazu trug auch ein Vorfall bei, der ihm seitdem tief in sein Gedächtnis eingebrannt ist. Abends im Bett hatte Leonore plötzlich geschrien: »Ich will das nicht mehr so oft!« Und später, nicht mehr so erregt: »Es liegt nicht an dir, Bruno, oder deiner Sexualität. Ich habe einfach auch einen anderen Mann lieb!« Bruno war es, als hätte eine Rasierklinge in sein Herz geschnitten. Der augenblicklich einfallende, angstauslösende Schmerz. Er wußte instinktiv, dies würde immer eine Wunde bleiben, die, sofern überhaupt, nur oberflächlich heilen würde. Eine Wunde, an die er sich in stillen Momenten seiner Existenz wieder und wieder erinnern mußte.

In dieser Zeit trat Natalia M. in Bruno Zenettis Leben. Er war inzwischen aus dem Hause, von Frau und Kindern weg in ein früher erworbenes, noch vor dem Krieg gebautes Häuschen in der Zürcher Vorstadt gezogen. Durch einen Mieterwechsel stand es zur rechten Zeit zur Verfügung. Mitgebracht hatte er lediglich eine direkt auf dem Boden aufliegende Doppelbettmatratze, einen weißgelackten Gartentisch und zwei ebensolche Stühle. Die abendliche Beleuchtung hatte er durch im Kaufhaus erstandene Grubenlampen mit anhängendem Kabelstecker gesichert. Beim nächtlichen Eintreffen mußten diese im dann völlig dunklen Haus erst ertastet und in die zu findenden Steckdosen eingeführt werden, bevor sie ein eigenartiges Grubenlicht freigaben.

Dort besuchte ihn Natalia zunehmend öfter. Hochgewachsen, aus kultiviertem Hause, war sie als Exportleiterin eines bedeutenden Elektrotechnikkonzerns in der Welt unterwegs. Gelegentliche Telefonanrufe aus Málaga, Buenos Aires, New York, Bukarest und anderswo ließen ihn dies nicht vergessen. Obwohl überzeugte Kommunistin, Gewerkschaftsfrau und 1.–Mai-Kundgebungsmarschiererin, sah sie kein Problem darin, sich einem Unternehmer hinzugeben. Ihr Mann, hoher Funktionär in der Gewerkschaftsbewegung und für deren Öffentlichkeitsarbeit zuständig, leitete diese von Deutschland, von Frankfurt aus. Als intellektueller, aber auch maskuliner Mann, »womanizer« vielleicht und glänzender Basketballspieler hatte er sich in der Rhein-Main-Metropole einen eigenen Lebensmittelpunkt geschaffen.

Von einem einzigen, zufälligen Zusammentreffen blieben Bruno dessen warmherzige, direkte Freundlichkeit, unter buschigen Augenbrauen wache Augen und ein zupackender Händedruck in Erinnerung, der seine Hand vollständig umschlossen hatte. Durch das intensive berufliche Engagement in Frankfurt und Natalias häufige Geschäftsreisen, die von Zürich aus initiiert und gesteuert wurden, überschnitten sich die Lebenskreise des Ehepaars zunehmend weniger. Schließlich hatten sie sich voneinander weg entwickelt.

Ja, Natalia und Bruno hatten sich in dieser Zeit in dem alten, heute längst weggerissenen Häuschen im Dunkeln und bei Grubenlicht – manchmal über die vollständige Erschöpfung hinaus – körperlich hingegeben, waren vollständig ineinander aufgegangen. Es schien, als hätten sie schon immer aufeinander gewartet und sich endlich gefunden. So viel hatten sie sich zu sagen und noch mehr zu vergessen.

Zuvor hatte sich eine Reise nach Moskau ergeben. Für sie, um über von einem sowjetischen Professor entwickelte Techniken der Wassergeburt zu verhandeln. Für ihn, um die früher angebahnten geschäftlichen Kontakte zu intensivieren und gegebenenfalls neue zu schaffen. Als sich die Koinzidenz der Reisedaten zeigte, schrieb er an Natalia:

... Vor dieser Reise habe ich Angst. Bin ich doch über mehr als 20 Jahre nur mit einer Frau gereist, der ich treu war und die ich noch liebe. Ich bin mir nicht sicher, ob ich ein guter Reisegefährte sein kann ...

In Moskau wiesen ihn die Behörden diesmal ins Hotel Kosmos ein. Ein schäbiges Hochhaus, weit abgelegen vom Stadtzentrum. Es mußte schon bei Fertigstellung heruntergekommen ausgesehen haben. Sollte die Namensgebung an die Eroberung des Alls durch die Sowjetunion in angemessener Weise erinnern, so war dies mißlungen. Als es ihm nachts endlich gelungen war, einzuschlafen, schrillte das Telefon. Zwei Uhr morgens. Natalia hatte sein Hotel, ja sein Zimmer im 32. Stock ausfindig gemacht. Kurz danach war sie von dem Gewerkschaftshaus, in dem sie untergekommen war, zu ihm unterwegs. Es wurde ein bewegendes Wiedersehen. Bis zur Morgendämmerung hielt Bruno sie in seinen Armen fest. In nicht enden wollender Taxifahrt brachte er sie dann in ihre Absteige zurück.

Der Tourist muß diese Stadt in dieser Zeit als überwacht, unheimlich und bedrohlich empfunden haben. Uniformierte Polizei, Militär überall im Straßenbild, die sich barsch und unwirsch durchsetzten. Daß daneben, unsichtbaren Schatten gleich, Beamte der Geheimdienste, des staatlichen Apparats, ein waches Ohr aufhielten, hatte man im Westen gehört und mußte es erahnen. Für Natalia und ihn zählte das nicht! Sie empfanden Moskau als ihren Ort der Freiheit, die Metropole, wo sie sich unbeschwert und risikolos unter die Menschen mischen durften. Wo sie sich, wann immer es ihnen gefiel, an den Händen halten, verliebt ansehen und küssen konnten. Ohne zu fürchten, gesehen zu werden und sich rechtfertigen zu müssen. Die Schwierigkeit des Zugangs nach Moskau, die in der Luft spürbare Repression, schuf ihre Freiheit und Diskretion! Es war ihr romantisches Venedig, Rom oder Taormina. Hier waren sie frei für sich, ungebunden für eine ihnen zugemessene, kostbare Zeit.

Natalia und Bruno trafen sich in Moskau mehrfach. Ja oft, wenn auch nicht oft genug. Die Zeit verstrich wie im Flug. Zum Abschied verabredeten sie sich im Hotel National, in unmittelbarer Nähe des Roten Platzes, zum Mittagessen. Im überfüllten Speisesaal war es ihnen nach langem Anstehen endlich gelungen, einen kleinen Tisch zum Essen zu ergattern. Sehr glücklich darüber ließen sie sich in Freude, aber auch in aufsteigender Trauer des Abschieds von einer kurzzeitig scheinbar grenzenlosen Freiheit füreinander nieder. Um kurz darauf mit Enttäuschung zur Kenntnis nehmen zu müssen, daß noch ein älterer Amerikaner an ihren Tisch gewiesen wurde. Diesem eröffnete Zenetti von Anfang an, daß sie ihn, unhöflicherweise und völlig konträr zu ihrer sonstigen Gewohnheit, nicht beachten oder gar in ein Gespräch einbinden würden. Es sei für sie »valuable time«, »a special moment«, »please do understand!«.

Einige Zeit später mischte sich der ungebetene Tischgenosse in ihr für ihn nicht verständliches, in Deutsch geführtes Gespräch trotzdem ein:

»Sorry, I simply *have* to interrupt. Just for two minutes! Kindly allow me to share my story with you. It won't be long, I promise.

It is eight years ago … I was in Moscow for the first time, this is my second. I stayed at a hotel … on business for a number of days. My marriage had fallen apart and, small wonder, I fell in love with a girl from this city. Actually, I met her in my hotel and we made love there. I assured her, even swore to her, that I would come back … But I never did. I carried on in my bad marriage … I was too weak to end it at the time.

It was only recently that I came back to meet that Russian woman again … I have always loved her since then. I'm going to marry her now. But listen, and this is my message for you. It's too late for me! According to my doctor I only have a few months to live. I have terminal cancer. She will inherit everything I own.

So whatever good this does, and I don't know you, but
… please use this moment, and don't repeat my mistake …«
Der letzte Satz traf Bruno wie ein Schlag. Warum hatte
der sterbende Amerikaner ihnen sein Herz geöffnet? Im
Moment ihres Abschieds, dem eine Phase des Nachden-
kens folgen mußte. Warum war er an ihren Tisch geführt
worden? Von wem? Was wollte er bezwecken? Bei zwei
ihm völlig fremden Menschen, die sich an einen entlegenen
Ort begeben hatten, um für sich zu sein. Und sich eine
Einmischung von außen gerade nicht gewünscht hatten.

War es ein Orakel? Nimm diesen Menschen, mit dem du
hier sitzt, zu dir und lebe mit ihm? Hatte ihm dies eine
geheimnisvolle Macht, deren Sprachrohr zu ihm geführt
worden war, in wenig verhüllter Weise geraten? Das konnte eine Entscheidung herbeiführen, von der er nicht wußte,
daß sie anstand.

— 5 —

Entgegen der »Moskauer Botschaft« – dem unmißverständ-
lichen Zeichen einer rätselhaften Einflußnahme – kehrte
Bruno einige Monate später trotzdem, einem inneren
Zwang nachgebend, zu seiner Familie zurück. Daß dies nur
für einen Übergangszeitraum sein würde, war ihm nicht
bewußt. Es mußte so kommen, wie es vorbestimmt war!
Die Regie wird woanders geführt, weiß er heute.

Als er seine Absicht Natalia mitteilte, konnte sie es nicht
glauben. Sie bat um ein »letztes«, abendliches Gespräch,
das sie in einem gemütlichen Kellerlokal führten. Beson-

ders schön hatte sie sich gemacht, trug Pferdeschwanz, den er sich bei ihr so oft gewünscht hatte, seine Lieblingsohrringe und in ihrer weißen Bluse dazu passende Lapis-Manschettenknöpfe. Mit strahlendem Glanz und später traurigen Augen konnte sie ihn, der selbst auch niedergeschlagen war, nicht mehr umstimmen.

Danach schrieb sie ihm:

... Ich kann das alles nicht begreifen. Wir waren und sind uns noch immer so nah. Haben unsere Herzen berührt. Und nun, übergangslos, das abrupte Ende. Was bleibt, ist ein kalter, ausgweloser Sonntagmorgen im November. Ich sehe nur noch zahllose, auf den Drähten nackter Strommasten hockende schwarze Krähenvögel ...

Natalia – und Bruno – waren, jeder auf seine Weise, tief betroffen. Innerlich hatten sie sich aus ihren Beziehungen doch längst entfernt. Sich in Geschichten wiedererkannt, in denen den Protagonisten der Absprung gelungen war. »Fluchtbücher« hatten sie solche Darstellungen genannt. Daß sich ihr Ausbrechen als Illusion und der dies abstützende Partner als Chimäre erweisen würde – wie von Dieter Wellershoff in der »Sirene« beschrieben – nein, das war ihnen nicht in den Sinn gekommen. Nicht ihre Situation! Hatten sie geglaubt. Als bizarr hatten sie den überraschend veranlaßten Fall des Ehepartners vom Balkon empfunden, um sich von ihm endgültig zu befreien. Sie bewunderten aber doch die kühle Konsequenz, die so in »Meine ungehörigen Träume« von Helga Königsdorf aufscheint. Ihre jeweiligen Ehepartner würden zu stolz sein, sie zu halten. Ihrem Drang, sich zu entfernen, Abstand zu gewinnen, in eine andere Zone zu fliehen, würden diese nichts entgegensetzen. Natalia und Bruno würden sich gegenseitig stützen – da waren sie sich sicher gewesen. Und sich eben nicht ins Ungewisse allein entlassen, wie dies »Die Rote« von Alfred Andersch schmerzlich erfahren mußte!

Dann hatten sie sich in Bildbänden fremder Landschaften verloren. Dort würden sie wohnen. In toskanischen Landschaften: Olivenbäume, Licht, ein Neubeginn. Schließlich hatten sie geglaubt, der Abstand zu ihrer jeweiligen Vergangenheit müßte bedeutend größer sein. Ein Meer sollte dazwischen liegen, so daß sie wirklich alles zurücklassen konnten. Um in Frieden ohne Freunde, Bekannte, Berufskollegen und die befürchteten Ratschläge der Eltern ihr neues Leben zu führen. So geriet sogar Madagaskar, die rote Insel, in ihren Fokus. Einen geeigneten Küstenabschnitt in der Nähe von Fort-Dauphin hatten sie schon ausgeguckt. Andere berufliche Perspektiven wären dort ihre Herausforderung. Vielleicht würden sie sich als Journalisten versuchen, Artikel schreiben, Bildbände schaffen, mit naiver madagassischer Kunst handeln. Oder eine Anlage für ausgesuchte, »handverlesene« Touristen errichten, die sie bekochen und, soweit gewünscht, mit dem einheimischen Leben in Berührung bringen würden.

Und dann war der endgültige Absprung doch nicht gelungen. Langsam, aber unabweisbar war in Bruno diese Erkenntnis gewachsen, immer stärker geworden, hatte über ihn Macht gewonnen. Er war zu diesem endgültigen Schritt nicht bereit. Er wollte ihn nicht.

Heute weiß er, daß ihn an Leonore und die Kinder noch immer die Stränge der Liebe banden, die lange Erfahrung des gemeinsam Erlebten. Und die in seiner Erziehung gelehrten Werte des Festhaltens, des Nichtaufgebens. Eine pfadfindergleiche Solidarität. All dies hatte Bruno, *noch*, unverbrüchlich in seinen bisherigen Verhältnissen gehalten. Das mit Natalia erfahrene Glück, das Bewußtsein, einen tief empfindsamen und für ihn empfindenden Menschen gefunden zu haben, der ihn verstand, eine Zeit begleitete und forderte, hatte diese Stränge und Bande in ein gleißendes, prüfendes Licht getaucht. An ihnen gezogen und gezerrt, sie belastet, geschwächt und brüchig werden lassen, aufgefasert und aufgerieben wie ein Schiffstau, das das schwerfällige Boot im Sturm an der Mole gehalten hatte. Aber es war nicht gerissen.

— 6 —

Bruno hatte sich die Rückkehr in seine Ehe einfacher vorgestellt. Mit Verständnis, Analyse, vor allem aber behutsamem Dialog würde der Neuanfang gelingen. Über das Vergangene, das Bruno zum Auszug bewogen hatte, mußte gesprochen werden. Aber da war das Auszugsjahr. Bruno hatte darin aufwühlende Erfahrungen durchlebt. Die mußten im Dunkel bleiben. Eine Diskussion darüber würde belasten, Wunden bei Leonore aufreißen. Wie hatte sie diese Zeit bewältigt? Wollte er Fragen zu sich vermeiden, konnte er auch bei ihr diese Zeitspanne nicht aufhellen. War es denn weise, dies zu versuchen? Bruno entschloß sich, seine Ehe fortzusetzen, als sei sie nie unterbrochen worden. Anstatt sich vorsichtig zu öffnen, begann er, die Erinnerungen an die letzte Zeitspanne mit Leonore zu verdrängen und seine eigenen Erfahrungen und Gefühle wie in einer Kapsel hermetisch zu verschließen, zu der weder Leonore noch die Kinder Zugang hatten. Er war zur Tagesordnung übergegangen und spulte zuverlässig den Alltag ab. Und doch, wenn er nachts wach lag, überfielen Bruno die Erinnerungen: Er saß mit Natalia auf der Bordsteinkante, die den Roten Platz zur ersten Häuserzeile hin einsäumte. Bis sie hinzutretende Soldaten barsch aufforderten, aufzustehen, weiterzugehen. Einfach so in die Sonne blinzeln, gegenüber vom Kreml, das konnte nicht angehen. Dafür war der Randstein nicht vorgesehen. Nicht auszudenken, was passiert wäre, hätte man sich nicht gefügt. Kurz danach öffneten sich die gewaltigen Flügeltore des Hauptportals in der Kremlmauer. Der nun sichtbare Schlagbaum hob sich, und eine Kavalkade schwerer schwarzer Limousinen fuhr in hoher Geschwindigkeit aus. Mit dunkel getönten Seitenfenstern, zugehängten Scheiben der Rücksitze und vorn starr angebrachten Standarten, davor Polizei- und Militärfahrzeuge mit rotierenden Blaulichtern. Ausgeschlossen auch nur der Gedanke, diesen Spuk zu behindern. Danach hatten sich die Tore wieder geschlossen.

Abends war es friedvoller. Die große beleuchtete Turmuhr im Hauptportal der Kremlmauer strömte Ruhe und Vertrauen aus. Darüber schien der riesige rote Stern – das Symbol. Als ob eine sanfte nächtliche Seele darauf wohnte, die über dem Frieden der Stadt und der darin ruhenden Bürger wachte. Dahinter die schweigende, mit zahlreichen Kirchtürmen durchsetzte dunkle Silhouette des Kreml. Etwas seitlich vor dem Marmormausoleum, in dem Lenin zur Ruhe gebettet ist, stand unbeweglich die Wache bis zu ihrer Ablösung. Die langen Schlangen wartender Menschen, die zu dem Staatsgründer tagsüber in beklommener Ehrfurcht eingelassen werden, hatten sich längst aufgelöst.

Bruno war bei der Rückkehr zur Familie bewußt nicht mehr in das eheliche Schlafzimmer eingezogen. Anfangs sollte dies besser sein. Dann würden sich die Dinge allmählich normalisieren. Nahm Bruno an. An ihre beidseitige Verkrampftheit, den starren Stolz, nicht den ersten Schritt zu tun, das Ausbleiben des sie öffnenden Gesprächs hatte er nicht gedacht. Dagegen genoß es seine halbwüchsige Tochter, mit ihrer Matratze und schleifender Steppdecke den Vater zu besuchen, lange bei ihm zu lesen oder sich in nächtlichen Gesprächen zu verlieren. Eine unhaltbare Situation hatte sich als Normalität eingestellt.

War Bruno endlich in den Schlaf gefallen, kehrte seine Natalia im Traum zurück. Sie waren im Kaufhaus Gum, direkt hinter dem Roten Platz. Eine ungeduldig drängende Menschenmenge hatte sie getrennt. Auf der Suche nach ihr ging Bruno an einer Spiegelwand vorbei und sah Natalia darin wieder, die im Hintergrund mit einer Verkäuferin sprach. Als er näher auf den Spiegel zutrat, um sich ein besseres Bild zu verschaffen, durchzuckte es ihn siedend heiß. Die andere Frau war keine Verkäuferin. Es war Leonore. Woher kannte sie Natalia? Wie konnte sie von seiner Beziehung zu Natalia wissen? Hatten sich beide Frauen gegen ihn verbündet? Was ging hier vor? Als er in Panik aufwachte, spürte er den Schweiß auf seiner Stirn. Und blieb noch lange Zeit verwirrt und verunsichert liegen.

Ein anderes Mal stand er mit Natalia in den niedrigen, holzgetäfelten Räumen des alten Zarenpalastes. In ihren Händen geschliffene Gläser, die von blaulivrierten Dienern mit weißen Perücken mit Krimsekt gefüllt wurden. Sie waren in die Betrachtung einer Ikone versunken, aus der sie Maria mit ihrem goldenen Schein milde anlächelte. Eine von einem bärtigen, zu leise sprechenden Führer begleitete Touristengruppe strömte herein. Aus dieser löste sich eine Frau und trat mit starrem Blick auf ihn zu. Als er in der

Person Leonore erkannte, zerschellte Natalias Sektglas auf dem Holzboden in eigenartigem Klirren. Wie war dies möglich? Die Entfernung, der Eiserne Vorhang, die restriktive Atmosphäre – nichts hatte den erhofften Abstand verschafft! Leonore hatte ihn ertappt. Sein Dilemma hatte sich verschärft. Als Bruno aus dem Traum hochschreckte, spürte er, daß seine Wirklichkeit nicht viel anders aussah.

Wie war es nur zur innerlichen Abkehr gekommen? Wie lange hatte Leonores Beziehung gedauert? Spürte sie ihm gedanklich nach? Hatte sie die Sexualität mit ihrem Freund genossen? Mehr als mit ihm? Hatte sie Sehnsucht danach, auch wenn sie es nicht formulierte? Ihm ging es so. Es war wahr: Er hatte Heimweh nach der Wärme und dem Körper einer anderen Frau. Das Verlangen nach Leonore war verlorengegangen, ein Tabu geworden. Was damit zusammenhing, sensitiv. Als diese Erkenntnis in Bruno allmählich einsickerte, packte ihn eine ohnmächtige Wut. Er war zurückgekehrt – und in einer nicht mehr reparablen Beziehung angekommen. Dafür hatte er seine Freundschaft mit Natalia geopfert. Welch sinnlose, peinvolle Entscheidung. Leichtfertig und töricht war er gewesen, den Fingerzeig des ernsten Augenblicks, den Hinweis des sterbenden Amerikaners in den Wind zu schlagen. Von höheren, guten Mächten gezogene Leitfäden zu mißachten war – wie er sich an den lang zurückliegenden Geschichtsunterricht erinnerte, oder war es der Religionsunterricht? – noch nie gutgegangen. Der deshalb auferlegten Strafe unterworfen, würde er sich ›im alten Raster‹ wieder und wieder aufsteigender Melancholie über das Verlorene, bedrängenden Phantasien und Gewissensbissen über die abrupt abgeschnittene Beziehung zu Natalia stellen müssen. Auch wenn sich Bruno äußerlich nichts anmerken ließ, fühlte er sich jetzt innerlich

nicht mehr gebunden. Er würde in seiner »Ehe« zukünftig
das freie Leben eines Junggesellen führen, für alles offen
sein. Darauf hatte er ein Anrecht. Auch wenn er es nach
außen abschotten würde.

— 7 —

Als Bruno im Frühling wieder in Moskau eintraf, wohnte er
im »National«, dem im alten Stil renovierten Hotel aus zari-
stischer Zeit, mit Blick in Richtung des Roten Platzes! Schon
Tage vor den Feierlichkeiten zum 1. Mai war ein gewaltiges, metallisches Dröhnen und Rumpeln zu hören. In den
Seitenstraßen rund um den Roten Platz gingen schwere
Artillerie in großer Zahl, Kolonnen mächtiger Panzer, Ra-
ketenlafetten und anderes militärisches Material in Stellung. Ein einschüchterndes Potential, das bei der Maifeier-
tagsparade der sowjetischen Armee der Welt demonstriert
werden würde.

Am Abend des ersten Arbeitstages gönnte er sich ein
kühles Pils in der Bar im ersten Stock des »National« und
ließ den Blick über den im Halbdunkel liegenden Raum
und die dort in Gespräche oder auch nur Blicke vertieften
Gäste schweifen. Dabei entging ihm nicht, daß sich eine
Gestalt aus der Tiefe des Raums löste. »How can I meet
you?« sagte Yelena, eine offenbar polyglotte Russin, die
mühelos und akzentfrei Englisch, Französisch und Italienisch als Kommunikationsbasis akzeptieren konnte.

Für den Abend des Folgetags verabredeten sie sich vor
dem Bolschoitheater, wo er sie, als er nach überlangem

Warten enttäuscht und wütend schon am Gehen war, mit wehenden kastanienfarbenen Pagenschnitthaaren und fliegenden Rockschößen ihres marineblauen Hosenanzugs im letzten Moment bemerkte. Ohne Eintrittskarte, wohl aufgrund Yelenas temperamentvoller Diskussion mit den Kontrolleuren, fand er sich danach, neben Yelena in einer Loge stehend, in geringstem Abstand zum aufgeführten Tschaikowsky-Ballett. Es war ein für ihn unerwartet anregender Abend, der mit einem üppigen russischen Mahl in einer ihr bekannten Kosakenkate andauerte.

Yelena, die ihn mit ihrem Charme, ihrer strahlenden, jungmädchenhaften Erscheinung und selbstbewußtem Auftreten beeindruckte, erzählte von einem am Folgetag für sie wichtigen Ereignis – es waren noch die schwierigen kommunistischen Zeiten: Eine Lieferung günstiger Fernseher werde eintreffen und ob er morgen beim Transport eines solchen helfen könne? Das bejahte Bruno gerne – obwohl unter Zeitdruck. Um dann, als es soweit war, überrascht festzustellen, daß als sein Beitrag eher die Übernahme der Kosten des Fernsehers erwartet wurde. Das hat er dann, so ungewöhnlich es ihm schien, mitgemacht. Es war eine Premiere, hatte er doch noch keiner Frau, die er nur flüchtig kannte, einen Fernseher – und schon gar nicht »im Vorgriff« – angeschafft! Legte man wirtschaftliche Maßstäbe an, ließ sich der Kauf des einfachen Geräts mit den zwei Eintrittskarten des zauberhaften Ballettabends im Bolschoi verrechnen. Die hatte er nicht bezahlt! Sein maskuliner Stolz und vielleicht auch Yelenas Respekt vor sich selbst schienen gut gewahrt.

Am Abend war er zum Tee in ihre in einem Hochhaus in der Vorstadt gelegene Wohnung gebeten, die sie nach ewiger Taxifahrt durch das nächtliche Moskau erreichten.

Wie konnte er dann nur die endlose Zubereitungszeremonie und die begleitende Konversation so lange aushalten? In der Erwartungshaltung, in der er sich befand! Als sich Yelena gegen Mitternacht für einen Moment ins Nebenzimmer entschuldigte, hatte Bruno resigniert. Es würde eben eine platonische Freundschaft bleiben. Er hatte sich zu schnell zu viel ausgerechnet! Um so größer deshalb seine Verblüffung, daß Yelena in hochschäftigen Kosakenstiefeln, schwarzseidenem, transparentem Tanga und Mini-BH wieder eintrat. In Tanzschritten, deren Bewegungen sie aufreizend langsam auskostete. Als im Nebenzimmer gedämpfte Musik einsetzte, begann sie ihren Körper mit zurückgeworfenem Kopf und wehendem Haar in beschleunigtem Rhythmus ekstatisch zu winden. Wir sind nicht allein, schoß es Bruno durch den Kopf. Wer hält sich im Nebenzimmer auf? Oder hatte Yelena selbst die Musik mit Zeitverzögerung eingestellt? Bruno war dies jetzt gleichgültig. Er spürte, daß sich in ihm eine große Gelassenheit ausbreitete. Was auf ihn zukam, würde er bewältigen, daran hatte er keinen Zweifel. Zumal Yelena sich nun der wenigen Kleidungsstücke zu entledigen begann, wobei ihre dunklen Augen auf Bruno gerichtet blieben, als ob sie keine seiner Reaktionen, Gefühle und Begierden versäumen dürfe. Dabei konnte ihr Brunos Anstrengung nicht entgangen sein, die sofortige Umsetzung seiner drängenden Phantasien noch etwas aufzuschieben.

Als der Tag dämmerte, brachte ihn der gleiche Taxifahrer, der in seinem Fahrzeug unten vor dem Hochhaus geschlafen hatte, ins Hotel zurück. Auf der Rückfahrt durch die erwachende, noch eiskalte Stadt redete sich Bruno ein, daß es die weise Voraussicht des Taxifahrers war. Und nicht eine ihm von Yelena geläufige Routine.

Danach sahen sie sich in anderen Städten wieder: Wie sie es in den restriktiven Zeiten schaffte, das Ausreisevisum zu erhalten, blieb Yelenas Geheimnis. Daran wollte Bruno nicht rühren. In Rom trafen sie sich das nächste Mal. Vom Dachgarten ihres kleinen Hotels blickten sie schon beim Frühstück weit über die Dächer der Stadt. Danach schlenderten sie ziellos durch die Einkaufsstraßen und freuten sich am Geschmack und der Eleganz der Schaustücke. Schuhe, Batisthemden, Ledergürtel, Krawatten, elegantes Reisegepäck für ihn. Seidenstrümpfe mit eingesticktem Muster, Unterwäsche, Nachthemden, die sich Bruno an Yelena und in Situationen, in denen sie diese abgelegt hatte, vorstellte, faszinierten beide. Dann saßen sie beim Espresso, schauten den Fußgängern zu, sogen die Geräusche der Stadt in sich ein und ließen es zu, daß sie die schon herbstliche Sonne wärmte. Noch um Mitternacht bummelten sie über die Piazza di Spagna und verzehrten »Cornette calde«, warme Hörnchen, die Bruno liebte.

Als Yelena zuletzt in Düsseldorf auf ihn wartete, schien alles wie immer. Nachdem sie die Nacht verbracht hatten, gestand sie Bruno ein, daß sie in der Zwischenzeit geheiratet hatte. Einen Amerikaner. Er handele mit antiken Büchern. Auf der Suche danach durchstöbere er die Welt und war Yelena in Moskau begegnet. Sie wohnte jetzt in der Nähe von Minneapolis. Von dort war sie angereist, als Ehefrau. Sie hatte sogar Familie! Erst vier Wochen zuvor war sie von einem Jungen entbunden worden. Stolz präsentierte sie ein Fitneßjournal, mit ihr als vortanzendem, attraktivem Titelbild. Obwohl er ihre trotz Geburt gute Figur bewunderte, war Brunos Schock nachhaltig. Ihre späteren Anrufe aus Köln, den USA und auch Moskau ließ er durch die Telefonzentrale des Betriebs nicht mehr verbinden.

Eine solche Frau, davon war er überzeugt, wird ihm in diesem Leben nicht mehr begegnen. Die wichtigsten europäischen Sprachen, neben Russisch als ihrer Muttersprache, ohne erkennbaren Akzent sprechend und mit Leichtigkeit von einer in die andere wechselnd. Gereist, elegant und rätselhaft, liebevoll und erotisch das Leben genießend. Aus kultiviertem Hause. Auf die Geographie seiner Wünsche war sie ohne weiteres eingegangen – gleichgültig, ob es um den Ort ihrer Treffen oder die intimere Geographie ihres gutgewachsenen Körpers ging. Eine Frau, die man als Mann gewinnen und festhalten will. Mit der man Ehre einlegen und Aufsehen erregen würde – wäre sie nur nicht so schamlos polygam! Sollte er sie wieder treffen – und das Leben hält sonderbare »Zufälle« bereit –, wer weiß, ob er die Kraft aufbringen will, Abstand zu halten.

— 8 —

Auf dem Weg nach Japan – noch zu Yelenas Zeiten – sah er seinerzeit einen Kurzaufenthalt in Moskau als Stop-over vor. Bruno war inzwischen – ein zweites Mal – von zu Hause ausgezogen. Er wußte, daß es jetzt auf Dauer sein würde. Es gab kein Zurück mehr. Seine Ehe war Vergangenheit. Diesmal stieg er im »Savoy« ab, dem feudal umgebauten ehemaligen Hotel »Berlin«. Grau und von außen unscheinbar, liegt es in einer Seitenstraße nur einen Steinwurf vom mächtigen Zentralgebäude des KGB entfernt. Brunos als Überraschung geplanter Anruf bei Yelenas Eltern – den Vater, einen mächtigen Mann mit tiefschwar-

zen Augenbrauen, Architekt, hatte er früher kurz kennengelernt – ergab, daß Yelena nur Stunden vor der Abreise in
die USA stand. Ein Wiedersehen war beim besten Willen,
gerade jetzt, so kurzfristig nicht möglich!

Ja, enttäuscht war er über sie, vor allem jedoch über
seine eigene unzulängliche Planung. Keinen Augenblick
hatte er daran gezweifelt, nach dem Eintreffen in Moskau
eine freudig-überraschte Yelena aufzustöbern. Mit ihr zu
dinieren, in der dem Savoy über einen diskreten Zugang
angeschlossenen Spielbank ihr Glück zu versuchen, bevor
das eigentliche Spiel beginnen würde. Welche Illusion! Und
nun sollte ein einsamer Abend daraus werden? Dazu war
er nicht bereit! Seine Offenheit für alles, wenn auch nur für
ein paar Stunden, würde nicht ereignislos versickern. So
nicht!

Er war gekommen, um den Abend, die Nacht mit einer
Frau zu verbringen. Mit Yelena, von der er zu wenig wußte,
um sie auszurechnen oder zu verstehen. Ob seine Vermutungen hinsichtlich früherer italienischer Liebhaber, eines
Ehemanns vielleicht sogar, Konflikten mit dem KGB, dem
überall präsenten Geheimdienst, was sie beiläufig erwähnte, zutrafen, war ihm nicht wichtig. Bruno fühlte sich an
eine nicht formulierte Absprache gebunden: kein forschen-
des Eindringen in die jeweiligen Leben! Yelena wußte auch
von ihm nichts! Nicht eine einzige Frage nach seiner persönlichen Situation hatte sie gestellt. Das berührte ihn.
Offenbar wollte sie ihn und den Moment mit ihm genießen.
Nichts weiter! Oder doch? Nein, sie hatten sich nichts versprochen. Aber wenn sie zusammentrafen, war es intensiv
und ausschließlich, als würden sie sich immer schon kennen, als wären sie sich von Kindesbeinen an vertraut. Eine
Vertrautheit, die nie abhanden kommt. Wie bei einem treu-

en Schäferhund, der an seinem Herrn hängt. Ihn mit übermütiger Freude, mit Hochspringen, Bellen und nicht enden wollendem Schwanzwedeln begrüßt, wenn er jahrelang abwesend gewesen war. Von dem er nicht weiß, was in der Zwischenzeit geschah und was in der Zukunft sein wird.

Der Abend ließ sich nun so nicht realisieren. Aber er war auf ein inneres Programm eingestellt: eine Frau zu treffen, von der er nichts wußte und der auch nicht bekannt war, daß Bruno sie heute abend treffen wollte. Aber wenn Yelena und er voneinander nichts wußten und noch alles zu erfahren war, konnte es dann nicht auch eine andere Frau sein? Wenn sie ihm körperlich gefiel, würde er vielleicht gleich auf einer ähnlichen Ebene wie mit Yelena angelangt sein!

Er beschloß, das Hotel zunächst auf einen Wodka mit Eis zu verlassen. Alles weitere würde sich finden! Dies war die Situation, in der ihm schon beim Überqueren der Straße Katharina in ihren engen Jeans auffiel. Sie war einer Taxe entstiegen und sah sich suchend um. Als er sie nach dem – ihm gut bekannten – Weg zum Hotel National fragte, spürte er augenblicklich, daß sie beide füreinander bereit waren. Auch wenn sich die Verständigung nicht einfach gestalten würde. Ein Gespräch war in Italienisch etwas möglich, beim nachfolgenden Dinner wegen dröhnender Musikbegleitung aber nicht unbedingt erforderlich. Es wurde auch so klar, daß Katharina ins westliche Ausland, wobei er eventuell dienen konnte, er dagegen in ihren von den Jeans befreiten östlichen Leib wollte. Bruno fühlte, daß sie wußte, daß das eine von dem anderen abhängen konnte. Emotionslos gesehen, ein bargeldloses Geschäft. Eine ›Win-win-Situation‹, für beide. Nein, das wurde ihrem Treffen, ihren an diesem Abend gezeigten Gefühlen, ihrem Beieinandersein nicht gerecht. Im diskreten »Savoy« hatte es sich ergeben. Katharinas Technik, auf ihm mit einseitig seitlich abgestütztem Fuß zu sitzen und sich zu seinem Vergnügen, luftpumpenartig, zu heben, blieb in Erinnerung. Aber es war nicht Yelena!

Am nächsten Tag hatte ihn Katharina in einem klapprigen Lieferwagen zum Flughafen gebracht. Nachdem Bruno die Rituale des Abschieds absolviert hatte, war er kurz vor Abflug seiner Maschine in eine Toilette gehastet. Siedend heiß war ihm eingefallen, daß er noch über ein beachtliches Bündel an Rubel-Banknoten verfügte. Diese versuchte er in der Kloschüssel hinunterzuspülen. In Zürich hatte er sie zu einem Kurs eingetauscht, der über dem Zehnfachen des offiziellen lag. Die Einfuhr sowjetischen Geldes war aus solchem Grund strengstens untersagt. Zwischen Schuhboden und Einlagesohlen hatte er es versteckt, und beim Passieren der Grenzkontrollen war ihm der Schweiß ausgebrochen. Aber es war gutgegangen. Die wenige private Zeit, die ihm danach zur Verfügung stand, hatte jedoch nicht ausgereicht, die Rubel auszugeben. Er verfügte auch nicht über offizielle, von sowjetischen Stellen ausgefüllte Geldwechselformulare, um den Besitz der erheblichen Summe zu rechtfertigen. Deren Ausfuhr war strengstens verboten. Würde er ertappt, konnte er sich in einer Gefängniszelle wiederfinden. Eventuell würde man seine in Gang gekommenen Geschäfte beenden. Dann wäre alles verloren. Nein, solchen Risiken würde er sich nicht ein zweites Mal aussetzen. Aber daß er als Unternehmer, der jahrelang jeden Franken umgedreht hatte, sein sauer verdientes Geld die Toilette hinunterspülte, das traf ihn schon tief. Dazu war die Angst gekommen, als die verdammten Scheine immer wieder aufschwammen. Sich einfach nicht mit dem Wasser absaugen ließen. Und das Klopfen an der Tür der anstehenden, ein dringendes Bedürfnis verspürenden Fluggäste, das immer ungeduldiger wurde! Nicht auszudenken, wenn sie sich mit Gewalt Zugang in die Toilette verschafften und ihn inmitten der Fülle der nassen, verklumpten Rubelscheine ertappten.

Die nachfolgende Korrespondenz mit Katharina schlief bald danach ein. Die in der Schweiz für die Einreise geforderten Dokumente waren nicht beizubringen. Das war Bruno nur allzu recht. Katharina war nicht gewesen, was er für sein späteres Leben suchte.

— 9 —

Als er wieder nach Moskau kam, war es, um einen in der noch sowjetischen Industrie- und Handelskammer, nahe dem Roten Platz, organisierten Vortrag zu halten. Da war es naheliegend, im benachbarten Hotel »Metropol«, Moskaus wohl traditionellster Adresse, zu logieren. Der enorme Andrang und die vielfältigen Heimatorte der zum Teil von weit her angereisten Zuhörer, die sich in der nachfolgenden Diskussion vorstellten, beeindruckten ihn: Kiew, Nowosibirsk, Taschkent, Jekaterinenburg, Leningrad, Riga und andere mehr. Scharfkantig geschnittene Gesichter der Balten, gutmütig-bäuerlich erscheinende Gestalten mit semmelblondem Haar aus Moskau und Kiew, von Entbehrungen sichtlich gezeichnete Gesichtszüge der Sibirer, braunhäutige, von glattem pechschwarzem Haar umrandete Mongolenschädel – sichtbarer Ausdruck der vielfältigen Rassen des Riesenreiches!

Bruno war es gelungen, geschäftlich Fuß zu fassen. Die Extrudierzylinder aus Olten hatten den Test glänzend bestanden. Seit einigen Jahren schon war ein erheblicher Teil der in der Sowjetunion eingesetzten Kunststoffverarbeitungsmaschinen mit den verschleißfesten Teilen aus Zenettis Betrieb in Olten ausgerüstet worden.

Die politische Lage hatte sich danach grundlegend verändert: Die Zeit des Glasnost, der gewollten Transparenz des Geschehens war angebrochen. Angstvoll lehnten die früheren Geschäftspartner nun die Annahme von Gastgeschenken ab, ohne die früher keinerlei Geschäft zustande gekommen wäre. Die Wirtschaftsgespräche mußten ohne Alkohol stattfinden, was deren Verlauf keinesfalls förderte. Wie zuvor saß man noch immer vor einer eindrucksvollen Batterie von Weißwein- und Rotweingläsern, schlanken Flöten für den Krimsekt und den bauchigen Kelchen für den Wodka. Die alle leer bleiben sollten. Die Logik der zu ändernden Abläufe hatte sich noch nicht durchgesetzt. Die Atmosphäre des Umbruchs war jedoch überall spürbar. Wohl aufgrund seiner regelmäßigen Besuche in der Industrie und Handelskammer hatte Bruno die Lieferbeziehungen erhalten können. Im verminderten Umfang. Devisen waren jetzt noch knapper als zuvor. Die Personen, mit denen er die Geschäfte seinerzeit eingefädelt und ausgebaut hatte, waren die gleichen geblieben. Ihre Titel hatten sich geändert, und sie traten vorsichtiger auf. Der Abteilungsleiter, der mit ihm vor Jahren die ersten Gespräche über Tage hinweg geführt hatte, war bis zum Präsidenten der Industrie- und Handelskammer aufgestiegen. Und konnte nun auch Zenettis Betrieb in Olten besuchen. Stolz hatte ihn Zenetti durch die Werkhallen seines Betriebs geführt. Sein russischer Gast schien von der Ordnung, der

Präzision der Maschinen und der stillen Kraft der wenigen sichtbaren Arbeiter beeindruckt. Mittags waren sie dann zur Burg hochgewandert und hatten sich über die Aussicht und die grüne Weite des Aaretals gefreut. In der Burggaststätte konnte Bruno die jahrelange üppige Gastfreundschaft endlich etwas erwidern.

Als er seinen Geschäftspartner vorsichtig in politische Themen verwickelte, erwiderte dieser: »Sie wollen immer wissen, Herr Zenetti, wie sich die Verhältnisse bei uns entwickeln. Ob wir mit unserem neuen Generalsekretär zufrieden sind? Ob er besser als sein Vorgänger ist? Verstehen Sie doch, all dies weiß man in der Sowjetunion niemals im vorhinein! Erst hinterher, und selbst das ist nicht verläßlich, denn auch die Vergangenheit wird bei uns beschönigt.«

Wie dramatisch der Umbruch sein würde, konnte niemand erahnen. Eher schon, daß versucht werden würde, das Rad der Geschichte anzuhalten, um es wieder zurückzudrehen. Die schockierende Festsetzung des Generalsekretärs in seiner Dienstvilla auf der Krim, die Umzingelung des Moskauer Parlamentsgebäudes mit Panzern, die Zusammenrottungen hartgesottener kommunistischer Funktionäre mit starrköpfigen Militärkommandeuren sind, in der Rückschau, heute nur mehr bloße Verbrämungen der Auflösung der kommunistischen Systeme. In den damaligen Tagen hatten die politische Welt wie die Menschen auf der Straße jedoch beim Aufbäumen der konterrevolutionären Kräfte den Atem angehalten. Die Ungewißheit über den Ausgang des Machtkampfs und dessen mögliche Folgen hatte nackte Angst und, als der Spuk überwunden war, befreiende Erleichterung ausgelöst. Und, beim einen oder anderen, Initiativen veranlaßt: Leserbriefe wurden geschrieben, Care-Pakete nach Rußland gesandt oder auch nur die Freude im Gespräch in der Familie, mit Bekannten und Kollegen ausgedrückt. Eine amerikanische Journalistin sah sich spontan veranlaßt, zwanzig Sweatshirts mit der Aufschrift »Kick Ass Communists« zu bedrucken. Mit dieser mehr als eindeutigen Botschaft traf sie von New York aus in Moskau in der Absicht ein, diese als ihre Form der Unterstützung des neuen Systems zu verteilen. Welch eigenwilliger persönlicher Einsatz. Welch mutiger Eingriff einer einzelnen in die noch brodelnde Welt der Politik. Eines der Sweatshirts durfte sie dann auch dem persönlichen Sekretär für den wiedereingesetzten Regierungschef in einer kleinen Zeremonie überreichen.

Als Bruno sie traf, wandte sie gerade dem Konzertschalter des Hotel Metropol enttäuscht den Rücken zu. Keine Karten mehr, alles vergeben, zu spät. Er konnte helfen. Bruno überließ ihr gerne die ihm nach seinem Vortrag geschenkten Konzertkarten. Im Gegenzug erhielt er von der Journalistin eines der mutig bedruckten Sweatshirts. Sie sagte bei dieser Gelegenheit, daß sie einen Bildband über die mehreren tausend, in zaristischen Zeiten gesammelten Standuhren herausgeben wolle. Diese wären in den der Öffentlichkeit nicht zugänglichen Magazinen des Eremitage-Museums in Leningrad gelagert. Welche Ausbeutung über Jahrhunderte hinweg durch die Zaren, welche Verschwendung, Wertgegenstände zu erwerben, die nur in Kellermagazinen zu lagern waren. Die die dafür schuftenden Menschen niemals zu sehen bekommen würden. Welch unglaublicher Schatz und welche reizvolle Arbeit, diesen zu erforschen und zu beschreiben. Bruno elektrisierte dieses Projekt. Als ob ein in ihm tief verborgenes Räderwerk nun angestoßen war, das abgemessene Impulse erzeugte, die sich zu Gedanken formten und wie lange Pendel hin- und herschwangen oder im Uhrzeigersinn, aber auch entgegengesetzt, um die antiken Zeitmesser kreisten: Dies war doch eine Aufgabe für einen Eidgenossen aus La Chaux–de-Fonds, der Gegend von Neuchâtel oder aus Genf, dachte er, wo unsere traditionelle Uhrmacherei zu Hause ist. Warum hat dort niemand eine solche Idee aufgegriffen? Oder sind wir nicht die Spezialisten für Standuhren? Ach was, ein Schweizer Uhrenexperte hätte sich in jedem Fall auch mit der Präzision der Uhrwerke befassen, die Technik diskutieren und Vergleiche anstellen können, was heute technisch möglich und jetzt anders gelöst wird. Die Leser interessiert ja auch, *wie* das Glockenspiel, die Gangreserve, die Mondphasen und die Stellungen der Planeten schon damals technisch zuverlässig in das Uhrwerk umgesetzt und angezeigt wurden. Diese Kenntnisse traute er der Journalistin nicht zu. Wie sie aussah, die am nächsten Abend beim Dinner im Hotelrestaurant geführten Gespräche, ja sogar ihren Namen, ihre Adresse und ob das Buch erschienen ist, an all das erinnert sich Bruno nicht mehr.

— 10 —

Noch in Moskau hatte sich Bruno entschlossen, diesmal nicht direkt nach Zürich zurückzufliegen. Einen Abstecher nach Berlin würde er zwischenschieben. Seit einiger Zeit schon war in ihm der Wunsch entstanden, seiner Vergangenheit nachzuspüren. Er wollte mehr über sich und seine verstorbenen Ahnen wissen, denn er merkte erst jetzt, daß er die ihn umtreibenden Fragen zu Zeiten nicht gestellt hatte. Nun mußte er selbst die Antworten suchen, durch die er sich, seine Situation und seine Reaktionen besser zu verstehen hoffte.

Seine Eltern waren vor dem Krieg in einer der Vorstädte Berlins ansässig gewesen; sein Vater hatte in einem an der Spree, unmittelbar vor dem Treptower Park gelegenen Elektrokonzern eine leitende Funktion innegehabt. Dort hatte ihn seine Mutter mit ihren Kindern manchmal abgeholt, und sie waren gemeinsam am Flußufer und durch den Park geschlendert, bevor sie den Zug nach Haus nahmen. An all dies hatte er keine eigene Erinnerung, er war ja erst zu Kriegsende geboren worden. Gerade deshalb wollte er diese Orte aufsuchen, obwohl er annahm, daß sich in den Jahrzehnten danach viel verändert haben mußte.

War es die gedankliche Verbindung zu den vergangenen Tagen, die Bruno auf der Suche nach seinen Anfängen am Ufer der breit daherfließenden Spree, entlang der Stege der Ausflugsschiffe, vorbei an den schon verblichenen Rosenbeeten und dem mit Grünalgen überwachsenen Brunnen in die Mitte des Treptower Parks lenkte? Verblüfft blieb er dort vor unerbittlich und schroff aufragenden Bronzemauern stehen. Durch deren breite Öffnung blickte er auf zwei Reihen in weitem Abstand aufgestellter Steintafeln mit eingemeißelten kyrillischen Inschriften: einem Monument der Roten Armee. Wie er den zusätzlichen deutschsprachigen Erläuterungen entnahm, wurden Tausende im Kampf um Berlin gefallene Sowjetsoldaten darunter begraben.

Als er sah, wie eine junge Frau eine tiefrote Gladiole in den Gewehrlauf des vor dem gewaltigen Mahnmal erschöpft niederknienden Bronzesoldaten schob, wurde er auf ihre Begleitung aufmerksam. Einen gebrechlichen, gebückten, weißhaarigen Herrn, den sie zuvor gestützt hatte. Er wird ihr Großvater sein, dachte Bruno; vielleicht ist er in den letzten Kriegstagen an den erbitterten Straßenkämpfen in Berlin beteiligt gewesen und nun zum ersten Mal an diese seinerzeit so gefahrvollen Stätten zurückgekehrt. Dies mußte ihn tief aufwühlen. Bruno spürte, daß auch er mit aufkommenden Emotionen zu kämpfen hatte, denn seine Eltern, die junge Familie, waren in den damaligen schweren Zeiten gerade in diese Kriegswirren verwickelt gewesen.

Dann war er, wie durch Zufall, in eine Reisegruppe geraten. Angezogen von ihn interessierenden Wortfetzen, dem akzentreichen Englisch und Französisch der Besucher, der hellen Stimme, den gestenreichen Erklärungen, der selbstbewußten Lebendigkeit der Reiseleiterin und dem eigenartigen Gegensatz zur düsteren Ruhe, der Großflächigkeit und Wucht des Monuments, hatte sich Bruno eine Weile in der Gruppe mittreiben lassen. Als sich die Reiseleiterin einige Zeit später von allen Teilnehmern mit Handschlag verabschiedete, war Bruno noch unter diesen. Die Wärme und den festen Druck ihrer Hand empfand er intensiver als sonst, und als er den erstaunten Blick ihrer tiefliegenden Augen erwiderte, durchfuhr ihn eine jähe Gewißheit, daß er sie nicht ziehen lassen sollte. Um den Moment ihrer Begegnung zu verlängern, stellte er ihr die ihm noch im gleichen Augenblick völlig albern und peinlich vorkommende Frage:

»Wie stehen Sie eigentlich zu Lenin? Was halten Sie von ihm, ich meine, mögen Sie ihn?«

Sie zögerte etwas, bevor sie erwiderte: »Ich bin mir da nicht sicher. Dieses Mahnmal und die hier begrabenen Soldaten haben doch mehr mit Stalin zu tun. Aber zu ihnen:

Sie gehören nicht zu der Reisegruppe! Sind Sie mir für die Führung nicht vielleicht eine Tasse Kaffee schuldig? Ich heiße Céline …«

Wie sich in einem nahen Café herausstellte, war Céline Nordamerikanerin. Ihre Vorfahren mütterlicherseits waren aus Ostpolen nach Kanada ausgewandert. Dieser Teil Polens war später von Rußland annektiert worden. Ihre Mutter war mit einem russischen Paß ausgereist, hatte ihr Kind dadurch auch russische Ursprünge, Neigungen und Gene? Célines Urahnen, noch mehr aber ihre politischen Überzeugungen hatten in ihr das Interesse an Europa geweckt. Um sich damit vor Ort auseinanderzusetzen, hatte sie ihren Beruf als Geschichtsdozentin aufgegeben, sich als Reiseleiterin beworben. Ihre ungewöhnliche Vergangenheit war nun durch die Weite des Atlantiks abgetrennt, für ein neues Leben in Europa war sie offen …

Einige Monate später schon haben Bruno und Céline geheiratet. Nun begleitet sie Bruno auf seinen Geschäfts- und natürlich den Ferienreisen. Diese haben sie, nun gemeinsam, wieder und wieder nach Moskau geführt. Die russischen Landschaftsmaler, auch manche der Ikonen in der Tretjakov-Galerie und die ägyptische Sammlung des Puschkin-Museums haben sie liebgewonnen. Glanzvolle Vorstellungen im Bolschoitheater und im Kremlpalast bleiben unvergeßlich. Aber sind sie nun wenig kulturbewußt, wenn sie sich eingestehen, daß die Abende im *alten* Zirkus zu ihren intensivsten Eindrücken zählen? Die auf guten Plätzen erstaunliche Nähe zur Manege, die den Geruch der wilden Tiere einatmen und ein besonders anrührendes Gefühl unter den grellen Masken der Clowns erahnen läßt. Die, einzigartig auf der Welt, auf hohen Schulen ihre Zirkuskunst erlernen.

Oder das ereignislose sich Durch-die-Stadt-treiben-Lassen, am Ufer der Moskwa entlang, der man an heißen Sommertagen mit dem Dampfer folgen mag, um die kühle Brise des Fahrtwinds zu genießen. Das Umrunden der sanften Hügel, der grünlich schimmernden Teiche und verschlungenen Wege im Gorki-Park, das sie manchmal joggend absolvierten. Und das Auf-die-Basilika-Kirche-Zuschlendern, mit ihren eigenartig gefärbten Zwiebeltürmen, längs über den Roten Platz, an dessen den hohen Mauern des Kreml zugewandten Seite das Mausoleum des einbalsamierten Genossen Lenin nur noch ferne Erinnerung an überkommene Zeiten wachhält.

— 11 —

Für Bruno ist Moskau zur alten Vertrauten geworden! Die ihm liebgewonnene Stadt, die vor und hinter den mächtigen Mauern des Kreml unglaubliche Schätze bereithält. Prachtvolle Bauten, eindrucksvolle Kunstsammlungen, Monumente, unter denen die hoch aufragende Säule hervorsticht, auf der ein metallisch-schimmernder Juri Gagarin oben nach den Sternen greift. Will man ihn sehen, muß man den Kopf weit zurücknehmen und zum Himmel aufschauen. Wo er im Licht der Sonne gleißt oder ein matter Schimmer des Mondlichts ihn vor dem Sternenhimmel glänzen läßt. Den Pionier, der sich als erster, gegen die Gesetze der Gravitation, nach oben gewagt hat!

Jahrhundertelang wußte man schon, daß sich Massen anziehen, und seit Newton gibt es frühe Regeln, die diesen

Einfluß, die Gravitationskräfte, rechnerisch erfassen. Bis zum heutigen Tag hat jedoch niemand klären können, *warum* diese auftreten. Man nimmt es als Naturphänomen hin.

Bruno versuchte trotzdem, die Anziehung, die Moskau auf ihn – übrigens auch noch heute – ausübte, sich zu erklären. Da ist die therapeutische Komponente: Den existenzbedrohenden Verlust der von seinem Betrieb amputierten Technologiefelder hat er mit den neuentwickelten Extrudierzylindern durch in Moskau hinzugewonnene Geschäftsbeziehungen ausgleichen können. Und in Moskau war es auch, wo Brunos emotionale Wunde verheilte. Die zu Hause, in Zürich, in Olten, oft schmerzhaft aufgebrochen war. So wie die Faust des Boxers die Narbe über der Augenbraue des Gegners wieder und wieder öffnet, die zwischen den Runden mühsam geschlossen wird. Will er seine Karriere fortsetzen, muß sie endgültig abheilen. In Moskau war Bruno dies gelungen. Dabei hatte er Ängste ausgestanden. In den sich lang hinziehenden geschäftlichen Gesprächen, in denen für seinen Betrieb so viel auf dem Spiel gestanden hatte. Bei all seinen Grenzüberschreitungen. Selbst in der Flughafentoilette! Oder in langer, nächtlicher Taxifahrt in die ausgedehnten Vorstädte – mit und zu Frauen, die er kaum kannte. Die ihn in Situationen bringen konnten, die gefährlich waren. Davor das Rasen auf den winterlich-glitschigen, spärlich erleuchteten Prospekts, bei dem die ohnehin kaum verkehrssicheren Taxen keinerlei Abstand zum vorausfahrenden Fahrzeug einhielten. Auf der Fahrt ins Ungewisse war mancher Fremde ausgeraubt, körperlich verletzt worden oder unter nie geklärten Umständen verschwunden. Er hingegen hatte Liebe erfahren, Menschen entdeckt, die seinem Innersten nahekamen. Seinen intimen seelischen Kern berührten! Und befreiende Sexualität genossen. Immer schien sie mit Sehnsüchten gepaart: nach einem neuen Zuhause, sich wiederzufinden, vielleicht erneut aufzubauen und, zunächst unbeobachtet, Fremdartiges zu genießen.

Der Zusammenbruch des herrschenden politischen Systems war über die Jahre zeitgleich mit dem Zerfall seiner Ehe abgelaufen. Eine lang andauernde, peinigende Entwicklung. Das Bisherige war nicht mehr gut genug, aufgelöst, verloren; das Neue, Bessere noch nicht eingetreten. Die Aufgabe der traditionellen Sicherheiten und Privilegien in seiner Familie und im Betrieb und, in unglaublich gewaltigerem Umfang, in der Kommunistischen Partei und dem sowjetischen Staat war nicht einfach, aber die Veränderung zum anderen nicht aufzuhalten. Gerade vor und in dieser historischen, in dieser einmaligen Zeitspanne hatte Moskau auf Bruno einen unwiderstehlichen Sog ausgeübt. Als ob er in einem Fluß geschwommen wäre, gegen dessen gewaltige Strömung er nicht ankam, und er sich deshalb mitführen ließ. In der Zuversicht, daß er, zu gegebener Zeit, an einem festen Ufer anlanden würde. Er hatte gespürt, instinktiv, daß er, wieder und wieder, nach Moskau fahren sollte, daß Menschen bereit waren, ihn dorthin zu begleiten, ihn dort zu treffen, ja dort und auf dem Wege dorthin auf ihn warteten. Die ihm berufliche Türen öffnen und persönliche Botschaften mitgeben würden, die seinem Leben eine andere Richtung geben konnten. Die ihm halfen, zu erkennen, daß es an der Zeit war, sich aus überholten persönlichen und wirtschaftlichen Zyklen zu befreien, Abstand zu gewinnen. Um, in Schritten und über fein verästelte Umwege, Beziehungen abzuschließen, die seine frühere Sicherheit und seine Existenz bedeutet, die ihn erfüllt hatten – aber sich nun nicht mehr halten ließen. War es die Fremdartigkeit, der in der Stadt spürbare Zwang, das nach außen Abgeschirmtsein, der Einfluß der dort befindlichen Menschen, die so eigene Gravitation der gewaltigen Metropole, die ihm das Belastende abzuschütteln half, die das Alte, das Überholte einsaugen und in sich aufnehmen konnte? Und nachdem die Taue gekappt waren, in der sich in Bruno ausbreitenden Leere das Neue entstehen ließen?

Für diese Entwicklung waren auch die russischen Frauen wichtig gewesen. Damals, vielleicht weltweit, die einzigen, die ihm wirklich gleichberechtigt erschienen. Denen *alle* Berufe offenstanden. Ja, es gab mehr Ärztinnen als Ärzte, und auch bei seinen Besprechungen in der Handelskammer war Bruno stets von Ingenieuren und Ingenieurinnen und anderen Sachbearbeiterinnen umgeben gewesen. Welch zauberhaften Abend hatte er mit einer solchen in der Aida-Aufführung erlebt! Wie er hörte, wurden in der streng abgeschirmten Stadt Korolev, von der aus die Erforschung des Weltalls erfolgte, in der die Raketenturbinen und –treibstoffe entwickelt worden waren, auch eine erhebliche Zahl von Astronautinnen ausgebildet. Unvergeßlich bleibt Bruno auch ein Trupp von in blaue Overalls gekleideten Bauarbeiterinnen, mit ihren geschulterten, langstieligen Äxten, dem er in klirrender Winterkälte auf seinem Weg zu den Brücken der Moskwa begegnete. Die darunter festgefrorenen Eisschollen hatten sie aufgehackt.

Es sind bemerkenswerte Frauen – Weiber auch –, die die lärmend-lebendige, manchmal auch melancholische Metropole anzieht und beherbergt, die sich, und auch Bruno, für das Leben öffneten. An Yelena, Katharina und vor allem an die seinerzeitigen Umstände um Natalia denkt er manchmal mit Heimweh zurück. Sie führten ihn zum Abschluß einer wichtigen, fast ausgelaufenen Lebensphase und – mit notwendigen Zwischenetappen – in die neue. Mit Céline. Daß Natalia dabei ihre Ehe erhalten konnte, erfüllt ihn mit Dankbarkeit. Das Orakel hatte wohl nicht sie bezeichnet: Die liebenswürdige Gefährtin, die Botin dorthin war sie gewesen, die einen Schicksalsspruch für ihn auslösen sollte.

Aber ging es nur um die Geographie, die von dort herrührende Gravitation, um die darin geführten Menschen und deren Einfluß auf ihn? Oder war es mehr, das ihn geleitet hatte? Gab es in den frühen Phasen seines Lebens Ereignisse, an denen, Kristallkeimen gleich, langsam wachsende Anfügungen, Zusammenballungen, Verkrustungen und Brüche seines späteren Lebens sich ableiten konnten? Zumindest sich deuten lassen würden? Aus Moskau kommend, war er auf dem Weg zu seinen Ursprüngen, zum Schauplatz seiner Kindheit, in *seiner* damaligen Umgebung auf ein sowjetisches Monument gestoßen. Gerade dort hatte er einen fremden Menschen aufgespürt, der ihm, augenblicklich, vertraut und schon kurze Zeit später seine Frau geworden war!

Vielleicht war es bedeutsam, daß er schon einmal – viel, viel früher – in seiner Umgebung in mit Gewalt umgestürzte Verhältnisse und zerstörte menschliche wie wirtschaftliche Beziehungen geraten war? Als die Rote Armee die zusammengebrochenen Verteidigungslinien der versprengten deutschen Soldaten überrannt und seine Heimatstadt besetzt hatte. Kurz danach war er, unter chaotischen Umständen, in einem russischen Feldlazarett geboren worden. Das zuerst zerbombte und dann in Trümmer geschossene

Hospital der Stadt gab es nicht mehr. Seine Eltern hatten ihr in einem weitläufigen, verwilderten Garten stehendes Haus wenige Tage zuvor für russische Offiziere räumen müssen. In dessen Obergeschosse waren sie eingezogen und hatten ihre Kavalleriepferde im Erdgeschoß angepflockt. Manchmal schauten die struppigen, erschöpften Tiere mit hervortretenden dunklen Augen aus den zerborstenen Wohnzimmerfenstern heraus – wie Brunos Eltern später erzählten. Und daß das mit Äxten zertrümmerte Mobiliar der Familie in hellflackernden Lagerfeuern im Garten aufgelodert war. Er selbst hat nur ferne Erinnerungen an Uniformen, barsche, aber melodische Worte in einer ihm nicht verständlichen Sprache und an ein unbestimmtes, jedoch deutliches Gefühl für die dramatische Notsituation der Familie. Sobald es ihnen möglich geworden war – es waren jedoch fast drei Jahre, in denen sie sich unter russischer Besatzung aufgehalten hatten –, zogen die Eltern mit Bruno fort und hatten, zuletzt, in der für sie ungewohnten Umgebung der Schweiz eine andere Heimat gefunden. Auch wenn es dem Vater durch die ihm eigene tüchtige Beharrlichkeit, unermüdlichen Arbeitseinsatz und, vielleicht auch, die wieder aktivierbaren geschäftlichen Beziehungen gelungen war, einen eigenen metallverarbeitenden Betrieb aufzubauen, ist doch die Ehe der Eltern später zerbrochen. Es mag an ihrer vollständigen Entwurzelung, dem Verlust ihres früheren Vermögens, den Schwierigkeiten des Neuaufbaus, dem miterlebten, nicht zu verarbeitenden Grauen der letzten Kriegsjahre und den zahlreichen Widrigkeiten mit den aus den Weiten des Sowjetreichs zusammengeführten Besatzungstruppen, an allem, gelegen haben. Das Regiment, das seine Heimatstadt besetzt hatte, war bei der Verteidigung Moskaus eingesetzt

worden. Es hatte mitgeholfen, die schon in die Vororte ein-
gedrungenen deutschen Infanteristen zu vertreiben. An
den in ein Denkmal gehauenen Soldaten, das den Ort
bezeichnet, wo dies geschah – auf halber Strecke vom
internationalen Flughafen –, ist Bruno, unterwegs zu der
Moskauer Innenstadt, später oft vorbeigefahren.

Bruno versteht die Parallelen des Lebens, wenn es solche sind, zu wenig; sie sind unergründlich, und er weiß
auch nicht, ob diese auf einen vorbestimmten, wiederkeh-
renden Zyklus hindeuten. Den eine durch die Stadt und
ihre Menschen bedingte Gravitationskraft ausgelöst haben
mag. Die auf Raum und Zeit Einfluß nimmt, in deren Feld
innere Strukturänderungen erfolgen, und die bewirkt, daß
andere Materie, und so auch andere Menschen, sich wie
unter dem Einfluß von Kraftwellen bewegen. Oder hat das
Erfahrene nur mit einer Art zufälliger Wiedergutmachung
an ihm, Bruno, zu tun?

Das Zeitfenster

—1—

Das Imperial-Hotel in Tokio ist für Geschäftsleute eine traditionelle, erste Adresse. Der Haupteingang öffnet sich zu den Hibiya-Grünanlagen, die in die Ausläufer des großzügigen Imperial-Parks übergehen. Aus den darüberliegenden Zimmern, insbesondere den oberen Etagen, hat der Gast einen wunderbaren Blick über die Rasenflächen, die nach fernöstlicher Symbolik gerechten Kieselsteinbetten, über träge, grünschimmernde Wasserflächen und auch die geschwungenen Dachbögen des kaiserlichen Palastes. Dabei bleibt die kaiserliche Familie zu allen Zeiten jeglichem Blick entzogen.

Wohnt man jedoch im über lange Zugänge erreichbaren, später zugefügten hinteren Towerbereich des Hotels, fällt der Blick über die Tokio-Station. Den gewaltigen Eisenbahnknotenpunkt der japanischen Metropole, in den unaufhörlich zahlreiche Zubringerzüge aus der Region und den Vororten, aber auch, im Viertelstundentakt, die Hochgeschwindigkeitszüge aus Kyushu, Osaka, Nagoya etc. geräuschlos einfahren. Durch Isolierglas schallgedämpft scheint es dem Gast, als ob die Züge, von geheimnisvollen Kräften gesteuert, schwerelos in den Hauptbahnhof hinein- und herausgleiten. Daß dies auch in fünf Etagen unter der Erde erfolgt, weiß er nicht. Läßt man nachts den Blick aus den Zimmern des Towerbereichs nach der Seite schweifen, kommt das beeindruckende Spiel der Neonreklamen der nahen Ginza, des Geschäfts- und Vergnügungsviertels, ins Bild. Die ihre intensiven Farben im Rhythmus variieren, großflächige, bewegte Bilder aufbauen und wieder verschwinden lassen, denen andere, in anderer Farbkomposition, folgen. Tagsüber kann der Blick noch weiter ziehen: an einem klaren Tag bis hinüber zur Tokio-Bay und Yokohama, der Schwesterstadt, in die die Häuserschluchten Tokios nahtlos hinüberwachsen.

Intime Empfangsräume bis zu gewaltigen Ballsälen machen das Hotel auch für Hochzeiten attraktiv, die an den Wochenenden in erheblicher Zahl stattfinden. Da begegnet man Gruppen von in traditionellem Kimono gewandeter Japanerinnen, mit durch Spangen hochgesteckten, schwarzglänzenden Haaren, in der Gesellschaft vornehmer Herren in Frack und Smoking. Oder man kann den Blick auf ein manchmal etwas schüchtern wirkendes Brautpaar werfen, das im Aufzug seiner Hochzeitsnacht behutsam entgegengehoben wird.

Es war Mitte Oktober vergangenen Jahres, als im 29. Stock des Towers des Imperial-Hotels das das klimatisierte Zimmer hermetisch abschließende Isolierglasfenster mit einem Trolley des Roomservice zersplittert und aufgeschlagen wurde. Durch die entstandene Öffnung hatte sich ein Mann gezwängt und war kopfüber, sich im Fallen mehrfach überschlagend, in die Tiefe gestürzt. Dort hatte er das Dach eines in der darunterliegenden Seitenstraße geparkten Autos durchschlagen. Der völlig zerschmetterte Körper ließ sich einer ca. 35jährigen männlichen Person zuordnen, die wenige Tage zuvor im Hotel abgestiegen war. Die von der zuständigen Staatsanwaltschaft angeordnete Autopsie hatte Spuren eines Beruhigungsmittels im Blut, jedoch keine anderen Rauschmittel in den zerfetzten Überresten aufgezeigt, die zuvor einen sonnengebräunten, athletischen Körper gebildet haben mußten. An dem das Haar auf der Brust und unter den Achseln sorgfältig abrasiert worden war. Anzeichen fremder Gewalteinwirkung hatten sich nicht ergeben. Aufgefallen war auch, daß im mehrfach gebrochenen Schädel des Toten die Gehörgänge fehlten, es sich also um einen Tauben, vielleicht auch Taubstummen, gehandelt haben mußte.

Wie die weiteren Ermittlungen zeigten, hatte der Tote zwei Tage zuvor auf einer Modenschau die Frühjahrskollektion eines Mailänder Modeschöpfers als Dressman vorgeführt. Und begehrliche Blicke des Publikums auf sich gezogen, die nicht immer ausschließlich den neuen Modellen gegolten hatten.

— 2 —

Im Frühsommer des gleichen Jahres war Rolf in Meudon, einer hübschen Vorstadt von Paris, zusammen mit seiner 18jährigen Tochter im Heim der Familie eines holländischen Rechtsanwalts eingeladen. Dieser hatte sich in seiner Pariser Kanzlei, vornehmlich bei niederländischer Klientel, einen Namen gemacht. Seine Frau Yacine hatte ein köstliches Abendessen zubereitet, von dem Rolf die soupe de poisson, agneau rôti und die crème caramel noch in bester

Erinnerung sind. Zuvor hatten sie im Wohnzimmer vor dem mächtigen Kamin, umgeben von vielen Büchern, einige Gläser Champagner geleert und dabei ihre jeweiligen Leben in einer Kurzzusammenfassung geschildert! Beim nachfolgenden Abendessen sprach man über weitere Details. Dazu bestand aller Anlaß, denn Yacine und Rolf hatten sich nach mehr als 40 Jahren, in denen sie sich aus den Augen verloren hatten, erstmalig wiedergesehen.

Ihre Bekanntschaft ging bis in Rolfs Zeit als 18jähriger Gymnasiast zurück. In einer französischen Familie in Royan – einem am Ausgang der Gironde liegenden Badeort – hatte er seine Sommerferien verbracht. Royan hatte im 2. Weltkrieg strategische Bedeutung. Es war deshalb frühzeitig von deutschen Truppen besetzt worden. Daran erinnern noch heute ins Meer hineinragende Bruchstücke gewaltiger, armierter Bunkeranlagen und Le Cimetière Allemand: ein in ein kleines Föhrenwäldchen eingebetteter Friedhof der gefallenen deutschen Soldaten. Das von beiden Kriegsparteien zerbombte Städtchen wurde nach dem Krieg wieder aufgebaut: eine in Form eines gewaltigen Schiffes errichtete Kathedrale, Kriegerdenkmäler, aber auch Tennisplätze, unter der Kurpromenade angelegte Kabinenreihen zum Umziehen für die in der breiten Meeresbucht lagernden Badegäste, Restaurants, Tanzbars und anderes mehr.

Über einen Mailänder Geschäftsfreund hatte Rolfs Vater die Adresse dieser Familie in Royan ermittelt. Regelmäßig nahm sie im Sommer Ferienkinder auf. Zwei Söhne des Geschäftsfreundes hatten dort bereits einige Zeit verbracht und, darauf kam es an, ihre französischen Sprachkenntnisse erheblich verbessert.

Als Rolf nach langer Zugfahrt in Royan einlangte, traf er auf eine fröhliche Gruppe: zwei muskulöse Burschen, etwas älter als er, aus Como bzw. Mailand, eine Schwedin mit langen blonden Zöpfen und eine etwas blasse junge Frau aus Frankfurt. Dazu zwei Söhne und zwei Töchter des Hauses und junge Männer und Mädchen aus Royan, Freunde der Familie, die sich dazugesellt hatten. In einem von Platanen umstandenen, großzügigen Haus, nur durch eine davorliegende Häuserzeile vom kilometerlangen Sandstrand getrennt, wohnten sie zusammen. Die Frau des Hauses, als Baskin sprach sie ein gutturales, manchmal hart anmutendes Französisch, war klein, hatte rabenschwarzes Haar und kochte vorzüglich. Temperamentvoll, aber gelassen organisierte sie den Ferienbetrieb aus dem Hintergrund. Der Vater, ein durch seine Militärzeit bei der französischen Marine geprägter Kaufmann. Auf seinem zweimastigen Segelboot, mit dem er regelmäßig in See stach, ließ er keinerlei Disziplinlosigkeit oder unseemännisches Gebaren der Ferienkinder durchgehen.

Mit viel Lärm und Lachen war die Gruppe dabei, für alle Pizza zuzubereiten, die auf dem begehbaren Flachdach des Hauses abends unter freiem Himmel »à la belle étoile« – Rolf nahm sich gleich vor, sich diese Redewendung einzuprägen – verzehrt werden sollte. Schließlich gab man den Plan lautstark auf, die Pizza war mißlungen! Es entwickelte sich trotzdem ein fröhlicher Abend, sie aßen eben Sandwiches und Salat, tranken viel Wein und diskutierten temperamentvoll.

Später zog ein wunderbarer Sternenhimmel auf. Die ausgelassene Truppe war allmählich verstummt. Einer nach dem anderen hatte sich in die tieferen Stockwerke zum Schlafen zurückgezogen. Nur eben Yacine und Rolf nicht, die es bis zum Morgendämmern aushielten. Ihre Gespräche hatten an Intensität und persönlichen Bezügen zugenommen und Erfahrungen, Ansichten, Wünsche und Hoffnungen ergeben, die beide tief anrührten. Schließlich waren sie eng aneinandergeschmiegt für einige Stunden eingeschlafen. Bis sie eine kühle, aus der Bucht herwehende Brise aufweckte.

Yacine, 25 Jahre schon, war Malerin. Sie verbrachte den Sommer im Elternhaus, meistens in ihrem in einem rückwärtigen Schuppen untergebrachten Atelier, zum Teil aber auch auf einem Segeltörn mit Freunden. Den Winter über lebte sie in Paris, um sich an der dortigen Kunstakademie und in Künstlerkreisen fortzuentwickeln. Sie war wie eine unbeschwerte Sommerfee in Rolfs Leben getreten. Barfuß immer, in leichten weißen Strandkleidern oft, mit wehendem dunklem Haar, lebte sie in den Sommertag hinein. »Vivre le moment« war die Devise! Was nachfolgen würde, konnte sich später ergeben. Jetzt war das nicht wichtig.

Sie muß in Rolf, zumindest anfangs, mehr gesehen haben, als er als gerade 18jähriger Gymnasiast darstellen konnte. Immerhin, für damalige Verhältnisse war er schon gut herumgekommen, hatte zuvor Ferien in England und vielfach in Italien verbracht. Aus fremdsprachlich orientierter Kaufmannsfamilie stammend, sprach er etwas Italienisch, recht ordentlich Englisch und Französisch. Rolf war auch belesen, im Hinblick auf seinen Frankreichaufenthalt hatte er sich zuletzt auf moderne französische Autoren gestürzt. Nachdem er kurz zuvor den Führerschein abgelegt hatte, konnte Rolf auch das Familienzweitfahrzeug, einen alten 2CV, steuern.

Yacine und Rolf verbrachten viel Zeit allein miteinander. Dabei schien es ihnen angezeigt, die sich entwickelnde Freundschaft vor den Ferienkindern, Geschwistern und Eltern nicht hervorzukehren. So oft als möglich stahlen sie sich davon, wanderten am Strand entlang bis in die Nachbarbucht nach Pontaillac und schwammen weit in den Atlantik hinaus. Abends bzw. nachts kletterten sie auf eine hohe Aussichtsplattform am Strand, die tagsüber den Bademeistern zur Aufsicht diente. Dort oben hatten sie das Ziehen der Wolken beobachtet, die den Mond scheinbar wahllos zu- und aufdeckten, sich aneinandergeschmiegt, behutsam ihre Körper geküßt und Pläne geschmiedet: Rolf würde wiederkommen, nächstes Jahr nach seinem Abitur, und sie würden mit Rucksack per Anhalter vier lange Sommerwochen durch Spanien und Portugal trampen! Als kurz vor Ende seines Aufenthalts Yacine zu einem längst vereinbarten Segeltörn um Korsika aufbrach, war Rolf tieftraurig und dachte noch Monate in Sehnsucht an sie zurück.

— 3 —

Als Rolf nach Ferienende wieder zur Schule ging, wagte er nicht, seinen stets sehr besorgten Eltern mitzuteilen, daß im nächsten Sommer eine Reise mit einer jungen Frau anstand. Das hätte nicht in das Konzept seiner sehr calvinistisch orientierten Erziehung gepaßt und mit Sicherheit den erbitterten Widerstand der Mutter ausgelöst. Dem wollte sich Rolf nicht aussetzen! Zumal er von seinem sonst sehr zugänglichen Vater in diesem Punkt keine Unterstützung erwartete.

Sein letztes Schuljahr hatte Rolf dann mit Fleiß und Engagement abgespult und, zur großen Freude seiner Eltern, ein sehr ordentliches Abitur abgelegt. Daran hatten sie durch die Initiierung seiner Ferienaufenthalte im Ausland, ihr stets offenes Haus, in dem Geschäftsfreunde aus der ganzen Welt ein- und ausgingen – die Kinder waren dabei in den gesellschaftlichen Teil mit Selbstverständlichkeit einbezogen –, bedeutenden Anteil.

Es schlossen sich noch einige freie Monate an, bevor Rolf im Oktober sein Universitätsstudium in München aufnehmen würde. Davor lag noch seine Abiturreise! Wenngleich eine Realisierung des eigentlichen Plans – die Reise mit Yacine – nicht machbar schien, war es ihm doch gelungen, mit drei Mitabiturienten ein altes Kraftfahrzeug zu erwerben. Mit auf den Dachständer geschnallten Zelten, Schlafsäcken, Gaskochern, Klappstühlen und –tisch und einem beachtlichen Vorrat an Hartwurst und geräuchertem Schinken würden sie für einige Wochen in die mediterranen Länder aufbrechen. Dabei stand es fest, daß sie für etwa eine Woche in Royan Station machen würden, um Rolf persönliche Zeit mit Yacine zu ermöglichen. Nach der Reise sollte der Wagen möglichst zum gleichen oder höheren Preis wieder verkauft werden.

— 4 —

Bevor es dazu kam, trat Ariane, die spätere Mutter des in Tokio in den Tod gesprungenen Dressman, in Rolfs Leben. Ariane war eine ungewöhnliche Frau, die dies nicht nur wußte, sondern auch zu ihrem fraulichen Vorteil nutzte. Groß, schlank, langbeinig, mit glatten pechschwarzen Haaren war sie einige Male in dem Ort aufgetaucht, in dem

Rolf zur Schule ging. Sie war offenbar in einer Kleinstadt im Taunus zu Hause, in der ihr Vater ein Bankgeschäft betrieb. Wer Ariane näher kennenlernen durfte, genoß ihre warme Herzlichkeit und den manchmal etwas provokativen Charme. Unter ihren vielen Verehrern hatte sie sich bald für den jungen Industriellen Thomas W. entschieden und ihn geheiratet. Thomas war Kaufmann und im väterlichen Unternehmen, einem bedeutenden Hersteller von Webmaschinen, neben seinem Vater als geschäftsführender Gesellschafter erfolgreich tätig. Einkommen, Familie und Stellung hoben ihn in auffälliger Weise heraus. Zumal er gutes Geld nicht nur verdiente, sondern dies auch in spektakuläre Kraftfahrzeuge und aufwendige gesellschaftliche Veranstaltungen umsetzte. Hierfür arbeitete er hart und war, oft für einige Wochen, auf Geschäftsreisen, zum Teil bis nach Übersee.

Da sich Thomas' und Rolfs Eltern kannten, hatte er später auch Arianes Bekanntschaft gemacht. Sie war, wie er, recht sportlich, und ihre Freundschaft begann auch auf dem Tennisplatz. Dieser lag außerhalb der Stadt in einem kleinen Wäldchen. Dort trafen sie sich gelegentlich und spielten, da Rolf nach seinem Abitur viel Zeit hatte, später täglich Tennis. Seit Jahren schon war er in der ersten Turniermannschaft des örtlichen Clubs aufgestellt. Ariane gegenüber nahm er mit Selbstverständlichkeit die Rolle des Tennislehrers ein. Der an der Verbesserung ihrer Spielstärke geduldig und gutwillig arbeitete. Durch seinen schulischen Erfolg fröhlich und gelassen, durch das traumhafte Wetter in jenem Frühsommer gebräunt und durch jahrelanges Schwimmen und Fußballspielen athletisch durchgebildet, kam es wohl, daß sich Ariane für Rolf über das Tennisspielen hinaus interessierte. Sie tauchte, zu seinem

Erstaunen, nunmehr als Zuschauerin auf dem Fußballplatz auf, wenn er spielte, oder schlug vor, am Abend in der nahen Kreisstadt zum Tanzen auszugehen. Dort wirbelte sie ihn temperamentvoll über die Tanzfläche und preßte ihren Körper bei den langsameren Stücken an ihn, damit er diesen fühlen und erspüren konnte. Und ergriff später die Initiative, Rolf in ihre von einem Mailänder Designer gestaltete großflächige Wohnung einzuladen. Um dort für ihn zu kochen, Schallplatten zu hören, in ihrer Sammlung alter Fotografien zu kramen, sich vorzulesen, kurz, um es sich gegenseitig gemütlich zu machen. Wenn ihr Ehemann verreist war!

Rolf spürte, daß dies so nur eine begrenzte Zeitspanne andauern konnte. Alles andere mußte in einem Eklat, in einer Katastrophe enden. Vielleicht steuerte er schon jetzt auf einen Abgrund zu. Er spielte deshalb zunehmend mit dem Gedanken, Ariane bald zu veranlassen, die Möbel anders zu gruppieren, eine von ihm aus seinem Bestand ausgewählte Fotografie vergrößern und rahmen zu lassen, um sie an prominenter Stelle aufzuhängen. Oder, besser noch, ihr vorzuschlagen, zwei Zimmer durch einen Wanddurchbruch, abgrenzbar durch eine Schiebetür, zu verbinden. Das Bewußtsein, daß sie ihrem Mann verschweigen mußte, daß es *seine* Initiative, *seine* Idee und *sein* Wunsch gewesen waren, befriedigte Rolf in eigenartig-befremdlicher Weise. Es konnte aber auch ein Haustier sein, ein Hund, vielleicht ein Neufundländer oder ein Weimaraner, die er besonders mochte. Wichtig war nicht, was es war, sondern allein, daß *er* es war, der etwas Bleibendes angestoßen und hinterlassen hatte, bevor es zum Ende kam. Das sie auch noch danach an ihn erinnern mußte. Denn es war eine Beziehung auf Zeit!

Rolf faszinierte, erregte und erschreckte seine Beziehung – in dieser Reihenfolge! Wie konnte es sein, daß eine erst einige Jahre verheiratete Frau, die durch ihren gutaussehenden, erfolgreichen Mann großzügig gehalten war, es auf einen viel jüngeren Abiturienten abgesehen hatte? Dabei machte es Rolf auch zu schaffen, daß sein Vater dem Vater ihres Ehemannes beruflich viel verdankte und er sich deshalb weder familienloyal noch seinen eigenen moralischen Maßstäben gerecht verhielt. Aber die Faszination der heimlichen Beziehung zu der verheirateten Frau, die erfahren und hochbegehrenswert erschien, war stärker. Rolf konnte es sich deshalb auch nicht abschlagen, Ariane, die im Nachbarort abendliche Reitstunden nahm, regelmäßig aus der Reithalle abzuholen. Es wurde bald zu einer selbstverständlichen Routine, danach in ihrem offenen Ford-Mustang im nahen Wäldchen zu schmusen. Nur unterbrochen durch die Konsumierung der von ihr mitgebrachten Sektflaschen, die sie, geleert, damals noch wenig umweltbewußt, in das Gebüsch schleuderten. Es war gerade nach diesen Reitstunden, daß Ariane besonders zärtlich war: mit ihrer Zunge tief in seinen Mund eindrang und Rolfs Hand an ihren durch die eng anliegende Reithose gut fühlbaren Schoß führte, den sie in rhythmischen Kreisen bewegte. Zu mehr kam es nicht!

Gleichwohl erfüllte es ihn mit heimlichem Stolz, daß sich Ariane, wie sie mehrfach betont hatte, ihrem Mann nun auch körperlich versagte. Der dies absolut nicht verstehen konnte! »Seit vier Monaten habe ich mit meinem Mann nicht mehr geschlafen«, sagte sie. Mit solcher *Loyalität* hatte Rolf nicht gerechnet. Und nichts von solchem Einfluß gewußt, den die Menschen aufeinander nehmen. War er für sie denn mehr als nur ein Abenteuer? Liebte sie ihn gar?

Und ihren Mann nicht mehr? Nein, das war absurd. Alle beide? Er schloß nicht aus, daß Ariane gleichzeitig zwei Männer lieben konnte. Aber loyal sein, das ging nur zu einem. Und das war er! *Deshalb* schlief sie mit ihrem Mann nicht mehr. Oder hatte es mit Liebe nichts zu tun? War es für Ariane bloße Selbstbestätigung? Das Spiel einer gelangweilten Ehefrau? Egal, er hatte die Antwort nicht. Irgend etwas war vor ihm verborgen, und er fühlte instinktiv, daß er daran nicht rühren sollte, daß es besser war, hierzu keine konkreten Fragen zu stellen. Weder an sich selbst noch an Ariane. Denn an der Sache war etwas Beunruhigendes! Womöglich hatte *er* sich darauf einzustellen, daß *seine* spätere Ehefrau sich auch alsbald mit einem anderen einlassen könnte. Einem Schüler, Studenten, Handelsvertreter, mit wem auch immer. Wenn das Leben Revanchen vorsah! Oder die Duplizität von Ereignissen, vielleicht durch einen von ihm selbst angestoßenen, verschuldeten, bösen, sich wiederholenden Zyklus.

— 5 —

Auch wenn sich die Gespräche und Gedanken junger Männer häufig um das andere Geschlecht drehen, kann eine »nur« aus vier männlichen Abiturienten bestehende Truppe viel Spaß am gemeinsamen Reisen haben. Insbesondere wenn es sich um eine Abiturreise handelt. Der zu diesem Zweck erstandene BMW hatte bereits mehr als 400.000 km absolviert. Trotzdem ließ er Rolf und seine Freunde in den folgenden sechs Wochen nicht im Stich.

Deren Weg führte zuerst den Rhein hinauf, dann nach Paris und von dort quer durch Frankreich bis an die Mündung der Gironde. Mit ihren Zelten, Luftmatratzen und Schlafsäcken übernachteten sie in der freien Natur oder auch auf dafür vorgesehenen offiziellen Plätzen. In größeren Städten stiegen sie in Jugendherbergen ab. Wo immer sie blieben, hatten sie viel gesehen, besichtigt und unternommen, fotografiert, Bekanntschaften gemacht, aber auch erfahren, wie verschieden sie in ihren Gewohnheiten, Essenspräferenzen und Erwartungen an die Reise waren.

In Royan wurden sie von Rolfs früherer Gastfamilie als ganze Gruppe freundschaftlich aufgenommen. Am Tage ihrer Ankunft erwartete sie ein großzügiges Essen, an das sich eine Party in einer größeren Garage anschloß. Der Madison war als Tanz neu aufgekommen, und es ließ sich nur schwer verbergen, welch plumpe Tänzer die Abiturienten aus dem ländlichen Gymnasium damals noch waren.

Die Tage danach kam Rolf allein, um seine Freundschaft mit Yacine zu erneuern. An die er viel gedacht und der er, trotz seiner anderen Beziehung, einen wichtigen Platz in seinem Herzen bewahrt hatte. Übrigens bis zum heutigen Tag. Nachdem sie, bis auf eine einzige Postkarte, voneinander über ein langes Jahr nichts gehört hatten, war es ein behutsames Sichwiederfinden. Ein vorsichtiges, zögerndes, verweilendes Suchen der Augen, der Hand, die man dann nicht mehr loslassen würde, bis sie sich endlich in den Armen hielten. Von der Unsicherheit des sich Wieder-finden-Könnens befreit, vielleicht auch durch das, was Rolf für eine wichtige Erfahrung hielt – seine Beziehung zu Ariane –, hatte er sie wohl sehr ungestüm und intensiv geküßt. Und sich daran gemacht, ihren Körper in einer Weise zu erfahren, wie sie es von Rolf nicht kannte. »Rolf, vraiment tu as une petite amie! Je le sens. Tu es tout à fait different. Raconte-moi un peu …« Diese spontane Reaktion hatte Rolf überrascht. Richtig, er hatte eine andere Freundin. Aber daß sie, ohne etwas zu wissen, dies augenblicklich erspürte? »Als du vergangenes Jahr in unsere Familie kamst, warst du noch so unschuldig! Du konntest kaum küssen, deine Zunge blieb immer in deinem Mund. Das hat mich sehr berührt. Deine ungestüme Unschuld, deine Liebenswürdigkeit – das sollte möglichst lange so bleiben. Du warst damals, ich meine im letzten Jahr, einfach noch ein großes, sympathisches Kind …« Daß sie seine Unerfahrenheit so wahrgenommen hatte? Bewußt alles unterließ, was dies ändern mußte. Daß gerade dies sie so berührte, ging Rolf nahe.

Sie redeten danach noch lange. Yacine beschwor Rolf, die Beziehung mit der verheirateten Frau nicht fortzusetzen. »Soit sage! Ça ne se fait pas! Je t'en prie.« Ich bitte dich!

Einige Tage später brachen die Burschen wieder auf: nach St. Jean de Luz, La Coruña, Madrid, Valencia. Fünf erfüllte Ferienwochen voller Erfahrungen und Erlebnisse lagen noch vor ihnen …

Rolf hatte Yacine danach aus den Augen verloren. Über Jahrzehnte von ihr weder gehört noch sie wiedergesehen. Erst als für seine eigenen Kinder zur Vertiefung der Sprachkenntnisse ein Aufenthalt in Frankreich anstand, unternahm er Anstrengungen, sie wiederzufinden. Würde sie noch in Royan wohnen? Eine Familie haben? Jedenfalls war sie es, das wußte Rolf, bei der sich seine Kinder wohl fühlen würden! Er zog deshalb Erkundigungen ein, die zu ihr, zu ihrem Mann Robert und ihrer sympathischen Familie führten. Einschließlich ihres großen, alten deutschen Schäferhunds. Yacine hatte übrigens schon ein Jahr nach Rolfs zweitem Besuch in Royan geheiratet!

— 6 —

Ariane war später mit ihrem Mann in die Schweiz gezogen. Nach Lugano im Tessin. Ob es die körperliche und mentale Anstrengung des durch die Welt hastenden Managers, ihres Ehemanns, war? Oder die Ariane belastende kleinstädtische Enge, oder beides? Jedenfalls war das väterliche Unternehmen zu einem guten Preis an einen Schweizer Textilkonzern abgegeben und ein großzügiges Chalet mit riesigem Hanggrundstück von der Witwe eines verstorbenen Dirigenten erworben worden. Dort, in Lugano, kam – *sehr viel später* – Arianes *einziges* Kind, ihr Sohn Toni, zur Welt.

Tonis körperliche Behinderung – es waren keine Gehörgänge im Kopf angelegt und damit keinerlei Möglichkeit des Hörens eröffnet – traf das Ehepaar als Schock! War doch bis zu diesem Tage immer alles nach Wunsch verlaufen. Bei den gesunden Eltern und, soweit erkennbar, gesunder Verwandtschaft war, als Ariane nach Jahren endlich schwanger wurde, fest mit einem süßen, rundum intakten Nachwuchs gerechnet worden. Offenbar hatte sich durch den guten Verkauf der väterlichen Firma, die Thomas W. zuvor um eine beachtliche Dimension vergrößert hatte, durch die gelungene Heirat, durch das spektakulär hoch über dem See gelegene Domizil und wohl nicht zuletzt durch das in der Schweiz gut angelegte Vermögen ein Bewußtsein entwickelt, daß es immer so weitergehen werde.

Als Toni heranwuchs, ließ sich sein Handicap durch einen in der Familie aufgenommenen Gehörlosenlehrer abmildern. Er verstand es bald, die Sprache von den Lippen abzulesen. Zunächst nur in Deutsch bzw. Schwyzerdütsch, später sogar in Italienisch. Auch Sprechen lernte er, wobei er manches Wort in eigenartiger Weise verzerrt artikulierte. Durch die Berge, den See und die durch das elterliche Vermögen eröffneten Möglichkeiten erwarb er sich Geschicklichkeit und Ausdauer im Skifahren und Snowboarden. Konnte segeln und bewies Zähigkeit im Bergsteigen. Es schien fast, als ob ihm eine ausgleichende Gerechtigkeit einen gutgewachsenen, schlanken, sehnigen Körper zugedacht hätte, der ihm manchen bewundernden Blick der das Tessin bevölkernden Touristinnen einbrachte.

Schließlich war es Toni auch gelungen – wenn auch mit sehr erheblicher Mühe –, das Abitur im Lyceum Alpinum in Zuoz zu absolvieren. Für ein Studium erschien sein Handicap aber zu gewaltig. Danach waren einige berufliche Gehversuche, ausgestattet und unterstützt durch die väterlichen Finanzen, schiefgegangen. Dann begann Toni als Dressman zu arbeiten. Dies bereitete ihm anfangs Freude, insbesondere dabei auch die Welt kennenzulernen. Später belastete es ihn zunehmend, daß es bei ihm nicht, wie bei den Eltern, zu einer akademischen Ausbildung bzw. einer Führungsposition in der Industrie gereicht hatte. Die mit dem »Modeln« verbundenen Reisen, das Unstete dieses Berufs, wochenlanges Nichtstun zwischen den Vorführterminen, aber auch die ständig wechselnden Kollegen bzw. Kolleginnen machten ihm mehr und mehr zu schaffen. Dazu kam wohl noch, daß die Lebenspartnerin seiner Wahl unerreichbar schien. Sein Handicap und sein Beruf hielten eine von ihm sehr geliebte, langjährige Freundin aus

Mailand ab, sich ganz zu binden. Wenngleich es sich nicht ganz aufklären ließ, so scheint es, daß er von ihr, kurz vor dem verhängnisvollen Sturz in Tokio, noch einen Einschreibebrief erhalten hatte.

Was mag in den letzten Stunden in ihm vorgegangen sein? War es die sich immer mehr verdichtende Erkenntnis, daß die Zeit für die Ausübung seines Berufs fast abgelaufen war? Und daß es mit seiner Behinderung dann nur wenig berufliche Alternativen gab? Vielleicht gar keine mehr? Toni wußte genau, daß er als Dressman maskulines Aussehen, unaufdringliche Athletik und Jugend zu verkörpern hatte. Dadurch erschienen die zur Schau gestellten Kollektionsstücke lässig, unaufdringlich und von Wert, der diesen in Wirklichkeit meist nicht zukommt. Wenn dann mit den Jahren die frische Gesichtsfarbe nachläßt, sich in die Haare silberne Fäden einziehen und sich dunkle Pigmentflecken an den Schläfen und Handrücken abzeichnen, läßt sich dies allenfalls zu Beginn noch übertünchen. Aber die Zeit wartet nicht! Die Zeitlinie, bei der die Aufträge der Agenturen schlagartig ausbleiben, schiebt sich mitleidlos heran.

Dieses Bewußtsein mag Toni in seinem Zimmer im Tower des Imperial-Hotels mit seiner Fensterfront zur Tokio-Bay besonders mitgenommen haben. Blickte er doch von dort auf eine von Menschen und deren Werten anscheinend entleerte Welt. So weit das Auge reicht, tut sich eine Stadtwüste auf! In dieser stehen die in allen denkbaren Größen und Formen errichteten grauen und braunen Gebäude, die keiner Symmetrie und Harmonie zu unterliegen scheinen, so dicht zueinander, daß die darunterliegenden Straßen dem Blick verborgen bleiben. Es ist ein heterogenes Häusermeer, das Millionen von Bewohnern erkennbar

Platz bietet, ohne daß auch nur ein einziges menschliches Wesen sichtbar ist. Dazu ein eigenartiges technisches Gewirr von wie riesige Reptilien gewundenen, metallisch glänzenden Rohren, Gastanks, Airconditioning-Apparaten und geräuscharmen Aufzugsmotoren, die auf den Dächern der niedrigeren Hochhäuser geschichtet sind. Hier und da sind es auch wie gewaltige Nadeln aufragende Antennen und von hohen Fabrikkaminen, selbst bei Tageslicht, zuckende Lichtblitze und auf den Dächern aufragende Kräne, gewaltigen Heuschrecken gleich, die eine vollständig mechanisierte Umgebung widerspiegeln. Nicht eine einzige Pflanze, keine kleine Baumgruppe oder auch nur ein einziger grüner Fleck sind erkennbar. Zu eng drängen sich die gigantischen Gebäudestrukturen! Für Lebendes ist scheinbar kein Platz. Wären nicht die aus der Höhe wie eine Spielzeugeisenbahn anmutenden, unaufhörlich vorübergleitenden Züge und die in gleichförmiger Geschwindigkeit daneben vorbeifließenden Fahrzeuge, die auf der auf hohen Stützen errichteten Stadtautobahn sichtbar sind, könnte man glauben, daß eine gewaltige Waffe alles Leben in der Stadt ausgelöscht hat. Ohne deren Strukturen, Gebäude und darauf sichtbaren Konstruktionen anzutasten.

Besonders wenn sich die Dunkelheit herabsenkt, entkommt man den Gedanken an eine automatisierte, entmenschlichte Welt, die den Gast in eine traurige Leere, ja Verlassenheit stürzen, nur schwer. Die in vielen Farben und Formen sich stetig verändernden, verschwindenden und im Rhythmus wieder und wieder erscheinenden Neonbilder scheinen von geheimnisvollen Mechanismen und Automaten gesteuert, die durch die Zeit der nächtlichen Dunkelheit ihre Lichtspielarbeit verrichten. Dabei scheint es sich um eine wie an eine andere Welt in der Höhe unaufhörlich gerichtete Lichtbotschaft zu handeln. Ohne daß aus dem Unendlichen jemals eine Antwort empfangen wird. Die Toni hätte trösten können! Vielleicht hätte schon ein kleiner Fingerzeig genügt, ein blinkendes Licht aus der Ferne, eine Bewegung, das ihm geltende Lächeln einer Fremden, um Toni in dieser Nacht von seinen Plänen und deren furchtbaren Folgen abzubringen.

— 7 —

Nach seiner Abiturreise hatte Rolf das Studium der Chemie begonnen. An der Technischen Universität in München. Zum ersten Mal wohnte er für sich allein: In einem einfachen, immer kalten Zimmer, das wegen des davorstehenden, mächtigen Mietshauses kein direktes Sonnenlicht erhielt. Und freute sich, ohne Kontrolle der Präsenz in der Uni, weit weg von den Eltern, sein eigenes, studentisches Leben aufzunehmen. Zuverlässiges, selbständiges Arbeiten, und Disziplin dabei, war Rolf gewohnt. Und auch, daß sich entsprechende Erfolge einstellen. Es war deshalb eine überraschende, ja bittere Erfahrung für ihn, daß sich sein Studium völlig entgegen seiner Planung entwickelte. Zeigte es sich doch sehr bald, daß Rolf in der Laborarbeit, die während des gesamten Studiums und insbesondere in den Semesterferien zu absolvieren war, keine glückliche Hand hatte. Ja wahrscheinlich keinerlei Begabung! Wieder und wieder erwiesen sich die Analysen als fehlerhaft. Bei ständig neu ausgegebener, variierter Probe mußten sie so lange wiederholt werden, bis ein lückenlos richtiges Ergebnis vorlag. Dazu, der Rolf vorgesetzte Assistent! Er, der selbst langjährig an seiner Doktorarbeit bastelte, schien daran Freude zu entwickeln, daß das schwere, arbeitsreiche Studium auch bei seinen Studenten ungute Wirkung zeigte. Mutmaßlich war es auch ihm früher sehr schwer gefallen. Wieso sollten es die jetzigen Studenten besser als er vorfinden? Was immer es auch war: Er sah davon ab, einfache Analysenproben zu mischen. Oder, wie seine Assistentenkollegen, gelegentlich mit einem freundschaftlichen, indirekten Tip kleine Hilfestellung zu leisten. Nachdem die Zulassung zu den ständig abzulegenden theoretischen Zwischenprüfungen an die jeweiligen Analysenerfolge gekoppelt war, konnte Rolf nur wenige solche Kolloquien nachweisen.

Er versuchte, diesen Schwierigkeiten, auch den rasch fortschreitenden Mathematik- und Physikvorlesungen, deren Inhalt er nur schwer folgen konnte, mit erhöhtem Arbeitsaufwand beizukommen. Über einen Zeitrum von drei Semestern schuftete Rolf täglich, auch am Wochenende, zwölf und mehr Stunden im Schnitt. Nach abendlicher Rückkehr aus dem Labor in seine Studentenbude schlief er oft auf seinem Bett sofort erschöpft ein. Um nach ein, zwei Stunden wieder hochzuschrecken und, für mehrere Stunden noch, mit den Lehrbüchern zu arbeiten. Nach Ablauf der drei Semester hatte Rolf bereits ein Semester, wenn nicht mehr, verglichen mit anderen Studienkollegen eingebüßt – und geriet in eine Krise! Zum ersten Mal in seinem Leben war er auf ein unüberwindlich scheinendes Problem gestoßen. Einer Gummiwand gleich, von der er mit jedem neuen Anlauf wieder und wieder abprallte, um sich neu aufzurappeln. Dabei war ihm bis zu diesem Zeitpunkt nahezu alles mühelos zugeflogen. Zumindest war bislang alles mit gewissem Aufwand gut zu meistern gewesen!

Aber wohin ausweichen? Wollte er überhaupt ausweichen, denn aufgeben war nie seine Art gewesen? Ein Überwechseln in das Fach Pharmazie war eine Option, die einige der Studienkollegen, die mit ähnlichen Schwierigkeiten kämpften, wahrnahmen. Weniger Laborarbeit, vielleicht freundlichere, hilfsbereitere Assistenten! Auch keine Mathematik, Mineralogie und Experimentalphysikvorlesungen. Die er bislang mit den Ingenieurstudenten zu absolvieren hatte, die über weitergehendes mathematisches Rüstzeug verfügten. Nein, Rolf wollte nicht Apotheker werden und schon gar nicht als Ausweg, als Verlegenheitslösung!

Dann schon etwas ganz anderes! Umgang mit der deutschen Sprache, aber auch Fremdsprachen hatten ihm immer Freude bereitet. Ein darauf gerichtetes Studium zog Rolf jedoch nicht mangels Neigung, sondern weil damit der von ihm nicht gewünschte Lehrerberuf zwangsläufig verbunden schien, nicht in Betracht. Hatte er bei seiner Studienwahl nicht die journalistische Seite, eine andersgeartete Form des Erzählens, übersehen? Konnte das nicht eine Lösung sein? Vielleicht konnte er sich selbst beweisen, daß etwas in ihm steckte, wenn er sich hier nun versuchte. Rolf begann, sich Abende zu reservieren, um Kurzgeschichten zu schreiben. Seine bisherigen Lebenserfahrungen mit den Möglichkeiten und Konsequenzen der Naturwissenschaft, in die er etwas eingedrungen war, literarisch zu verknüpfen. Bald mußte er aber auch hier einsehen, daß dies eine gewisse innere Gelassenheit, die er nicht besaß, sowie Zeit und Beobachtungsgabe erforderte. Vielleicht sogar ausgeprägtes Talent! Er gab dies auf! »Das Projekt aufschieben«, wie Rolf es vor sich selbst darstellte. Außer zwei nicht fer-

tiggestellten Manuskripten, denen es ersichtlich an Sprach-
eleganz mangelte, war nichts entstanden.

Rolf verlegte sich danach darauf, mathematische Rätsel
auszuhecken und solche, die er Büchern und einschlägigen
Zeitschriften entnahm, zu lösen. Über der Entschlüsselung
solcher Problemstellungen verbrachte er schlaflose Nächte:
z. B. um die vorgegebene Quotelung einer Zahl überlasse-
ner Münzen zu ermitteln. Die auf mehrere Parteien im
Schlüssel derart zu verteilen waren, daß gleichzeitig noch
eine gewünschte Zahl solcher Münzen zurückblieb. Verborgene logische Zusammenhänge aufzudecken interessierte ihn nun immer mehr. Vor allem, was sich im Fall einer
Störung, eines Eingriffs von außen als zwangsläufige Konsequenz ergeben mußte. Dies schien auch zu seiner eigenen
Existenz eine Brücke zu schlagen. Vielleicht konnte es indirekt und auf irgendeine verborgene Weise zur Lösung seiner derzeitigen Probleme beitragen. So hatte Rolf nach dem
Besuch eines Fußballspiels der ›Münchner Löwen‹, das für
diese 0:1 verlorenging, später die Idee immer mehr verfolgt, daß auch *er* es war, der dies und die darauffolgende
Konsequenz der Trainerentlassung und des späteren Ab-
stiegs in eine tiefere Klasse zugelassen hatte. Hätte *er* nicht,
mit dem Pfiff einer Trillerpfeife den Schiedsrichter vom
Spielfeldrand irritierend, für einen Moment des Zögerns,
eine kurze Spielunterbrechung sorgen können, bis sich die
Störung aufklärte? Die sich daran anschließenden Ball-
kontakte, Spielzüge, Torschußgelegenheiten – alles würde
sich nach gleichen Regeln, *aber anders*, entwickelt haben.
Vielleicht hätte sich dadurch ein Unentschieden oder gar
ein Sieg des von ihm favorisierten Clubs ergeben. Warum
hatte er nicht einen solchen, letztlich harmlosen, gleichwohl folgenschweren Pfiff losgelassen?

Oder warum hatte er mit dem Betreten des Zebrastreifens bei einem heranfahrenden Auto gezögert? Wäre er zügig gegangen, wäre dieses nicht, wie von ihm in der Folge beobachtet, in einen Unfall an der Kreuzung der Hauptstraße verwickelt worden! Das andere Auto, mit dem es zusammenstieß, wäre, durch das Warten vor dem Zebrastreifen, längst vorbeigefahren gewesen!

Gab es Zusammenhänge zwischen seinem bisherigen Leben, seinen Verhaltensweisen, seiner leichtfertigen Moral vielleicht, mit seiner tiefgreifenden Studienkrise? Hatte Ariane oder das, was nachfolgte, dazu logischen Bezug? Hätte er seine früher geplante Abiturreise mit Yacine, auch gegen den Widerstand der Eltern, konsequent durchgesetzt, wo stünde er jetzt? Wäre er vielleicht dann in ihrer Nähe, an einer französischen Universität, gelandet, wo alles viel leichter fiel? Hätte er nicht, wäre er …

— 8 —

Arianes Leben blieb noch für einige Zeit mit Rolfs Existenz verknäuelt. Obwohl sie sich seit Studienbeginn nicht gesehen und auch keinerlei Kontakt nach ihrem Wegzug nach Lugano mehr unterhalten hatten: Schon kurz nach seinem Studienantritt in München wurde er von Sonja S. besucht. Sie wohnte einige Straßen von seiner Studentenbude entfernt in einem schlichten 1-Zimmer-Appartement. Sonja war zusammen mit Ariane aufgewachsen. Eine enge Freundin. Sie war noch nicht verheiratet und verdiente ihr Geld als Sekretärin in einem Münchner Handelsbetrieb. Rolfs

Adresse hatte sie von Ariane erhalten und stand eines Abends unvermittelt vor seiner Zimmertür. Danach besuchten sie sich gelegentlich abends, so gut es die Anspannung seines Studiums zuließ. Rolf kam dabei zugute, daß Sonja ihm geduldig zuhörte, ihn aufmunterte, genausogern wie er ein Pils trank und vor allem ihn fürsorglich und bodenständig bekochte: einfache, aber schmackhafte studentische Gerichte eben: Bratkartoffeln mit Schinkenwurst, Linseneintopf, Speckpfannkuchen und dazu das kühle Pils. Das gab ihm Kraft!

Sonja war dann auch die erste Frau, mit der Rolf geschlafen hat. Zwanzig Jahre war er alt, ein hierfür biblisches Alter – nach heutigen Maßstäben! Sie hatte Rolf behutsam und liebevoll angeleitet, als sie seine Erregung bemerkte. Für die sie mit ihren hohen Stiefeln und weinroten, knallengen Popelinhosen selbst gesorgt hatte. Sie wird sich an dieses erste Mal wohl immer erinnern, wenn auch aus anderen Gründen als Rolf: Seine sexuelle Spannung konnte sich nämlich nicht lösen, und er führte deshalb sein hartes Glied eine Ewigkeit lang in sie ein- und aus! Bis er sich endlich zurückzog und, um seine Verlegenheit zu kaschieren, den Orgasmus simulierte. Dauer und Athletik des jungen Mannes dürften den Vergleich mit ihren früheren und späteren Liebhabern ohne weiteres ausgehalten haben. Vielleicht war es solche Ahnung in ihr, daß Sonja Rolf mehr und mehr sexuelle Avancen machte. Denen er sich aus purer Angst, ähnlich wie zuvor ohne eigene wirkliche Befriedigung auszugehen, ja zu versagen, und daß dies offenbar werden würde, zunehmend entzog.

Als Rolf dann einige Wochen später den Film »Bell' Antonio« nach einer Novelle von Vitaliano Brancati gesehen hatte, war er tief besorgt. Konnte es bei ihm wie beim

»Helden« des Films so sein, daß er die Hochzeitsnacht, d. h. den sexuellen Akt, nicht in seinem normalen Ablauf vollziehen konnte? War es nicht gerade das, was ihm, ohne daß Sonja dies bemerkt hatte, widerfahren war? Welche blamablen Vorkommnisse standen ihm noch bevor? Unter diesem Blickwinkel erschienen seine Sorgen mit der Laborarbeit deutlich weniger bedeutsam. Allerdings mußte er sich eingestehen, daß es inzwischen Probleme »auf der ganzen Linie« gab!

— 9 —

Es war Frühsommer geworden. Die Wochenenden im Mai, Juni und Juli fuhr Rolf nach Hause. Nicht nur, um dort gut bekocht zu werden, gemütlich zu baden und dann mit frischer Wäsche, Raviolidosen und Schokoladeriegeln wieder in seine Münchner Studentenbude zurückzukehren. Nein, der Grund lag darin, daß er seine Tennismannschaftskollegen, trotz seiner studienbedingten Terminnöte, bei den Turnierspielen nicht im Stich lassen wollte. Hier galt es, gegen eine Reihe von Vereinen im Allgäu zu kämpfen, Eishockeyclubs oft, die zum Ausgleich im Sommer Tennis spielten.

Nach Abschluß der Tennisspiele – bei anhaltendem traumhaftem Wetter war keines der Punktspiele verschoben worden – waren noch einige Freundschaftsspiele vereinbart. Dabei hatten sie sich in fröhlicher, gelassener Atmosphäre an einem heißen Hochsommerwochenende mit einem Verein, der von der Schwäbischen Alb gekommen war, gemessen. Dieser war von einer erstaunlichen Zahl von Schlachtenbummlern begleitet, die ihre Mannschaft lautstark unterstützten. Darunter auch Doris B., eine gutgebaute Schülerin in langen weißen Tennishosen und baumelnden blonden Zöpfen. Bei der anschließenden Feier im Clubheim kamen sich Rolf und Doris bei Weißbier, viel Wein und Sekt näher. Die intensive körperliche Beanspruchung auf dem Tennisplatz, das schwülheiße Sommerwetter und der reichlich geflossene Alkohol hatten Rolf rasch in eine leichtfertig-euphorische Stimmung versetzt. Vor sich selbst galt es zu beweisen, daß seine »Bell' Antonio«-Erfahrung allenfalls mit anfänglicher Nervosität zu tun hatte, nur eine Anlaufschwierigkeit, einen Ausreißer darstellte. Es konnte doch nicht wahr sein, daß er nicht wie jeder andere Mann normal funktionierte. Und daß dies dann beim allerersten Mal schon biologische Folgen haben würde. Er würde es darauf ankommen lassen. Rolf hielt es deshalb für eine glückhafte Fügung, daß seine Eltern gerade an diesem Wochenende verreist waren. Als er mit Doris in seinem Elternhaus eintraf, hatte der Mond den Garten schon in ein mildes, wohlwollendes Licht getaucht.

Es kam dann, wie es kommen mußte, weshalb die Sache eine zwanghafte Wendung nahm. Einige Wochen später erreichte ihn Doris' Anruf: »Rolf, halte dich fest oder setz dich hin. Ich bin schwanger!«

Welche Erleichterung, welche grandiose Selbstbestätigung und Entlastung für ihn als Mann, welche Fassungslosigkeit, ja blankes Entsetzen für den Studenten. Der, ohne eigenes Einkommen, schon mehr als genug mit den Schwierigkeiten seines Studiums kämpfte. Und gerade dabei war, seine Beziehung mit Doris zu beenden. Grundverschieden waren sie doch, nichts paßte zusammen – außer der Vorliebe für Tennis. Mit ihrer Sprunghaftigkeit, ihrer Unvernunft in den Plänen, die sie entwickelte, und der übergangslosen Aggressivität, wenn er diesen nicht zustimmte, konnte Rolf nicht umgehen.

Was tun? Und die Sache war eilig!

— 10 —

Kurz vor Mitternacht des Folgetags stieg Rolf am Münchner Hauptbahnhof in den Nachtlinienbus nach St. Moritz ein. Dort, auf halbem Wege, würde er sich mit Ariane treffen. Auf seine telefonische Bitte, eine »dringende, äußerst wichtige Angelegenheit« mit ihm zu besprechen, war sie unkompliziert ohne jegliche Rückfrage eingegangen. Als sich der Bus in Bewegung setzte, war Rolf tief und schwer in seinen Sitz gesunken und rasch eingedämmert. Im auf und ab schwellenden Motorengeräusch tauchte er mehrfach aus dem Halbschlaf auf und erschrak wieder und wieder, daß das, was ihn aufwühlte, kein Wachtraum war. Die unabweisbare, kalte Realität hielt ihn gefangen: Das Kind war unterwegs, von ihm, und er, mittellos am Scheitern im Studium, dazu die werdende Mutter falsch ausgewählt und er nicht imstande, dies auch nur ansatzweise allein zu lösen. Die überhitzte, gestaute Luft im Bus, der enge, zu harte Sitz hielten ihn danach wach. Nach ständigem Auf und Ab und unaufhörlich scheinender Kurvenfahrt traf er, durch die Rüttelei zerschlagen, verschwitzt und übernächtigt endlich im Engadin ein. Das vom Licht des frühen Morgens zunehmend überflutete weite Tal, die glitzernden

Gletscherflächen, den gleißenden Eisgrat des Piz Palü, das prachtvolle satte Grün der Wiesen mit den in allen Farben eingesprenkelten Bergblumen hatte er kaum wahrnehmen, geschweige denn genießen können. Zu sehr war er mit der Abwehr der ihn überflutenden Gedanken, seiner Angst und dem schlechten Gewissen beschäftigt. Als der Bus schließlich mit einem Ruck am Zielort zum Stehen kam, kletterte Rolf benommen auf den Marktplatz hinaus. In die Mitte zahlreicher sonnengebräunter, erholter, in gelöster und freudiger Ferienstimmung daherbummelnder, buntgekleideter Menschen. Ein widerwärtiger, aufreizender Gegensatz, unwirklich wie alles, was ihn auf der nächtlichen Fahrt bedrängt hatte.

Nun waren es nur noch einige Schritte zum Café Hanselmann, dem mit Ariane verabredeten Treffpunkt. Mit Heißhunger fiel er dort über das luxuriöse Frühstück her: Unmengen köstlich-heißen Kaffees, aus silbernen Kännchen serviert, ein sich golden auftürmendes Omelett mit Bergkräutern, krustige Gipfeli, frisch gepreßten Orangensaft, Rüblitorte, mit allem hatte Ariane auf ihn gewartet. Lächelnd und gelassen hörte sie sich dabei seine dramatischen Sorgen an. Ja, es war richtig, sie um Beistand zu ersuchen. Mutmaßlich war ihr Vorleben turbulent gewesen, sie verfügte über Lebenserfahrung auf Gebieten, wo sie ihm fehlte. Ratschläge, Verbindungen, eine geeignete Adresse auch, all dieses konnte er sich erhoffen. Und finanzielle Unterstützung, eine Leihgabe, denn was auf ihn zukam, mußte sein bescheidenes studentisches Budget bei weitem sprengen.

Als er Ariane einige Stunden später beim Abschied lange und fest umarmte, traten Tränen in seine Augen. Die sofortige Zusage, ihn zu treffen, dort, wo er es vorgeschlagen hatte, ohne Rückfrage, ihre Großzügigkeit, die erlebte Gastfreundschaft, die aus ihr strömende Güte, ihre Hilfestellung, Ariane, die begehrenswerte Frau, die zu einem anderen nun fest gehörte, die Erleichterung über das, was sie angeboten hatte, alles, alles hatte ihn zutiefst berührt und aufgewühlt. Er würde sie nicht wiedersehen, darum hatte sie gebeten. Es war besser so. Aber ihr selbstverständliches, uneigennütziges Eintreten für ihn, die Erinnerung daran, sie wird immer wieder auftauchen.

Am gleichen Tag noch kehrte er mit demselben Bus nach München zurück, der ihn Stunden zuvor gebracht hatte.

— 11 —

Eine Woche später schon sprach Rolf bei einem Gynäkologen in Kronberg im Taunus vor. Zur Einleitung, wie mit Ariane besprochen, bezog er sich auf einen ihm gegenüber nicht näher identifizierten »Mann mit der Narbe«. Dies war das von Ariane bezeichnete Schlüsselwort zu dem Gespräch, in dem medizinische, organisatorische und finanzielle Details zu klären waren. Ohne dieses würde sich der Arzt nicht öffnen, sein Anliegen erstaunt und entrüstet abweisen. Die Gefahren für seine berufliche Existenz waren sonst zu hoch. Der für den medizinischen Eingriff zu entrichtende Betrag war Rolf bereits bekannt. Aus Sicht des Studenten mit knappem Wechsel eine sündhaft hohe Summe! Heute weiß er, daß sich der Arzt das Risiko nicht hat abgelten lassen.

Kurz danach, an einem nebligen Morgen, erschien er

wieder, diesmal zusammen mit Doris. Sie hatte von Anfang an keinen Zweifel daran gelassen, daß sie ein Baby *jetzt* nicht auf die Welt bringen konnte und wollte. Der Eingriff wurde sachgerecht, komplikationslos und schmerzfrei vorgenommen.

Doris blieb danach noch eine Woche in Rolfs Münchner Studentenbude. Sie schlief in seinem schmalen Bett und er daneben auf einer auf dem Boden liegenden Decke. Tagsüber ging er, wie immer, seiner Laborarbeit nach und fand abends Doris in guter, manchmal eigenartig übermütiger Stimmung vor. Am Ende der Woche gingen sie sogar wieder miteinander aus. Ihrem Wunsch, mit ihr zu schlafen – unter dem Hinweis, daß es in dieser Zeit völlig unproblematisch sei –, kam er allerdings nicht nach! Er war einfach zu erschöpft, zu verwirrt, fühlte sich – auch moralisch – aus der Bahn geworfen. Zeit zum Nachdenken, zur Verarbeitung der Gewissensbisse hatte er sich noch nicht nehmen können. Eine traumatische Erfahrung lag hinter ihm, die er nie hatte machen wollen. In ein anderes Leben hatte er eingegriffen, dieses abgeschnitten. Es erleichterte ihn dabei nur wenig, daß es *Doris'* Wunsch, ja ihre *Forderung* gewesen war, *sie* auf dem Eingriff bestanden hatte. Um ihr Leben auf dem Kurs zu halten, den sie für sich, und ihre Familie für sie, vorgesehen hatte. Unmittelbar danach empfand sie keinerlei Schmerzen, fühlte sich seelisch nicht belastet, sondern nur erleichtert, ja riesig erleichtert.

Was später kam, wie Doris das Geschehene innerlich verarbeitete, ob sie die Erinnerung belastete, welche Wendungen ihr Leben noch nahm, blieb im dunkeln. Rolf ist ihr nicht mehr begegnet.

Auf diesen Ablauf hatte auch Ariane Einfluß genommen. Vielleicht ähnlich zu dem, den der »Mann mit der

Narbe«, dessen wahre Identität sie zu verbergen suchte, auf Arianes Leben ausgeübt hatte. War dieser ein Mittelsmann gewesen, dessen bloße Erwähnung beim Gynäkologen schon einen Vertrauensschub auslöste? Arianes Jugendfreund vielleicht oder ein Kollege, mit dem Arianes Ehemann seine Studiensemester zur gleichen Zeit absolviert hatte? Nein, das war es wohl nicht! Er mußte ein anderes Verbindungsglied zu ihrem Leben sein! Hatte Ariane nicht in seiner Abiturzeit mehrfach betont, daß die Kinderlosigkeit in ihrer Ehe nicht an *ihr* läge? Daß sie sich hier sicher sei! Also war wohl früher der Beweis der Möglichkeit ihrer Mutterschaft geführt worden! Ja, das war's: *Sie* selbst war früher schwanger gewesen. Zur Unzeit! Und *sie* war es, die die Dienste des Arztes auch in Anspruch genommen hatte. Vielleicht war der Mann mit der Narbe ihr früherer Liebhaber, mit dem eine Verbindung nicht möglich gewesen sein mußte. Dann gab es auch einen Riß in Arianes früherem Leben: Momente der Unruhe, einer sich quälend verdichtenden Angst, bis das Unerwünschte unabweisbare Gewißheit geworden war! Eine Gewißheit, die man nicht gewinnen wollte, die nicht in das jetzige Leben paßte. Mit der sie hatte fertig werden müssen.

Rolf hatte eine kritische Lebensphase in Arianes Erinnerung zurückgeholt, sofern sie jemals daraus verschwunden war. Aus ihrer eigenen schmerzlichen Erfahrung heraus hatte sie ihm beigestanden. Vielleicht war es auch ein mütterliches Gefühl für ihn, das sie veranlaßt hatte, ihre Lebenserfahrung und Hilfe weiterzureichen. Ihm wäre als Grund ihre Liebe und Freundschaft zwar am liebsten gewesen! Aber auf die Aufhellung und richtige Zuordnung ihrer Motive kam es nicht an!

12

Zu seiner Schande mußte sich Rolf eingestehen, daß einige Monate später ein weiterer Besuch beim Gynäkologen, wiederum mit Kennwort und gleichem nachfolgenden Ritual, notwendig wurde. Eine Faschingsbekanntschaft, Johanna M.! Sie hatte ihn nach einer langen, turbulenten, durchtanzten Nacht später mehrfach in ihre Wohnung in einem beim Nordfriedhof gelegenen Wohnblock gebeten. Zum Abendessen und Nachfolgeprogramm. An der Wohnungstür hatte sie Rolf stets im Kimono empfangen. Und auch er hatte im Verlauf des sich entwickelnden Abends ein ähnliches, männliches Gewand überzustreifen. Ihren Kimono öffnete sie später in großzügiger Weise. Rolf war bei dem absoluten Fehlen jeglicher Unterwäsche nicht klar, ob dies einer fernöstlichen Tradition exakt folgte. Er hatte den europäischen Kontinent ja noch nie verlassen, geschweige denn eine Reise nach Fernost unternommen. Um so exotischer mutete ihn Johannas »japanisches Zimmer« an: ein nahezu leerer, mit Tatamimatten ausgelegter Raum, dessen Wände mit großformatigen Kunstdrucken behängt waren. Holzschnitte vom Fudschijama, Geishas mit straff gebundenen, schwarzglänzenden Haaren und grellweiß gepuderten Gesichtern, Kirschbäume in überwältigender rosa Blüte und ein abstrakter, von lichtgrünen Flächen umgebener, gerader, sich in der Ferne in einer Krümmung verlierender Weg. »Von Higashiyama, Kaii« sagte Johanna, als er sich nach dem Maler erkundigte. »Es ist sein berühmtestes Bild. Vielleicht siehst du später einmal das Original, es hängt im Modern Art Museum in Tokio.«

In diesem Zimmer tranken sie grünen Tee oder japanischen Reiswein und aßen – völlig stilwidrig – Ravioli aus der Dose oder von Johanna schnell zubereitete Spaghetti – wenn sie das Schmusen unterbrachen.

Obwohl Johanna ständig beteuert hatte, daß Rolf, da sie sich schütze, absolut unbesorgt sein könne, blieb ihr Zusammensein nicht ohne Folgen. Auf dem Weg zu ihm, um die Rolf schockierende Nachricht ihrer Schwangerschaft persönlich zu überbringen, war es dazu noch zu einer sonderbaren Begebenheit gekommen: Johanna war in einem glockenartig fallenden dunkelblauen Mantel in die vollbesetzte Straßenbahn gestiegen und hatte ihren Fahrschein am Automaten entwertet. Bei dem sie stehenblieb. Ein älterer Mann, dem sie aufgefallen war, erhob sich daraufhin von seinem Sitzplatz und bot ihr diesen mit einer Handbewegung an. Als Johanna lächelnd ablehnte, meinte dieser: »Schwangere sollten sich schonen, junge Frau!«

Einige Zeit danach trat Johanna eine Reise an. Ihrem auf der Fahrt an Rolf verfaßten Brief sind die folgenden Auszüge entnommen:

… Ich hatte Dir verheimlicht, daß ich mich in einen japanischen Geschäftsmann, Hajime M., vor einem Jahr bei einem Aufenthalt in Düsseldorf verliebt und mich mit ihm verlobt hatte. Als ich Dich kennenlernte, stand das Datum meiner Abreise, abgehend von Antwerpen nach Japan, im Frühsommer schon fest. Unmittelbar nach meiner Ankunft in Yokohama sollte – und wird, so wie die Dinge liegen – geheiratet werden.

Im Zusammensein mit Dir bin ich an meinen Plänen unsicher geworden und habe mir eingeredet, daß ich an diesen nicht festhalten will. Aber, wie gesagt, ich war mir nicht sicher. Ich wollte deshalb eine höhere Macht entscheiden lassen. Die Antibabypille, von der ich Dir gegenüber sprach, habe ich nie genommen. Würde ich schwanger, war für mich klar: Ich fahre nicht. Bleibe in

München. Mit Dir – und zur Not auch ohne Dich. Denn ich wußte, Du bist Student, ich habe Dich hintergangen, und Du kennst Deine Prioritäten. Das hatte ich immer gespürt.

Und dann war es soweit! Den Rest kennst Du, zumindest zum Teil. Aber ich hatte dann doch nicht die Kraft, all das aufzuhalten, was mit Hajime lange besprochen und festgelegt wurde. Vielleicht war das Baby ja kein Zeichen, einfach ein normaler, sich jeden Tag millionenfach einstellender Ablauf. Ich hoffe es. ...

Morgen laufen wir in Colombo ein, und ich werde diesen Brief zur Post geben. Dann ist nur noch ein Stopp in Singapur vorgesehen, bevor wir in Japan ankommen. Es ist eine wunderbare Reise, die ich nicht genießen kann. Ich hoffe aber, alles wird sich zum Guten wenden ...

Bitte schreibe mir nicht! Ich möchte auch nicht, daß Du meine Adresse aufspürst. Japan ist auf der anderen Seite des Globus und weit genug entfernt, daß sich unsere Wege nicht mehr kreuzen. Wir hatten eine gute Zeit miteinander. Ich bereue nichts. Die Erinnerung – an alles – ist mir wertvoll. Trotzdem versuche ich, diese auf der langen Schiffsreise ins Unterbewußtsein abzudrängen. Das ist nicht einfach, wenn ich an der Reling über das endlose, ruhende Meer schaue, in dem seit einigen Tagen die Sonne spektakulär untergeht. Im Mittelmeer war's dagegen stürmisch, und ich war sehr beschäftigt, nicht seekrank zu werden. Erst bei der Passage durch den Suezkanal wurde die See wieder ruhiger. Ich hoffe es zu schaffen, bis wir in Yokohama einlangen.

Ich weiß, daß Du Dich einer strengen Zucht unterwirfst, um Deine Ziele zu erreichen. Deshalb gab's für uns, in der heutigen Rückschau, keine reelle Chance. Für Dich kam ich zu früh, für mich war's zu spät. Die Zeitrahmen paßten nicht übereinander ...

13

Rolf hat später sein Chemiestudium, sogar auch noch recht erfolgreich, abgeschlossen. Waren es seine anfänglichen Probleme, die Scheu vor der zukünftigen Arbeit im Labor, die befürchtete Spezialisierung, die ihm später jegliche Flexibilität rauben könnte? Vielleicht all dies: Statt in die Praxis seines Berufes einzutauchen, begann Rolf ein weiteres Studium. Eine juristische Ausbildung. Diesmal fiel sie ihm leicht! Er hatte schon einmal bewiesen, daß er universitäre Prüfungen gut meistern konnte – und war ohnehin intensives, regelmäßiges Arbeiten, wenn es sein mußte, bis spät in die Nacht, gewohnt. Die erforderlichen Scheine und beide Staatsexamen erreichte er ohne Repetitor in der vorgeschriebenen Minimalzeit. Danach hat er sich mit einem Examenskollegen, der mit ihm Teile der Referendarzeit in der gleichen Ausbildungskanzlei absolviert hatte, selbständig gemacht.

Mehr als er dies annahm, ist Rolf durch den Beruf des Rechtsanwalts, den er nun ausübt, mit Einflußnahmen auf logische Abläufe und deren Analyse befaßt. Auch wenn es sich dabei weniger um naturwissenschaftliche Angelegenheiten als um verzwickte juristische Komplexe handelt. Selten ist dabei der Sachverhalt klar und eindeutig. Oder, wenn er klar erscheint, ermangelt es oft der Beweise, um die sich daraus ergebenden Rechtsfolgen herzuleiten und zu begründen. Allerdings gibt es hier eine Hilfskonstruktion, eine vom Gesetzgeber geschaffene »Brücke«. Über diese kann der vor Gericht plädierende Anwalt auch auf sogenannte *Prima-facie*-Beweise abheben, wenn er über keine klaren Urkunden- und Zeugenbeweise verfügt. Danach ist es zulässig, sich auf einen nach der Lebenserfahrung *wahrscheinlichen* Ablauf zu stützen. Diesen kann das erkennende Gericht akzeptieren und seinem für die Partei dann günstigen Urteil zugrunde legen. Es sei denn, die Prozeßgegnerin kann solchen angenommenen Ablauf und ein daraus schlüssig resultierendes Ergebnis konkret widerlegen.

Dabei reichen die *Möglichkeit* der Einflußnahme, zum Beispiel der etwaige Pfiff mit der Trillerpfeife, die dadurch bedingte Spielunterbrechung und sich *eventuell* anschließende andersartige Spielzüge für die Zwecke des Gerichts nicht aus, um ein anderes Ergebnis des Fußballspiels schlüssig zu folgern. Dies müßte sich schon *nach aller Wahrscheinlichkeit* so ergeben haben.

Rolf wäre ein einseitig ausgerichteter, sich auf schmaler Spur bewegender Anwalt, würde er seine juristischen Denkmodelle und Analysemethoden nicht auch auf sein eigenes, sein privates Leben anwenden. Das geht nicht immer ohne Komplikationen ab. »Du bist eben Jurist!«, »So argumentiert der Anwalt« und ähnliches mehr muß er sich häufig in der Familie oder im Freundeskreis sagen lassen. Manchmal blickt er auch zurück, überlegt und analysiert, wie alles so gekommen ist. Warum er dort anlangte, wo er jetzt steht, und wo er stünde, wenn er, vielleicht nur einen einzigen kleinen Schritt, anders gegangen wäre. Früher! Vielleicht schon in der Schulzeit. Aber hing es denn nur von ihm ab? Hätte sich nicht alles völlig anders entwickelt, wenn, schon damals, Yacine ihn, den Schüler, *richtig* geküßt, liebevoll und behutsam »sexuell an die Hand« genommen hätte? Wenn sie ihren moralischen Wert nicht in der Bewahrung seiner Unschuld, sondern in Rolfs Fortentwicklung gesehen hätte? Er wäre wohl als Mann in das Abiturjahr zurückgekehrt!

Seine nachfolgende Bekanntschaft mit Ariane hätte sich dann auf andere Ebenen verschoben. Ariane wußte, daß die andauernden, ergebnislosen Bemühungen, mit ihrem Mann Nachwuchs zu zeugen, nicht an ihr gescheitert waren. Sie war sich, aus früherer Erfahrung, sicher, daß sie Kinder bekommen konnte! Nicht aber, ob dies mit ihrem Ehemann möglich sein würde! Und, daran gibt es für Rolf wenig Zweifel, wäre deshalb den letzten Schritt mit ihm mitgegangen. Oft! Heute weiß er, daß sie solche Schritte von ihm erwartete und ihm, über einige Zeit hinweg, viele Gelegenheiten dazu bot. Das erhoffte Kind wäre ein gewünschtes, *eheliches* gewesen. Niemand hätte daran gezweifelt! *Solcher* Nachwuchs hätte Arianes Ehe stabilisiert und dieser beständige Zukunft gegeben! Daran war ihr gelegen.

Im Rückblick findet es Rolf heute unverzeihlich, ja lächerlich, daß er Arianes Angebote, Einladungen, ihre fraulichen Wünsche nicht erkannt hatte. Ja, ihre eheliche Notwendigkeit! Eben allein auf der Ebene des Küssens und Schmusens verblieben war. Unter diesen Umständen hatte Ariane nicht »durchgehalten«. Ihre Initiativen nicht bis zum letzten, dem ehebrecherischen Schritt ausgedehnt. Ihr Schülerfreund hatte damit nichts im Sinn. Wenngleich äußerlich ein vollständiges Mannsbild, hatte er von solchen Dingen viel zu wenig Ahnung. Von Erfahrung ganz zu schweigen!

Ja, ein unglaubliches Fenster war, nur für einen kurzen Zeitabschnitt und nur *für ihn,* geöffnet worden. Rolf stand unmittelbar davor und hatte davon nichts gewußt! In seiner Unerfahrenheit reichte er lediglich bis zur Fensterbrüstung. Und konnte nicht hinaussehen in eine neue Welt. Mit all ihren Möglichkeiten! Bevor Ariane das Fenster wieder geschlossen hatte! Der Gedanke an das ungenutzte

Zeitfenster beschäftigt Rolf noch heute. Denn das Problem stellte sich ja nicht nur für ihn: War es nicht im Conterganfall darum gegangen, gerade die vierte bis sechste Woche der Schwangerschaft zu untersuchen? In der es zum Anlegen der Gliedmaßen im Embryo kommt. Davor und danach bleibt das Thalidomid ohne die verheerende Wirkung. Das hatte sich in den schmerzvollen Schadensersatzprozessen herausgestellt. Und stechen die Anophelesmücken, die den Malariavektor tragen, nicht nur in der Dämmerung? Oder: Müssen die gewaltigen Raketen nicht eine besonders enge zeitliche Konstellation nützen, um ins All vorstoßen zu können? Wie unbedeutend, ja nichtig war dagegen seine eigene Erfahrung! Die Zeitrahmen, in denen er und Johanna sich bewegt, die nicht übereinander gepaßt hatten. Der er leichtfertig blind vertraute. Aber viel bedeutsamer: Zum Splittern des Glasfensters im Imperial-Hotel in Tokio – in der gleichen Stadt, vielleicht sogar in dem gleichen Hotel, worin Johannas Hochzeit ohne belastende Vorgeschichte hätte stattfinden können – und zu den mehrfachen Besuchen beim Gynäkologen im Taunus wäre es nach aller Wahrscheinlichkeit nicht gekommen. *Prima facie*, wie die Juristen es ausdrücken. Andere, unsichtbare und geheimnisvolle Bande wären in die Leben der Menschen, die mit Rolf in dieser Zeit Kontakt hatten, und insbesondere in das der Ariane W. eingezogen worden. Hätte Yacine ihn damals anders an die Hand genommen …

Am Sencgalfluß

I

In Gandiole

—1—

Das könnte zukünftig luxuriöse Routine werden: Nach einem Büro-Dienstag nahm Pierre die 19-Uhr-Maschine vom Flughafen in Toulouse, die kurz vor 21 Uhr in Paris Charles-de-Gaulle landete. Nur mit einem kleinen Rucksack, ohne weiteres Handgepäck, der lediglich Waschbeutel, einen kleinen Schinken aus der Bretagne und zwei Tafeln Nougatschokolade enthielt, war er eingetroffen. Der direkte Flughafenbus brachte ihn zur Place de l'Opera. Aus der in strahlendes Licht getauchten Oper ergossen sich festlich gekleidete Menschen in die Nacht. Einige Minuten später war er schon im Hotel France d'Antin, bequem und ruhig in einer kleinen Seitenstraße zur Avenue de l'Opera gelegen. Eine Absteige für Insider: klein, familiär, zuverlässig – preiswert auch und doch von angenehmer Anonymität. Keine Formulare, kein Abdruck der Kreditkarte oder gar Vorlage von Paß oder Führerschein. Nach kurzer Erfrischung ging er die paar Schritte hinüber zum nächtlichen »Café de la Paix«.

Pierre wurde neben einem verliebten Paar eingewiesen: Er, vielleicht Anwalt, geschätzte Mitte 50, mit Hornbrille, die ihm ein intellektuelles Aussehen gab, hatte für sie, deutlich jünger, zart, blond, mit kurzem Pagenschnitt, Austern bestellt, die auf einem erhöhten Eisbett serviert wurden. Gegenüber drei ältere Damen in angeregter Unterhaltung.

Da er morgen früh Europa verlassen würde, hatte sich Pierre besonders auf die Soupe à l'oignon, la grande salade du Café de la Paix und den offenen Chardonnay gefreut, den der Ober jeweils im richtigen Augenblick mit der richtigen Temperatur servierte. Nach einigen Gläsern ließ sich das, was er nur Stunden zuvor noch für äußerst wichtig erachtete, mit erheblichem Abstand sehen. Eigenartigerweise hatte vieles schon jetzt an Bedeutung eingebüßt. Pierre genoß dies besonders, wußte er doch, daß sich solcher Effekt noch verstärken mußte. In wenigen Stunden schon würde ihn die frühe Mittwochmaschine der Star-Airlines nach St. Louis im Senegal bringen. In eine andere, westafrikanische Welt, wenn auch nur für einige Tage, »une petite semaine« …

— 2 —

Zuletzt hatte sich Pierre erhebliche Sorgen gemacht: Seine Arbeit als Rechtsanwalt bei Armengaud, Jeantet & Associés, der Dialog, das hartnäckige Tauziehen mit den Steuerbehörden, den Gerichten und insbesondere die streitigen Auseinandersetzungen mit den Anwälten der Gegenparteien erfüllten ihn zwar weiterhin. Das Erkennen der Informationen, die für einen Erfolg wichtig sind, das mühsame Herausfiltern derselben aus der Mandantschaft, die analytische Aufgliederung und strategische Umsetzung in ein taktisch geschickt aufgebautes Plädoyer hatten nichts an Reiz verloren. Selbst wenn das Gespräch mit den Sachbearbeitern und den Leitern der Rechtsabteilungen der Firmen selten einfach war! Auch der oft erhebliche Aufwand an Zeit und an Geduld bei der Besprechung der Gutachten mit den daran arbeitenden jungen Anwaltskollegen belastete ihn nicht. Er war das Ringen um aussagekräftige Antworten bei komplexen Sachverhalten gewohnt. Da schon eher, daß es bei dem oft hektischen Bürobetrieb wegen des Arbeitsdrucks und wegen der durch die Klientel verlangten unverzüglichen Bearbeitung ihrer Aufträge immer wieder zu Schwierigkeiten bei der Mitarbeiterschaft kam. Oder daß es in den im Rahmen der Sozietät abgehaltenen Partnerbesprechungen und den Sitzungen des geschäftsführenden Komitees neuerdings zu Blockbildung von Interessengruppen, vorherigen Absprachen, eben »Politik« kam. Der familiäre Zusammenhalt des früher kleinen Büros war einer sachlicheren, kühleren, pragmatischeren Realität gewichen. Nein, aber das konnte es doch nicht sein! Hatte sich Pierre doch all diesem in mehr als fünfundzwanzig Berufsjahren erfolgreich gestellt. Nach wie vor war er in einer akzeptierten Seniorität, nach innen wie außen, mit der Kanzlei verwachsen. Daran würde sich wohl auch nichts ändern, solange das Vertrauen der Klienten in die geleistete Arbeit, insbesondere aber sein forensischer Erfolg andauerten.

Die schon seit langem mit der starken zeitlichen, vor allem aber mentalen Beanspruchung einhergehende innere Unruhe und die daraus resultierende Unterbrechung oder zu frühe Beendigung der nächtlichen Schlafperiode hatte Pierre durch regelmäßiges Joggen, Tennis mit Freunden, aber auch sexuelle Aktivität immer in der Balance gehalten. Nun aber war es zum Bruch gekommen! Im engeren Wortsinn, nämlich des inneren Teils der Meniskusscheibe des linken Knies. Mit Kortisonspritzen und der Ruhigstellung des Gelenks war keine Besserung eingetreten. Selbst die Ti–Ta–Tui–Na-Behandlungen der chinesischen Kampfmönche, bei denen in äußerst schmerzhafter Weise im Rhythmus mit Ruten aus flexiblen Holzbändern auf sein Kniegelenk geschlagen wurde, hatte ein Physiotherapeut an Pierre versucht und damit ein ganzes Jahr vertan. Und dabei auch die zuvor stark ausgebildete Muskulatur um das versehrte Knie verloren! Nach viel zu spät durchgeführter Arthroskopie, bei der auch der Knorpel abgeschliffen werden mußte, wollte das Kniegelenk nicht mehr ohne weiteres in seine alte Funktion zurück.

Die fehlende sportliche Betätigung, ja diese körperliche Seite hatte ihn wohl den Arbeitsdruck intensiver als sonst spüren lassen und ihn ausgelaugt. Oder machte sich Pierre etwas vor? Waren nicht ganz andere Probleme aufgetaucht? Mußte er sich nicht eingestehen, daß er seit Monaten mit Denise, seiner kanadischen Lebensgefährtin, nicht mehr geschlafen hatte? Daß er keine Regung, geschweige denn mehr, in ihrer Präsenz verspürt hatte? Denise war eine selbstbewußte, freidenkende und attraktive Frau. Von jeglichen sexuellen Zwängen befreit, war sie auf ihn immer großzügig eingegangen. Sie zog sich körperbewußt an, oft enge Hosen, die er an ihr mochte. Die die Bewegung ihres runden, festen Pos zeigten. Noch immer lagerte sie mit ihm, abends, wenn er spät aus der Kanzlei nach Hause kam, auf dem fußbodengeheizten Teppich vor dem Fernseher, so daß ihr seitlich zugekehrter Po ihn sanft berührte. Auch der gelegentliche, fast ruckartige Seitenschwung ihrer Hüften, wenn sie nackt mit ihm im Badezimmer stand, um Pierre so zu berühren, war in ihm ohne Reaktion geblieben. Früher hatte ihn schon das bloße Bewußtsein erregt, daß dies eine ihm aus Nachtclubs vertraute Bewegung der Tänzerinnen war. Denise hatte auf seine Frage lächelnd eingestanden, in einem solchen früher für einige Zeit gearbeitet zu haben.

Pierre hatte keine Erklärung! Solche reglose Passivität über mehrere Monate hinweg war zuvor noch nie vorgekommen! Ja, er machte sich Sorgen! Ob es dafür körperliche Ursachen gab? Ein gebrochener Meniskus der sexuellen Betätigung? Irgendwo in ihm? Ein männliches Klimakterium? Das durfte mit Mitte Fünfzig bei seiner deutlich jüngeren Gefährtin nicht sein! Immerhin, eine Kontrolle des PSA, des Prostatawertes, zeigte, daß er den Rand des für seine Altersgruppe zulässigen Bereichs berührt hatte.

— 3 —

Der Airbus zog noch eine letzte Schleife hinaus auf das atlantische Meer, nachdem er die letzten Stunden über die mauretanische Wüste hinweggeflogen war. Eine endlose Folge von gelben, ockerbraunen und grauen Ansammlungen von Dünen, von menschen- und vegetationslosen Geröllandschaften war durch die klare Luft aus großer Höhe sichtbar geblieben. Nun hatte die Maschine zur Landung angesetzt. Eine einzige Chartermaschine kommt in St. Louis, Senegal, wöchentlich an! Eben die, die Pierre mit nur wenigen weiteren Passagieren in die Hitze des afrika-

nischen Tages entläßt. Schneeweiß hebt sie sich vor dem
azurblauen Himmel ab. Ein riesiger, fauchender, metalli-
scher Vogel, der sich für kurze Zeit zu den Flamingos,
Pelikanen, Kranichen, Kormoranen, wilden Gänsen und
Dutzenden weiterer Vogelarten gesellt hat, die in den durch
den Senegalfluß gebildeten »marigots« überwintern. Aber
für eine Stunde nur! Dann fliegt er nach Dakar weiter und
anschließend nach Paris zurück, zur Landung gegen Mitternacht.

Hier erwartet ihn eine andere Dezember-Welt! Beim
Überqueren des Rollfeldes umfängt ihn ein warmer, weicher atlantischer Wind, der bis in die offene, dem Rollfeld
zugewandte Paßkontrolle und Zollabfertigung einweht.
Die entspannten, athletischen Beamten wollen zunächst
nicht glauben, daß Pierre, aus Europa kommend, ohne
Gepäck einreist. Nur einen Waschbeutel, ein Stück Bauern-
speck und Nougatschokolade? Das können sie kaum fassen. Aber in einem Land der häufigen Mißverständnisse
klärt sich dieses rasch. Lachende, prächtig weiße Zahnreihen der senegalesischen Kontrolleure werden sichtbar.

Givril holt ihn ab, und der olivgrüne Landrover mit dem
überdimensionierten Dachständer führt sie durch das
prächtige Grün von Bango. Und dann durch das staubige,
bunte, laute Menschengewühl von St. Louis. Auf einer Insel
im Senegalfluß errichtet und zu kolonialen Zeiten französisch, war es bis zuletzt der Endflughafen der Luftpost-
linien nach Westafrika. Und die Hauptstadt von Franzö-
sisch-Westafrika selbst. Bis dieses in Mauretanien, Mali und
eben den Senegal zerfiel; St. Louis, heute nur noch ein – heißer – Schatten früherer Bedeutung. Die wenigen Touristen,
auch wenn sie über die Jahre etwas zunehmen, können die
wirtschaftlichen Einbußen des Abzugs der früher dort gele-

genen Garnison Tausender französischer Soldaten – und dazu die Familien der Offiziere – nicht kompensieren.

Aber sie halten sich dort nicht auf, sind sie doch auf dem Weg nach Gandiole, einem afrikanischen Dorf am Senegalfluß. In dessen Nähe, einige Kilometer bevor der in dieser Jahreszeit durch mitgeführten Sand gelbgefärbte, mächtige Strom in den Atlantik mündet, liegt Pierres afrikanischer Besitz. Er wird durch Givril verwaltet: zwei zueinander versetzte »Cases« mit aufgesetzten Strohdächern, die oben in einem gebundenen Zipfel münden. Darunter große weiße Sprossenfenster und -türen, die mit blauen Fensterläden gesichert sind. Sie grenzen eine zum Fluß hin offene, rechteckige Terrasse ab, auf der die Mischlingshunde Alphe und Loup oft auf den Stühlen, Sesseln und Liegen lümmeln. Im Hintergrund der Wasserturm, das Château d'Eau, die ebenfalls strohgedeckten Garagen, die freistehende Solaranlage und dazwischen Akazien, Filaos, Eukalyptusbäume, Palmen und Buschwerk. Hier ist er zu Hause – für eine Woche!

Er will ausspannen! Täglich mit seiner Piroge über den Fluß zur Strandlinie übersetzen, einer nur wenige hundert Meter schmalen, mehr als 20 km langen Dünenhalbinsel, die den Fluß von den Wogen des Atlantiks trennt. Dort ist er mit seinen Hunden ganz allein und den mächtigen, in mehrfachen Linien heranrollenden Wogen des Atlantiks. Die mit Donnergetöse auf den Strand auflaufen, um danach beim Zurückfluten in einer sekundenlangen Wand aus hochschießenden Gischtfontänen in sich selbst zu zerschellen. Intensive Sonne, oft starker, frischer Wind, Sand, niedriges Buschwerk und stetiges Dröhnen der Brecher – das ist die »Langue de Barbarie«, die Landzunge aus dem Berberland im Norden.

Für diesen Namen hat Pierre eine andere Erklärung; seine persönlichen Erfahrungen rechtfertigen diese: die barbarische Landzunge! Verdankt Pierre doch dem dort oft wilden Meer den absolut schlimmsten Moment seines Lebens. Mit seinem halbwüchsigen Sohn hatte er damals die Gewohnheit, mit den gewaltigen Brechern der letzten meerseitigen Wellenlinie zu kämpfen. Das rechtzeitige Untertauchen vor den tonnenschweren, stürzenden und lange nachschiebenden Wassermassen erfordert alle Achtsamkeit. Zumal auch starke Seitenströmungen auftreten. Sie sind durch den Zug der gewaltigen Wassermassen des Senegalstroms bedingt, die aus der Mündung weit in das offene Meer hinausdrängen. Und dazu parallel die Meeresfluten auf der meeresseitigen Strandlinie der »Langue« mit hinausreißen. Aus einem solchen Wellenspiel war übergangslos tödlicher Ernst geworden, konnte er doch seinen Sohn, nachdem eine mächtige Welle sie beide überspült hatte, im aufgewühlten Meer nicht mehr finden. Verzweifelt hatte er minutenlang versucht, die in zahlreichen Linien immer neu auflaufenden und sich schneidenden Wellenkämme und –täler nach ihm abzuspähen. Ohne Ergebnis! Ohnmächtig vor Angst schwamm er schließlich zu der Strandlinie zurück, um sich dort niederzustürzen. Wie in einem Film lief vor seinen geschlossenen Augen blitzartig scheinbar sein ganzes Leben ab, mit einem plötzlichen Riß! Weil er es zerstört hatte! In seinem sinnlosen Kampf mit den Naturgewalten seinen Sohn opfernd. Und Pierre spürte augenblicklich, daß er diese »Langue« *niemals* mehr, ja den afrikanischen Kontinent *niemals* mehr betreten würde und er sich *niemals* verzeihen könnte. Sein Leben würde zukünftig zweigeteilt sein. Den Abschnitt bis zu dem Zeitpunkt, zu dem er seinen Sohn in den Brechern des Atlantiks verloren hatte. Und die Zeit danach, von der er nicht wußte, ob er sie bewältigen würde.

Aus solcher schrecklichen Not schreckte ihn das Bellen der Hunde auf. Sie hatten in der Ferne eine einzelne Person erspäht, die sich langsam entlang der Strandlinie näherte und zu den Umrissen seines Sohnes verdichtete. Die Strömung hatte ihn weit seitlich zum Delta der Flußmündung hin abgetrieben. Nun schlenderte er zurück. Nichts war ihm zugestoßen. Lediglich der Blickkontakt war in den sich zwischen ihnen immer neu auftürmenden und einstürzenden Wogen verlorengegangen. Sein Sohn war durch die Welle hindurchgetaucht, Pierre dagegen davor geblieben, und die stark seitwärts ziehenden Strömungen hatten sie rasch voneinander entfernt.

Aber auch dann, wenn das Meer verläßlich erscheint und es sich nur in ungefährlicher, einziger Welle bricht, kann dies täuschen. Bei, wie er sich später erklärte, gleichzeitig ablandigem Wind und Ebbeströmung war es ihm einmal über einen endlos erscheinenden Zeitraum nahezu nicht mehr gelungen, die »Langue« schwimmend wieder zu erreichen. Anderen wird sie zum wirklichen Verhängnis oder gar zum Ort des Sterbens. Eine Schule toter Delphine hatte er letztes Jahr dort bei seinem täglichen Strandspaziergang entdeckt, darunter mehrfach zwei in wenigen Metern Abstand zueinander. Paare, die gemeinsam dort ihr Leben abgeschlossen hatten. Dazu, wenige Tage später nur, eine auf den Sand gelaufene, große Meeresschildkröte, die zwar dem Fischernetz entkommen war, sich aber ihren Vorderlauf dabei schwer verletzt hatte. Heere von Meereskrabben vertilgten sie danach in wenigen Tagen. Einschließlich des leichten Panzers ohne jegliches Überbleibsel!

Ja, Hilfe, wenn sie dort not tut, kann man nicht erwarten – es ist keine Menschenseele sichtbar. Und doch, ist man z. B. nackt und hat Freude am Liebesspiel, scheint es, als ob es aus den niedrigen Filaobüschen, die den gelegentlich einspülenden Massen der hohen Meeresflut trotzen, wie mit zahlreichen, lustvoll beobachtenden, kontrollierenden, geheimnisvollen Augen herausstarrt. Plötzlich treten eingeborene Fischer aus dem Buschwerk lautlos heraus, hakken an abgestorbenen Holzstrünken, werfen ihre Angeln weit in das Meer hinaus oder gehen die Strandlinie auf der Suche nach Treibgut ab.

— 4 —

Gandiole, auf der anderen Seite des Flußufers, ist ein geruhsames Paradies. Auf der Terrasse sitzend, blickt man durch die Bäume über den sich träge, manchmal aber auch heftig bewegt dahinwälzenden Senegalstrom, auf dem gelegentlich Pirogen der Fischer geräuschlos vorbeigleiten. Nur wenn sie sich schwer beladen stromaufwärts quälen, wird das sonore Geräusch des seitlich geführten Außenbordmotors hörbar. Da der Fluß, obgleich aus den tropischen Regengebieten fließend, im Winter durch den gewaltigen Rückprall der Tiden des Atlantiks Brackwasser führt, flüchten sich in dieser Zeit zahllose bunte Vögel in seinen Garten. Dort finden sie frisches Wasser, das in breiten Schalen für sie aufgestellt ist. Auf deren Rändern und in den Bäumen sitzend, glänzen die Witwenvögel mit metallisch-grünem Federwerk und die tropischen Finken in purpurnem

Rot. Es schwirren die gesprenkelten Taubenpärchen, gelbliche Spatzen und vereinzelte schneeweiße Möwen trauen sich. Auch Habichte, Pelikane und Kormorane werden gelegentlich gesichtet. Sie überfliegen die Baumwipfel oder tummeln sich am Flußufer. Aber es sind besonders die kleinen Vögel, die auf sich aufmerksam machen und lautstark geschwätzige Gespräche untereinander führen. Dagegen wollen sich die grau-grünen Touracos, Papageienvögel mit ihrem breiten, gebogenen zitronenfarbenen Schnabel, allein oder allenfalls noch als Paar oder Familie zur Schau stellen. Mit ihrem auf und ab schwellenden Coua-Coua-Coua vertreiben sie alle kleineren Vögel, ehe sie die Wasserstelle besetzen. Aber sie weichen auch, wenn einer der beiden Fischadler, die ihren Horst in einer hohen Baumverzweigung gebaut haben, mit mächtigem Flügelschlag die Wasserschalen anfliegt.

Zu Zeiten ist der Garten auch durch die afrikanischen Freunde, Fischer zumeist, Nachbarn und die Notablen des nahegelegenen Dorfes belebt. In langen, farbenprächtigen Kaftanen schreiten die Männer gemächlich in den Garten herein und lassen sich von ihren Erzählungen, meistens aber Klagen und Bitten, auch durch die kläffenden Hunde nicht abhalten. Das afrikanische Leben ist sorgenvoll und es fehlt an allem: den Bänken in der Dorfschule, dem Ersatzteil für den Außenborder der Piroge, dem Nähzeug zum Flicken des Fischernetzes, dem Geld für die nächste Mahlzeit, an Papier und Bleistiften für die Schulkinder oder für die Bezahlung des Leichentuchs für den soeben verschiedenen Vater. Hier tut Hilfe not.

Manches Projekt wurde im Garten schon vorgeschlagen, erbeten und erbettelt. Und gerne realisiert, oder eben nicht, verzögert oder aufgeschoben. Schon am Donnerstag ist es wieder soweit: Der Direktor der Schule erscheint, mit einem Lehrerkomitee, dem blinden Vorsitzenden des Elternrats, dem greisen »Chef du Village« und den schüchternen Kind-Vertretern der Schülermitverwaltung. Auf der Terrasse sitzend, wird das Problem der Wasserversorgung der Schule geschildert. Der einzige Wasserhahn ist gesperrt, weil die Wasserrechnungen über lange Zeit nicht beglichen wurden. Nun ist er auch noch gebrochen. Alle Schüler und die Lehrer sind bei tropischer Hitze in der Dorfschule über den Tag hinweg ohne jegliches Wasser.

Am Abend sind Saliou und Teika aus St. Louis angekündigt; ihm noch nicht bekannter Freund und Freundin seiner erwachsenen Tochter Annabelle, mit denen sie sich bei einem früheren Aufenthalt anfreundete. Sie gehören zu den Ärmsten der Armen. Mit einem weiteren Bruder, einer an Diabetes leidenden Mutter und der blinden Großmutter hausen sie alle in einem einzigen Zimmer. Am langen Korridor einer ehemaligen, nun aufgelassenen Schule. Dazu kommt Teikas unehelicher Sohn Ibrahim, gezeugt durch einen Notablen der Stadt. Der, aus alter senegalesischer Generalfamilie stammend, seinen Sohn verleugnet. Kategorisch behauptet er, Teika, »cette femme folle«, diese verrückte Person, nicht zu kennen! Der gesamte Besitz der in heißer staubiger Slumgegend von St. Louis vegetierenden Familie ist in einem Koffer mit Kleidung in diesem einzigen Zimmer verstaut. Alle drei zwischen 20 und 30 Jahre alten Geschwister sind ohne regelmäßige Arbeit, wenngleich sie mit Gelegenheitstätigkeiten versuchen, als Familie zu überleben.

Annabelle hatte für sie auf ihre Geburtstagsgeschenke dieses Jahr verzichtet. Und, unabhängig davon, auch den Vater zur Hilfestellung verpflichtet. Ein kleiner Laden soll eröffnet werden: mit Lebensmitteln und alltäglichen Gebrauchsgegenständen. Ein einziger, nach außen geöffneter, rechteckiger Raum mit einem Regal und einer anschließenden Lagerkammer wird reichen, hoffentlich, um mit solcher Ware ein Einkommen zu erzielen und die Familie zu ernähren.

—5—

Als die Hunde anschlagen, weiß Pierre, daß Annabelles Freundin und Bruder angekommen sind, die er mit der Petroleumlampe am Tor abholt. Im Schein der Lampe blickt er in das Gesicht einer hübschen Afrikanerin mit in der Nacht blitzenden perlweißen Zähnen. Eine Vielzahl langer Rastalocken sind zu einem Pferdeschwanz gebunden. In gutem Französisch stellt sie sich und ihren hochgewachsenen, schlanken Bruder Saliou vor. Auf der Terrasse angelangt, sieht er, daß Tcika ein weißes T-Shirt direkt auf ihrer mattbraun glänzenden Haut trägt, das die festen Spitzen ihrer Brüste wie Knospen andeutet. Beim Gehen hatten sie sich kaum bewegt. Dazu eine hellblaue Baumwollhose, die über schlanke hohe Hüften fällt.

Bei der Darlegung des Plans, nunmehr am Terrassentisch sitzend, der Anfertigung einer kleinen Schemazeichnung, dem Ausdruck der Hoffnung in das Projekt des Ladens und der finanziellen Förderung bzw. Tragung der Kosten durch ihn, sind rasch einige Stunden verstrichen. Danach übergibt er gerne den vorgesehenen Geldbetrag, eine für ihn geringe, für dortige Verhältnisse jedoch gewal-

tige Summe, wirft doch ein übliches Einkommen, nach
westlichen Maßstäben, nicht einmal ein allerbescheiden-
stes Lebensminimum ab.

Inzwischen ist eine tiefe afrikanische Nacht herein-
gebrochen, ein prachtvoll schimmernder Sternenhimmel
aufgezogen. Die langandauernden auf und ab schwingen-
den Gesänge des Muezzins und der Gläubigen, die sich an
einem der letzten Abende des Ramadan in der entfernten
Dorfmoschee versammelt hatten, sind verstummt. Die
Zikaden und zahllose Grillen haben die Weiterführung des
Konzerts übernommen und mischen ihren Gesang in das
ferne Dröhnen der jenseits der Langue de Barbarie auflaufenden und sich brechenden Wogen.

Mit dem Buschtaxi aus dem Dorf nach St. Louis zurück?
Gibt es zu dieser späten Stunde überhaupt noch eins? Oder
wollen Teika und Saliou im Gästezimmer der anderen Case
zur Nacht bleiben? Um am nächsten Morgen in die Stadt
zurückzukehren. Pierre merkt, daß ihn letztere Alternative
berührt und schlägt vor, ersteres zu versuchen, im »Not-
fall« aber zurückzukehren. Givril bringt das Geschwister-
paar in die Nacht hinaus. Kurze Zeit später kehrt er mit
dem Landrover allein zurück. In Gedanken verloren, bleibt
Pierre noch lange Zeit auf der Terrasse sitzen, umgeben von
den auf den Liegen ruhenden, vom afrikanischen Tag
erschöpft sich kratzenden Hunden.

6

Unter dem Moskitonetz auf dem breiten Doppelbett liegend, kann er lange nicht in den Schlaf finden. Eine diffuse
Erregung, die er als oszillierende, nervöse Spannung erfährt, hat sich seiner bemächtigt. Ruhelos wälzt er sich von
einer Seite auf die andere, und die Momente, Gesten und
Blicke der vergangenen Stunden umgeben ihn wie eine
zähe, enganliegende Hülle, aus der er sich durch immer
neue Bewegungen und Liegestellungen zu befreien sucht:
Teika hatte an seiner Seite des Tisches gesessen und ihn
während des Gesprächs aufmerksam und immer wieder
lächelnd betrachtet. Ihm dämmert allmählich, und dann
begreift er, daß Teika das Im-Gästezimmer-über-Nacht-
Bleiben ersichtlich favorisiert hatte. Nur zögernd war sie
nach St. Louis zurückgekehrt. Das Bild, wie unauffällig und
doch auf einfache Weise unübersehbar das Hemd und die
Baumwollhose Teikas schlanke Figur abgezeichnet hatten,
war in ihm verblieben. Dieser Körper war für ihn vorgesehen gewesen! Teika hatte angenommen, daß es für den
Laden einen Preis gab, den Pierre einfordern und den sie
erbringen würde. Dabei war die Anwesenheit ihres Bruders
ohne Bedeutung. Kehrte er nun in die Stadt zurück oder
nicht? Auch wenn er mit in dem Gästezimmer geblieben
wäre, hätte sie sich später daraus davongestohlen und ihm
ihren Besuch abgestattet. Sie hätte sich nehmen lassen – so
wie er dies wünschte. Und wie sie es wollte und sooft er das
konnte! Dies Bewußtsein elektrisiert ihn, und sein sich ver-
steifendes Glied nimmt ihm jeglichen Rest an Müdigkeit.
Aber er weiß, daß das so nicht in Frage kam. Ist er doch
stolz, daß er niemals zuvor einen direkten Preis für die

Frauen bezahlte, die – und wenn auch nur für eine Nacht – sein Bett geteilt hatten. Auch für solche nicht, die er, destabilisiert in der Zeit des Scheiterns seiner ersten Ehe, auf Geschäftsreisen gelegentlich aus Nachtbars mitnahm. Zur Zahlung von Geld war es nie gekommen. Er hatte sich maskulin und erfolgreich gefühlt. Und hatte recht behalten – damals!

Aber hatte er nicht jetzt einen Fehler begangen? Warum ließ er sie gehen, wo doch alles so leicht gewesen wäre? Ja, ihr Körper interessierte ihn! Noch hatte er mit keiner Afrikanerin geschlafen, ahnte aber undeutlich, was ihn vielleicht erwartet hätte. Vor Jahren, bei einem Gerichtstermin in Zürich, war er im »Haifisch« einer farbigen Tänzerin aus der Karibik begegnet. Bei einem späteren Gastspiel hatte sie aus Genf angerufen und sich nach einem Wiedersehen erkundigt. Durch die Koinzidenz einer Besprechung in Neuchâtel ergaben sich dann zwei Tage mit ihr, deren nächtlichen Teil er nur noch vage erinnert. Konnten sie die Nachtbar, in der sie arbeitete, doch erst nach der Konsumierung einiger Flaschen Veuve Clicquot verlassen, die im wesentlichen er getrunken hatte. Entsprechend betrunken und benebelt hatte er sich nur noch an ein ernüchterndes, gemeinsames Duschen und Abseifen davor und nachfolgende ungestüme, ja wilde Bewegungen ihrer runden, mattglänzenden, in tiefbraunen Titten auslaufenden Brüste erinnert. Die über ihm saßen und in heftigem Rhythmus auf und ab schwangen. Und daß das auf ihm reibende Schamhaar buschig, steif wie Roßhaar und in festen Strängen gelegt gewesen war.

Das konnte er sich bei Teika nicht vorstellen. Glatt rasiert würde sie sein und schlanke, lange Beine langsam, wie unbeabsichtigt, öffnen. Oder im Winkel anstellen, so daß sich ihr Spalt geringfügig weitet und ein zartes Rosa im Dunkeln freigibt. Ihr nach außen gewölbter Po würde ihre Öffnung ohne Kissen in angenehme Höhe bringen. Ein leichtes Einführen und Ausführen, immer wieder, ermöglichen. Dies, anfangs, auch der Zunge, so wie er dies liebte. Ob sie dabei sprechen, dann schwer atmen, ihm liebevoll anerkennende oder, besser noch, unanständige Worte in ihm nicht verständlichen Wolof ins Ohr flüstern würde? Vielleicht stöhnte sie auch laut? Dann könnten die draußen schlafenden Hunde anschlagen und durch das vor dem offenen Fenster gespannte dünne Moskitodrahtnetz setzen. Als er im letzten Urlaub, in einem schweren Traum gefangen, unartikuliert jammerte und wohl auch aufgeschrien hatte, waren die Hunde ins Dunkel der nächtlichen Case gesprungen, ihm so beigestanden.

Pierre war nun hellwach, erregt und nervös und wußte, daß an Schlaf nicht mehr zu denken war. Nein, er wollte diese Phantasien nicht, hatte er sich doch, wie auch Denise, verläßliche Loyalität vorgenommen. Aber ist denn solche Loyalität allein schon durch Gedanken getrübt? Nein, das kann nicht sein, dachte Pierre. Und sie wird auch durch ein einziges Vorkommnis nicht erschüttert, das sich Tausende von Meilen entfernt ereignet, unbeobachtet ist, unerzählt bleibt und aus der Tiefe der afrikanischen Nacht mit dem Morgen davonzieht. Der nächste Tag und die ihm folgende Nacht sind davon frei, wissen nichts.

»Wem ist damit geschadet?« hatte ihn, den Gymnasiasten, der er damals war, ein Jugendfreund nach einer immer wieder einmal aufgetischten Geschichte befragt. »Du gehst auf einem sich zwischen Hügeln, auf die sich Waldungen hinaufziehen, dahinwindenden Weg, der dir eine weite, unverstellte Sicht über die satten Wiesenflächen und den

Bach, der dem Weg folgt, gestattet. Niemand bist du begegnet, obwohl schon einige Stunden unterwegs, und auch als du über ein auf dem Weg liegendes Paket stolperst, ist weit und breit keine Menschenseele zu sehen. Jemand muß das Paket verloren haben, vielleicht wurde es auch weggeworfen, vielleicht weil ohne Wert oder wegen eines Streits, aus Dickköpfigkeit, aus Faulheit oder auf der Flucht, das ist alles unklar. Du blickst dich noch einmal um, als du das Paket aufhebst – niemand – und mit dem Taschenmesser die Verschnürung durchschneidest. Du stößt auf ein Bündel, viele Bündel, nur Bündel von Banknoten, große Scheine. Mindestens eine Million! Nimmt du das Geld an dich oder meldest du den Fund und gibst es ab? Und gehst leer aus!«

Diese kritische Frage hatte regelmäßig weitere ausgelöst. Konnte man sich wirklich sicher sein, daß man nicht gesehen worden war? Begegnete man, danach, einem anderen Wanderer, der sich vielleicht später an einen erinnerte? Waren die Scheine registriert?

»Wenn es nicht rauskommt, wenn ich davon ausgehen kann, ich würde es nehmen. Menschenskind, denke doch, die Riesensumme! Und wem ist damit geschadet?« hatte einer von uns, und vielleicht auch der andere, geantwortet.

»Ja, und was ist später? Plagt dich dein Gewissen nicht? Kannst du das einfach so wegstecken?« waren dann einige der Anschlußfragen.

Würde mir ein schlechtes Gewissen folgen, wenn Teika geblieben wäre? fragte sich Pierre. Unsinn, er konnte das trennen. Es war ja keine Liebe und auch keine gebrochene Loyalität, Sex eben nur, der sich als unmittelbare Folge einer guten Tat ergeben hatte. Damit war niemand geschadet. Auch Denise nicht, die nichts davon wußte. Eigentlich mußte er sich sogar Vorwürfe machen, daß er die Gelegenheit, ohne sie zu nutzen, hatte passieren lassen. Würde sich ihm jemals wieder eine solche Möglichkeit bieten, älter, der er schon war, und ohne viel Zeit oder Muße, und hier das gutgebaute, straffe, liebevolle, lebendige, fremdartige, schwarze Wesen, das von sich aus das Bedürfnis gehabt hatte, auf ihn, Pierre, einzugehen, sich ihm hinzugeben? Sein damaliger Jugendfreund, der hätte sie genommen, so wie das Paket damals, da war sich Pierre sicher. Und es wurde ihm bewußt, daß er schon so oft versäumten Gelegenheiten, gerade dem nachtrauerte, was er unterlassen hatte. Wies sein Lebensmuster nicht jetzt dort eine Leerstelle auf, wo sich ein besonders bunter Fleck, sehr unauffällig, hätte einweben lassen? Jetzt war das ein Webfehler, eine Erfahrung, die ihm fehlte. Die in seiner prekären, abgearbeiteten Verfassung für ihn heilsam gewesen wäre!

Andererseits, war es nicht geschmacklos, ja abwegig, sich Sex mit einer Freundin seiner *eigenen* Tochter auszumalen? Mehr als eine Generation dazwischen! Und wenn es Annabelle erfahren hätte? durchzuckte es Pierre. Ihr Vater mit ihrer Freundin, das hätte sie von ihm nicht gedacht! Das war gefühllos und kraß, würde sie ihm vielleicht nicht ins Gesicht gesagt, aber doch empfunden haben. Aber wenn es um Sex geht, ist oft das Abwegige normal, beruhigte sich Pierre. Die Grenze liegt doch ganz woanders: Gewalt, Schmerzzufügung, Kinder, Tiere oder solche Sachen. Friedhöfe, Grabmäler, anderes nekrophiles Zeug oder, vielleicht auch, homophiler Sex im Kloster. Das mit Teika dagegen, das wäre normal und auch angebracht gewesen. Und aufregend: die andere Rasse, Farbkontraste, Rastahaare, fremdartiger Gesichtsausdruck, eine junge, liebevolle, exotische Gerüche ausströmende afrikanische Frau. Um das ging's! Und um seine Empfindungen, die er zuletzt nicht mehr gehabt hatte. Die mir, sagte sich Pierre, mit Denise langsam abhanden gekommen sind. Gerade aus diesem Grund hätte ich die Gelegenheit wahrnehmen *müssen*! »Ich bin eben doch nicht dieser erloschene Mann!« sagte er laut zu sich selbst. Und wieder spürte er die Wellen, die ihn jetzt erreicht hätten, wäre Teika geblieben. Irgendwo hatten sie sich als Energien gehalten, vielleicht blies sie der steife Nachtwind in die Case. Oder gegen eine dünne Membran in mir, dachte Pierre, die meine Vorstellungen, Phantasien, nein, handfeste Wünsche waren es doch, zurückgehalten hatte. Und die durch diese Energiewellen nun zerrissen war. Unerwartet und unheimlich war das, was sich in ihm verborgen gehalten und ihn jetzt gedanklich überflutet hatte. Er spürte, daß er in Schweiß gebadet war.

Pierre stand auf, zündete die Gaslampe an und ging zum Eisschrank. Ein ›Gazelle-Bier‹, das würde ihm jetzt guttun. Und etwas lesen. Er nahm einen tiefen Schluck aus der Flasche und schlug eines der Bücher auf, das er am Pariser Flughafen vor dem Weiterflug erstanden hatte – »Conversations« mit Bernadette Chirac! Ein Diskurs über das Ehepaar, das sich noch heute siezt. Die Entwicklung des jungen Politikers, der nach und nach Karriere macht. Und eine Frau aus nobler Familie, die ihm stets zur Seite steht. Die Dialoge erschienen ihm interessant, anregend und sehr nachdenkenswert. Aber eine Lektüre für untertags. In seiner besonderen nocturnen Situation mußte Pierre das Buch nach wenigen Minuten wieder aus der Hand legen. Keine Konzentration! Immerhin, den Satz »On ne se méfie jamais assez des bonnes femmes« beschloß er sich zu merken. Auch wenn ihn Bernadette Chirac heute vulgär findet! Warum mißtraut die Frau des französischen Präsidenten gerade den »guten« Frauen?

Sein anderer »mutiger« Kauf: »La vie sexuelle de Cathérine M.« von Cathérine Millet. Vielleicht konnte solche Lektüre von seinen um Teika kreisenden Gedanken ablenken. Wahllos schlug er das Buch auf und geriet übergangslos ins Zentrum eines nur durch eine hängende Bogenlampe erhellten nächtlichen Raums. Deren Licht fällt auf die geöffneten, mit Lackstiefeln bekleideten Beine der auf einem baren Holztisch liegenden Autorin. Ihr sonst nackter Körper wird von einer Zahl im Dunkeln stehender Männer umstanden, die diesen aus der Anonymität der Dunkelheit streicheln und liebkosen. Dabei wendet sich Cathérine nach links und rechts, um an den erregten Schwänzen zu saugen und mit ihren Lippen zu reiben. Solche im Turnus erfolgenden, nach der Seite führenden Bewegungen geben ihre Öffnungen frei, in die andere, manchmal auch gleichzeitig, eindringen. »Une Vingtaine«, etwa zwei Dutzend, sind es wohl, die das im Verlauf des Abends, wie Cathérine selbst, genießen.

Eine bislang in dieser Intensität selbst in Gandiole nicht erfahrene Schwüle lastet auf ihm, und er ist in Schweiß gebadet. Nein, Entspannung kann er von diesem Buch nicht erwarten, legt es aus dem Moskitonetz und löscht das Licht. Das laute Zirpen der Grillen und Zikaden umfängt ihn nun wieder, das sich fein vom fernen Geräusch der im Rhythmus herübertönenden Meeresbrandung abhebt. Es verblüfft Pierre, daß auch er sich, wie gerade bei Cathérine Millet gelesen, in der Mitte der Nacht in einem auf ihn gerichteten Licht hin- und herwirft, dreht und windet. Auch wenn es nur der Strahl der Gedanken ist, die ihn bewegen. Die widerstandslos auf ihn fallen, mit Leichtigkeit in ihn eindringen, ihn beschäftigen, ihm seine Ruhe nehmen und ihn zwingen, ungewollten, unrealen und doch

möglichen Abläufen zu folgen. Bis sie wieder hinausglei-
ten, um anderen Gedanken den Weg in ihn freizugeben,
deren Ausbreitung Raum zu schaffen. Das ist kein Spiel, zu
dem er sein Einverständnis gab, auf das er Einfluß hat – und
seine Ohnmacht, dies zulassen zu müssen, erschöpft ihn.
Dazu sein untrainierter, schmerzender Körper: Die vom
überlangen Strandspaziergang aufgeriebenen Zehenbal-
len, die wieder und wieder in die Verkrampfung fallenden
Fußbögen und das hartnäckige Ziehen der Achillessehne in
die verspannte Wadenmuskulatur hinein. Aber Cathérine,
der Autorin, die in ihrem Buch das eigene Leben darstellt,
wird es nicht anders ergangen sein. Ihre Knie, ihre Öffnungen, ihr Schlund, die Schleimhäute, ihre inneren Flächen
und Membranen, alles mußte nach solchen Nächten auch
höllisch geschmerzt haben. Aufgerieben und zerschlagen
mußte sie doch gewesen sein, und war sie in den Schlaf
gefallen, mußten auch ihr in wachen Phasen die Erinnerungen an die nächtlichen Erfahrungen wie Schatten folgen,
die sich nicht abschütteln lassen. Aber sie hatte es gewollt,
herbeigeführt, zugelassen und ausgekostet. Hier liegt der
kritische Unterschied, der ihre selbstgewählten Realitäten
von seiner Scheinwelt aufgezwungener Gedanken schei-
det.

Wie in einem Kaleidoskop tauchen nun auch Bilder
von Denise in ihm auf, ihre rotgelackten Zehennägel, die in
den Nacken fallenden weichen Haare, ihre glatten Schenkel, das zu allen Jahreszeiten »bikinigerecht« getrimmte,
buschige Schamhaar, die muskulösen Rundungen ihres
Pos. Erinnerungen an Jahre zurückliegende Fotos auch, die
aufzunehmen ihnen beiden damals Vergnügen bereitet
hatte, intensivieren sich und verblassen wieder. Auch an
solche, bei denen Denise, so wie Cathérine, nackt auf einem

blanken Holztisch lag. Zugegeben, an hohe Stiefel hatten sie damals nicht gedacht. Aber das Spiel war auch ein anderes gewesen: In ihre wie eine große Knospe geweitete Öffnung hatte sie sich, abwehrend zunächst, widerstrebend und widerwillig, dann aber doch, eine Zigarre in lasziver Pose einführen lassen. Später saß sie auf einer Stufe der schneeweißen Marmortreppe, die Schenkel abgewinkelt und aufgespreizt zwischen den weißgelackten Gitterstäben und in ihr die Havanna, einem dicken, dunklen kubanischen Penis gleich, dem der zugehörige Körper abhanden gekommen war. Die intensivsten Bilder freilich gaben ihre Gesichtsausdrücke wieder, die seine nächtlichen Phantasien nährten. Ihre neugierigen, prüfenden, befriedigten, manchmal auch belustigten Blicke, die dem Fotografen folgten, den, wie sie leicht sehen konnte, ihre Posen erregten. Der sich trotzdem ausschließlich auf das Fotografieren konzentrieren sollte. Manchmal war aber auch ein eigenartig genußvoll-angespannter Gesichtsausdruck ins Bild geraten. Dieser ist Pierre besonders lieb, spiegelt er doch, wie früher, den Ausdruck ihrer dunklen Augen wider, wenn sich in ihm – unter ihr liegend und tief in sie eingedrungen – Erregung, Bewegung, Berührung und Schmerz untrennbar ineinander vermischten.

Wie hatte er nur zulassen können, daß ihm die Normalität, die körperliche Seite der Mann-Frau-Beziehung in den letzten Jahren so entglitten war? Daß er, wie Zwiebelschale um Zwiebelschale, immer neue Ausarbeitungen, neue Gutachten, neue Prozesse angenommen hatte, die ihm seine Lust, seine Begierden und die daraus resultierenden Aktivitäten völlig verstellten. Die seine Träume um und nach Denise und anderen Frauen und Weibern – warum auch nicht, solange es Träume und Illusionen blieben – erstickt und ausgelöscht hatten. Die ihn aus den falschen Gründen nachts aufwachen ließen und einfallenden Zweifeln, ja Ängsten aussetzten, z. B. den gebotenen Zeitrahmen nicht einhalten zu können oder vor Gericht die mühsam vorbereitete Argumentationslinie einzubüßen, und die Rückkehr in den Schlaf versperrten. Wo war denn sein Gleichgewicht, seine Mitte und das, was er wirklich wollte? Wußte er es? Vielleicht nicht genau, aber er spürte, daß er seinen Alltag nach Rückkehr ändern, ihm eine veränderte Gewichtung geben mußte. Daß er dies konnte und auch so wollte.

Denise, seine in Toulouse zurückgebliebene Lebensgefährtin, kann nicht ahnen, mit welchen Gedanken er hier um seinen Schlaf gekommen war. Aber sicher hat sie längst an seiner Potenz gezweifelt! Jedoch nun, wo sie zurückgekehrt, ja, schmerzhaft versteift in ihm mit Macht erwacht, ist Denise weit entfernt und, wie er spürt, seine neu erstarkende Kraft nicht umgesetzt. Noch nicht! Denn am Mittwoch geht's zurück! Pierre weiß jetzt, er wird Denise schon von unterwegs aus anrufen. Sie mitten aus ihrer Arbeit heraus für einen wichtigen Moment ins benachbarte Flughafenhotel bitten. Denn die Sache verträgt keinerlei Aufschub. Bis Denise abends von der Arbeit kommt, kann und will er nicht warten. In einem eilig zu mietenden Zimmer wird sie ablegen und so auf ihm sitzen, wie sie es früher getan hat …

7

Es ist frühmorgens geworden, das erste Licht des anbrechenden Tages dringt in das Schlafzimmer ein. Der monotone Ruf des Muezzins zum ersten Gebet weht herüber, in den die Hunde jaulend einfallen. Während im Dorf die streng Gläubigen sich aufrichten und nach Osten in Respekt verneigen, wälzte er sich ein weiteres Mal zur Seite. Die Spannung ist nicht gewichen. Ein neuer Tag beginnt! Übermorgen fliegt er zurück! Zuvor wollen noch einmal Teika und Saliou kommen, »pour rendre compte«, um Bericht zu erstatten.

II

Auf der Terrasse

— 1 —

Die fast vollständig durchwachte Nacht ließ Pierre einen
faulen Folgetag verbringen. Nach Erledigung einiger Ein-
käufe hatte er die intensive afrikanische Sonne im Garten
genossen. Dabei den in den Filao- und Akazienbäumen
schwirrenden Vögeln und den darüber rasch vorbeitreibenden Wolken zugesehen. Nebenher auch in einigen
Nummern des Express geblättert, die zuvor in den Casen
logierende Freunde zurückgelassen hatten. Es würde für
ihn ein früher Abend werden. Galt es doch, den entgange-
nen Schlaf nachzuholen! Um dem auf angenehme Weise
nachzuhelfen, war bereits am späten Nachmittag eine
Flasche Guerrouane, ein weicher, milder marokkanischer
Rotwein, geöffnet worden. Mit Einbruch der Dunkelheit
war sie bereits zur Hälfte geleert und Pierre wohl kurz darauf eingenickt.

Als sich Teika aus der Dunkelheit löst und auf die Terrasse in das Licht der Solarlampe tritt, trägt sie einen nahezu die Knöchel erreichenden weißen Boubou mit aufgedruckten grünen Batikkreisen. Zwei allein den Schulterbereich bildende Bändchen sind in großen Schleifen geknotet und geben lange, schlanke Arme frei. Die im Boubou tief nach unten eingeschnittene Armöffnung läßt den Blick auf ihre sanft gewölbten Brüste zu, die in senkrecht abstehenden, zartbraunen Spitzen – stumpfen Bleistiftminen gleich – münden. Teika, die sich nun auf einem Stuhl niedergelassen und sich ihrer Sandalen entledigt hat, sieht wie ein lichtes, großzügig und leichtfertig verpacktes Geschenk aus, dessen überstehenden Rand die Tupfen ihrer braunrot gefärbten Finger- und Fußnägel bilden.

Als sich die Schleifen der Schulterbändchen lösen, gleitet der obere Teil ihres Boubous langsam auf ihren Schoß, nicht ohne sich dabei an ihren Brüsten und deren Spitzen, wenn auch für einen Moment nur, zu verhaken. Ein matter Schimmer fällt auf ihren ebenholzfarbenen Oberkörper. In seinem Ebenmaß erinnert er ihn an die üppigen, aus dunklem Tropenholz in Serie handgefertigten Torsi afrikanischer Frauen. Solche sind in Vielzahl auf den für die Toubabs, die weißen Touristen, aufgestellten Verkaufsständen in den Seitenstraßen von St. Louis zu bewundern. Angesichts der verzweifelten Eindringlichkeit der eingeborenen Verkäufer, die ›ihre Frauen‹ in vielen europäischen Sprachen anbieten, hatte er stets alle Mühe, ohne Kauf zu passieren. Teikas Oberkörper läßt ihn dagegen aus eigenem Antrieb verweilen, um zu schauen. Ohne zunächst in ihm drängende, weitergehende Wünsche zu artikulieren.

Pierre ist überrascht, hatte er doch über oder zwischen den sanften Hügeln ihrer Brüste ein Gri-Gri, ein ihr seit ihrer Geburt anvertrautes Amulett, erwartet, das sie vor Unbilden schützen soll. Ein kleines Lederband mit einge-bundenen Muscheln oder ein flachziseliertes, silbernes Rechteck aus Mauretanien vielleicht, das sich öffnen läßt und in das die Wünsche des Marabout für ein langes und gesundes Leben eingelegt sind. Oder einen Vers aus dem Koran, eingerollt und in einem Stück Ziegenleder versie-gelt, das mit Lederriemen um ihre Hüften geschlungen ist.

Als sie aufsteht und sich ihm vollständig zuwendet, ist ihr Boubou ganz abgeglitten. Ihre goldfarbenen, sternför-migen Ohrclips schimmern matt im Mondschein. Und die bunten Glasperlenbändchen, die in zahllose, bis ins Feinste geflochtene Rastazöpfe eingebunden sind, werfen Reflexe.

Ist es das unmittelbar vor der strohgedeckten Case fahle Licht, in das sie nun eingetreten ist, oder seine Verwirrung, daß er ihre lautlosen Bewegungen nur schemenhaft wahr-nimmt? Als sie das Moskitonetz angehoben hat und vor ihm auf das breite Bett geglitten ist, kann er sie besser wahr-nehmen. Auf der im ockergelben Muster gehaltenen Ober-decke heben sich ihre Konturen in deutlicherem Kontrast ab. Enttäuscht ist er nicht, obwohl er sich wiederum irrte: Hat sie doch dort, wo er eine glatte, sanft erhöhte Dreiecks-fläche annahm, ihr grauschwarzes, in Löckchen gerolltes Schamhaar belassen. Darin ist jegliche frauliche Öffnung, sofern es sie gibt, verschwunden. Ob ihre Schamlippen, wie ihre Haarlocken auch, aufgekräuselt und dadurch ein nicht unterscheidbarer Teil des Ganzen geworden sind? Ich wer-de suchen müssen, denkt er. Von seinen Gedanken anschei-

nend unbefangen, streicht Teika mit ihren hellen Hand-
innenflächen in sanften, kreisenden Bewegungen über den
deutlich abgesetzten, nicht aufgerichteten Teil seines nun
auch nackt liegenden Körpers. Genauso sanft hatte sie
zuvor die auf der Terrasse dämmernden Hunde liebkost.
Dabei war ihm aufgefallen, daß eine Hand das Geschlechtsteil des Rüden behutsam haltend umfaßte, während die
andere über die Ohren, die feuchte Nase oder zwischen die
Vorderläufe strich.

»Tu aimes les fesses?« flüstert sie. »Pas les fesses, *tes* fesses!« Ich mag *deinen* Po! hört er sich sagen. Ohne seine
Antwort abzuwarten, hat sich Teika über seinen Kopf hinweg, mit jeweils seitlich neben ihm aufgestützten Schenkeln rückwärts niedergekniet und ihren Oberkörper nach
vorne gebeugt. Ein ebenmäßiger, dunkelfarbener Körper,
dessen kräftige hintere Rundungen sich über seine Augen
heben! Dazwischen, etwas nach vorne versetzt, sind ihre
Lippen, als Andeutung nun zu sehen, die sich mit seinem
neugierig forschenden Finger nur zögernd weiten. Unglaublich, daß sie daraus schon geboren hat. Unauffällig,
doch auffindbar, ihre sich anschließende, durch einen ge-
ränderten, mundförmigen Muskel eng geschlossene Öffnung. Auch hier läßt sich ein Finger einführen, so daß
beide, nur durch kräftige, innere Häute getrennt, sich rei-
bend berühren. Ein weitergehendes Eindringen, eines
Glieds etwa, scheint ihm dort ausgeschlossen. Zunächst
nur ertastet, gelingt es ihm dann, mit seiner Zunge ihre
Klitoris zu erfassen, die dabei an Volumen und Festigkeit
zunimmt. Und ein geheimnisvoller Duft, ja ein schwach
salzig-viskoser Körpersaft, der sich darunter allmählich
ansammelt, läßt sich genußvoll aufnehmen.

Gleichzeitig kann er spüren, daß sich sein steil aufgerichtet anfühlendes Glied in rhythmische Bewegungen einlassen muß. Von Teikas warmfeuchten Lippen wohltuend, aber ihren, wie er sich erinnert, perlfarbenen Zahnreihen auch etwas schmerzhaft erfaßt, ist dessen Außenhaut einer stetigen Auf- und Abbewegung, einem langsamen Kolbenhub gleich, zwanghaft unterworfen. Der auf und ab schwellende, geringe, aber deutlich spürbare Schmerz läßt seinen Händen tantrische Zeit, über die glatte Haut der Rundungen ihres Pos, dessen innenliegende Flächen und den erreichbaren Teil ihres Rückens zu streicheln. Dabei kommt es ihm wieder und wieder darauf an, mit den Fingern den Linien ihres ringförmig-geschlossenen Muskels kreisend zu folgen. Den äußeren Lippen ihres Geschlechts auch, ohne deren innere Folge zu ertasten. Und in deren Inneres in wechselnder Tiefe, einzeln und gemeinsam, fordernd und forschend einzudringen. Um Teikas Körper seinem gebannten Blick mehr und mehr zu öffnen.

Als es zum Erguß kommt, ist eine für Pierre stolze Zeit verstrichen. Als Teika dann ihren Körper aufrichtet, langsam zu ihm dreht und ihren Kopf erschöpft neben ihm auf das Kopfkissen bettet, sind viele der langen Rastazöpfchen über ihr Gesicht gefallen. Wie zwischen feinen Gitterstäben schauen zwei elfenbeinfarbene Augäpfel Pierre aus dem Halbdunkel fragend an. »Tu l'as aimé? J'ai bien fait?« War ich gut? mögen sie ausdrücken. Oder ist es eine sie befriedigende Dankbarkeit für die erfahrene materielle Hilfe? Die sie auf ihre Weise abgestattet hat. Oder eine in ihr langsam aufsteigende Erkenntnis und Resignation gar? Daß sich dies nicht wiederholen wird? Wieder eine Beziehung ohne Perspektive ist? Wie schon mit dem Notablen aus St. Louis?

Sind es nur *seine* Vermutungen, seiner körperlichen Erschlaffung folgende Phantasien, Traumgebilde? Sich allein in *seinem* Gehirn umformende Geräusche des rhythmischen Atmens, des leisen Tons über glatte Haut streichender Hände, die sich zu solchen Annahmen kristallisieren? Ein an- und abschwellendes Dröhnen kann er nun auch deutlich vernehmen. Von der Flußseite her. Der Wind hat gewechselt, denkt Pierre und spürt die durch das Strohdach einfallende Kühle des nahen Meers. Ihn fröstelt. Es muß Flut sein. Die wieder und wieder kraftvoll auflaufenden Brecher und im gleichen Rhythmus zurückflutenden Wassermassen. Wenn sie aufeinanderprallen, die aufschießende Gischt. Wie ein dämpfender Tonschleier hüllt das ferne Lärmen seine beiden Ohren ein. Nein, er will die innere Stimme nicht hören. Seine Frau zu Hause, Denise? Sie wird es nicht erfahren. Es war nicht geplant. Er ist einfach so hineingeraten. Es wird sich nicht wiederholen. Ob Teika eine Krankheit hat? Ach was, nicht hier auf dem Dorf; warum soll es gerade ihn treffen? In jedem Fall, es war wichtig! Für ihn. Auch für Denise, die davon nichts weiß, und für ihre Beziehung. Er hat sie endlich wieder, die jugendliche Kraft! Sich von den Wellen forttragen zu lassen, in ihrem klatschenden Rauschen für eine Zeit zu versinken wird ihn beruhigen. Bis ein wohliges Eindämmern alles vergessen machen wird.

3

Durch ein plötzliches Geräusch, einen dumpfen Schlag
gegen die Sprossentür seiner Schlafcase, schreckt er aus
tiefem Schlaf hoch. Und hastet mit der Taschenlampe in
die Nacht hinaus. Ein dunkles, wild um sich schlagendes
Etwas wird von beiden Hunden auf dem Boden verbissen.
Als er vorsichtig näher tritt, sieht Pierre einen nun reglosen
Vogel mit verdrehten, gebrochenen Flügeln. Für den Moment einer falschen Einschätzung, seinem nächtlichen
Sturzflug gegen die Sprossentür, hat er einen hohen, fina-
len Preis bezahlt. Warum konnte ich nicht in eine friedliche-
re Welt aufwachen, denkt Pierre. Als die Hunde an ihm
freudig winselnd hochspringen, wehrt er sie unwillig ab,
ihr Tun war ihm zuwider. Über das Geschehene traurig und
schlaftrunken noch tritt er in die Case ein und kann die süße
Teika nicht finden. Der Schein seiner Taschenlampe fällt auf
das Bett und, neben seinem, auf ein jungfräulich-unberühr-
tes Kopfkissen. Verwirrt durch die Illusion seines Traums,
enttäuscht und unbefriedigt, legt er seinen Kopf darauf nieder. Doch der Schlaf will sich nicht mehr einstellen.

Pierre steht auf, geht zum Fenster und schlägt die Vor-
hänge zurück. Ein breiter Lichtstreifen liegt wie ausgegos-
senes Silber quer über dem träge und lautlos dahintreiben-
den Fluß. In dessen Mitte ankern einige Pirogen, und er
kann in den schimmernden Lichtreflexen schemenhafte
Gestalten erkennen, die Netze auswerfen und wieder ber-
gen. Dahinter hebt sich die dunkle Silhouette der gegenüberliegenden Uferlinie mit den sich abzeichnenden Konturen des Buschwerks ab. Über allem hängt, nach oben
versetzt, ein riesiger fahler, voller Mond, der sich anschickt,

mit der Nacht hinter dem Horizont zu verschwinden. Bald wird er nicht mehr zu sehen sein. Aber er war da gewesen, Teika dagegen nicht gekommen.

III

Nach Mauretanien

—1—

Pierre ärgerte sich in dem Moment, als er sie fragte. Gesprächig, mitteilsam, neugierig wie eine Frau. Da er sich eingestehen mußte, daß auch Männer so sein können. Er zählte nun auch zu dieser Kategorie. »Ich hatte mir schon gedacht, daß du mich dies fragst«, sagte Teika. Ein gebrechliches, buntbemaltes, überladenes Buschtaxi hatte sie am Morgen eines hellen Sonnentags in Gandiole ausgespuckt. Vom Halteplatz zu Pierres Anwesen waren es nur einige Minuten zu Fuß.

»Mit einem Mann zu schlafen, da gehört für mich schon mehr dazu als nur materielle Hilfe, auch wenn sie sehr großzügig ist. Für so was brauche ich, wenn überhaupt, Zeit, Gefühle, gewachsene Zuneigung. Ich bin da nicht so einfach – und das hat Gründe. Aber, versteh mich bitte richtig, ich weiß schon, wann ich was schuldig bin. Ich werde …«

»Ich erwarte nichts und hätte es auch nicht gefordert – ich meine, *in Wirklichkeit*«, unterbrach sie Pierre.

»Ich hätte es auch nicht getan. Auch heute, jetzt, nicht«, lächelte sie.»Wir sind arm, aber, ich weiß auch nicht wie, immer längs gekommen. Mit fast nichts. Und vielen Sorgen. Jetzt haben wir alle eine Hoffnung. Durch dich. Wir haben um nichts gebeten. Du gabst trotzdem. Wir sind dir alle auch sehr dankbar. Und«, nach einem kleinen Zögern, »es stimmt natürlich, du bist Annabelles Vater. Noch nicht so alt. Und weit weg von allen. Da kommt dann eine junge Afrikanerin daher« strahlte sie ihn an. »Vielleicht wäre ich für dich die erste gewesen, die ›anders‹, ich meine, schwarz ist. Das hätte dir Spaß gemacht!«

»Und dir? Ich meine, deine Grundsätze, die Zeit, der Laden, die Dankbarkeit der Familie, eure Hoffnung, das alles beiseite. Mit mir als Mann?« sagte Pierre, der in dem Augenblick, als er die Frage stellt, deutlich spürte, wie unangebracht und überflüssig sie war und die in ihm aufkommende Unsicherheit mit äußerlicher Gelassenheit zu überspielen suchte. Teika antwortete eine Weile nicht, sah Pierre mit dunklen Augen schweigend an. Was seine Unsicherheit steigerte.

»Hast du meine Frage verstanden, Teika? Soll ich sie wiederholen?« fügte er, fast ein wenig hastig, hinzu. Wie auch ihre Antwort ausfallen würde, diese Abklärung war jetzt notwendig.

»Schon«, sagte sie zögernd und ließ eine weitere Pause entstehen. In Gedanken verloren, tätschelte sie einen der Hunde, der die erwiesene Zärtlichkeit mit heftigem Schwanzwedeln begrüßte. Und sie mit der Schnauze auffordernd stupste, als sie dies einstellte. Sich dann um sich selbst drehte, um in seinem Schwanzfell verbissen zu nagen. »Es ist die Zeit der Sandflöhe; die Hunde sind geplagt«, meinte sie nachdenklich.

»Weißt du, Pierre, meine Antwort, das ist eine längere Geschichte. Ein wenig kompliziert. Ich will dich nicht langweilen.«

»Du langweilst mich nicht. Ich bin in Ferien. Habe alle

Zeit der Welt. Wenn er von seiner Mittagsruhe zurück ist, wird Givril uns einen starken Kaffee kochen. Vom Limettenkuchen ist auch noch da«, sagte Pierre etwas verhalten.

»Du weißt, ich habe einen Sohn. Sieben Jahre alt ist er, Ibrahim. Ich bin alleinerziehende Mutter.«

»Und der Vater?« fragte Pierre.

»Er stritt alles ab, ich meine, die Vaterschaft. Mit Vehemenz. Dagegen hatte ich keine Chance. Ein Mann mit Einfluß. Alte Familie, Tradition. Wer bin ich schon dagegen? Ein Niemand aus der Medina von St. Louis. Kein fließendes Wasser, kein elektrischer Strom, Tausende Kinder, unaufhörlicher Lärm, Fliegen, Käfer, sengende Hitze. Und Gerüche nach Ziegenkot, Petroleum, Fischresten, nach allem, was du willst. Da hilft auch meine Ausbildung im Gymnasium nicht, hier im Lycée Charles de Gaulle. Und auch nicht ein an der hiesigen Uni begonnenes Studium der Philosophie, das ich, als das Stipendium auslief, abbrechen mußte. Man hat alles als pure Phantasie abgetan. ›Geh zu dem wirklichen Vater, wenn du weißt, wer er ist. Wer so wie du aussieht, hat dafür viele Kandidaten.‹ Eine verletzende, demütigende Angelegenheit. Sie schmerzt noch immer.«

Erneut trat eine Pause ein. Das geschwätzige Schwirren gelbgrüner Finken in den Ästen der Akazien war plötzlich zu hören. Und das Planschen und Flügelspreizen der Spatzen in den darunterstehenden Wasserschalen. Zum Absprühen des Wassers, um danach in einem Schwall, als hätten sie einen solchen Befehl erhalten, gleichzeitig abzufliegen.

»Du sprichst von der Vergangenheit«, sagte Pierre nüchtern.

»Der Mann, ich meine Ibrahims Vater, ist schon tot. Er starb sehr jung. Ganz überraschend.« Und nach einem

Zögern: »Über die Umstände möchte ich nicht sprechen.«
Teika fuhr nach einer Pause mit gedämpfter Stimme fort:
»Manchmal denke ich, es ist seine Strafe. Er hatte mir die
Ehe versprochen. Immer wieder. Als ich ihn über die
Schwangerschaft informierte, wollte er urplötzlich nichts
mehr davon wissen. ›Nie mehr möchte ich dich wiedersehen. Ich kenne dich nicht. Ich bin dir nie begegnet. Wage es
nicht, mir jemals wieder unter die Augen zu treten!‹ schrie
er.

Ich habe resigniert. C'est Dieu qui l'a fait. Es ist wohl
Allahs Wille. Die Männer deuten den Koran hier so, daß die
Frauen die Dinge hinnehmen müssen.«

»Was hat dies mit meiner Frage zu tun?« fragte Pierre
wenig einfühlsam.

»Alles«, erwiderte Teika, »alles. Aus Männern mache ich
mir seitdem gar nichts mehr. Es lohnt sich nicht. Die
Afrikaner sagen den Frauen nicht die Wahrheit, die weißen
Touristen, die wollen bloß ihr schnelles Vergnügen. Nicht
mehr mit mir. Genug ist genug. Der einzige Mann, der für
mich wichtig bleibt, heißt Ibrahim.«

Pierre hielt für einen Moment den Atem an. Wie konnte
es sein, daß er sich von seinen Instinkten so hatte täuschen
lassen? Daß er angenommen hatte, Teikas Dankbarkeit
müßte sich in einer Weise zeigen, die seine erwachenden
Begierden und Lüste befriedigen würde. Die ihn schlaflos
zurückgelassen und ihn in der folgenden Nacht in die
Illusion seines Traumes verführt hatten. Aus dem er, durch
den die Stille der Nacht brechenden Lärm an seiner Case, in
die enttäuschende Wirklichkeit geweckt worden war.

Eigenartig, er war doch in früheren Jahren immer wieder zu einer Ferienwoche – allein – nach Gandiole aufgebrochen, hatte auch Besucher empfangen. Diesmal war es

so anders gewesen, hatten ihn nächtliche Gedankensplitter, Rückblenden und Phantasien verfolgt. In sinnlichen Konturen von Bildern, die ihn erregten und ihn, offenbar unbewußt, spüren ließen, wie sehr er die körperliche Gemeinschaft mit Denise zuletzt entbehrt hatte. Daraus war etwas Reales entstanden, etwas Verlorengeglaubtes zurückgekehrt. Etwas, dessen Verlust ihn bedrückt und gefühlsmäßig bedroht und dessen Wiederkehr ihn mit neuen Energien ausgestattet hatte. Aber über meine so kraß falschen Annahmen muß ich mir schon noch mal Gedanken machen, dachte Pierre, als Teikas sanfte Stimme wieder einsetzte.

»Soll ich uns nun einen Kaffee kochen?« fragte sie ein wenig schuldbewußt.

»Warte doch, bis Givril kommt. Bis ich dir den Gasherd, das Öffnen der Gasflasche, wo der Bohnenkaffee steht, die Papierfilter, bis ich dir alles erklärt habe, dauert es viel zu lange. Givril kommt jeden Moment.«

»Nicht nötig. Ich weiß dies alles. Kenne mich gut aus. Hat dir deine Tochter nichts erzählt? Ich wohnte mit ihr hier in ihren Ferien. Die Hunde, Givril, die Nachbarn, alle kennen sie mich. Mit Annabelle bin ich auch gereist. Hat sie von unserer Fahrt nach Mauretanien gesprochen?«

Wie sich Pierres erstaunter Miene unschwer entnehmen ließ, war ihm das neu. Zwar wußte er von der Reise, hatte auch Bilder gesehen, von eigenartigen Begebenheiten gehört. Um die Begleitumstände hatte er sich jedoch keine Gedanken gemacht. Auch keine Fragen gestellt. Seine Tochter war erwachsen. Eine gewisse väterliche Neugier stand ihm nicht mehr zu. Annabelle hatte von einem befreundeten Paar gesprochen, dem sie sich angeschlossen hatte. Ja, Teikas Name war auch gefallen.

Von St. Louis zur mauretanischen Grenze ist es eine einfache Reise. Rosso, die Grenzstadt, liegt zu beiden Ufern des Senegalflusses. Die Fähre, die Zöllner, die Grenzformalitäten – alles ist schnell erledigt. Wenn man zu der richtigen Zeit passiert und ein gültiges Visum hat. Dann lockt eine bequeme Strecke am ununterbrochenen Sandstrand. Eine Fahrt vor dem Spiel der Wellen im Dröhnen der Brandung. Doch wehe, es wurde das Zeitfenster der Ebbe falsch eingeschatzt oder es träte eine nicht rechtzeitig behebbare Panne auf: Es gäbe kein Entrinnen. Schroff versperrt die steile Küste jeden Ausweg. Fahrer, Fahrgäste und Fracht wären unrettbar verloren. Wählt man jedoch die eintönige, asphaltierte Straße, erreicht man Nouakchott, die mauretanische Hauptstadt, sicher in nur wenigen Stunden.

Der Weg in den Norden wird von dort an beschwerlich: Mühsam, oft nur im Schrittempo, quälen sich die altertümlichen Landrover, Toyotas und Mitsubishis entlang der sandigen Felsküste. Erstaunlich, daß die Fahrzeuge die weite Fahrt nach Nouadhibou, durch viele Pannen unterbrochen, überhaupt überstehen. Und die eng gedrängten Fahrgäste das unaufhörliche Schütteln, das Ächzen der Achsen, das Schaukeln und Stoßen der Sandwellen, die flirrende Hitze und den Zug des Fahrtwinds aushalten. Die stoischen Fahrer, oft ohne erkennbare Straßen, ohne Markierungen, geschweige denn moderne Navigationsmittel, vom richtigen Kurs kaum abweichen.

»Mauren sind Araber. Und große Rassisten! Sie achten uns Schwarze nicht. Schon gar nicht die Frauen«, sagte Teika. »Dabei verehren sie ihre eigenen Weiber in besonderer

Weise. Eine schwarze Frau allein – das geht nur schwer. Zwei Frauen zusammen, ich meine die Reise mit Annabelle, das war auch nicht einfach. Wir haben uns beide geschworen, so schnell nicht mehr nach Mauretanien zurückzukehren.«

»Das erzählte mir Annabelle ebenso. Ich sah interessante Fotografien und Dias. Oft eher deprimierende Landschaften, menschenleer. An die Geschichte mit dem gestörten, alten Tuareg erinnere ich mich auch. Der sich nicht abbringen ließ, sie überall zu begrapschen. Bis der vorbeiziehende Hirte aufmerksam wurde. Alarmiert durch die Hilferufe konnte er ihn nur unter Aufbietung aller Kräfte abdrängen.«

»Das war schon in Zouerate. Weit im Landesinneren. Wo sie das Eisenerz abbauen. Der Minenzug brachte uns dorthin. Als er im Schrittempo fuhr, hievten wir unsere Rucksäcke in einen der leeren Erzwaggons und kletterten nach. Wie es viele machen. Der Zug ist mehrere Kilometer lang. Nichts als offene, eiserne Erzwaggons, die von drei oder vier Lokomotiven gezogen werden. Wenn der Zug vorbeifährt, kannst du dessen Ende lange nicht sehen. So weit das Auge reicht, nur der Zug! Ein Höllengetöse in einer riesigen Staubwolke! Zwei Tage und Nächte waren wir unterwegs, weil die Gleise auf halbem Weg blockiert waren.«

Teikas Gesicht hatte einen besorgten Ausdruck angenommen. Sie kniff ihre Augen zusammen, als müßte sie in diesem Augenblick den Sandstaub und den Fahrtwind erneut abwehren. Pierre schien es, als ob sie ermattet wäre. Obwohl sie sich anschickte, ihren Bericht immer ausführlicher auszumalen.

»Wenn ich dran denke«, fuhrt sie fort, »dann bin ich noch heute erschöpft. Die Hitze über Mittag und noch intensiver am frühen Nachmittag! Selbst für mich kaum auszuhalten. Aber Annabelle hat nicht geklagt. Noch schlimmer waren der Staub, der überall eindringende Sand, der Fahrtwind und die kalte Nacht! Es kommt dir vor, als klebten deine Finger am Metallrand der Waggons vor Kälte. Wir wußten das nicht. Hatten deshalb keine richtig warmen Sachen dabei. Nicht einmal ein Kopftuch; aber eigentlich braucht man Wollmützen. Es gab nur eins: Annabelle und ich haben uns in der nächtlichen Kälte eng aneinandergekuschelt. Uns gegenseitig gewärmt. Wie junge Katzen. In einer vom Wind geschützten Ecke unseres Waggons.« Und nach einigem Zögern: »Pierre, soll ich weitererzählen? Langweilt es dich nicht?«

»Keineswegs, bitte. Wir haben Zeit. Bestimmt. Ich würde gern mehr erfahren. Alles interessiert mich!«

»Wirklich?« fragte Teika und sah Pierre etwas von der Seite an. »Nun, wir haben den Beschwerlichkeiten getrotzt und kamen uns sehr nah. Annabelle hat einen weichen, warmen Körper. Weißt du, in den nächtlichen, staubigen, eisigen Erzwaggons passiert alles. In einem derartigen Höllenzug gelten keine Konventionen mehr! Bist du jetzt schockiert?«

»Warum sollte ich«, sagte Pierre und kratzte sich an der Stirn. Gedankenverloren sah er dem davonschwirrenden Insekt nach, das dort gesessen hatte. Und wartete geduldig, bis Teika den Gesprächsfaden wieder aufnahm.

»Als der Zug die uns unbekannte Strecke langsam durchlärmte, spürten wir, daß wir beide wußten, daß auch wir uns, allmählich, gegenseitig entdecken würden. Für mich war, so seltsam das klingt, das Über-die-Schienen-Rattern, in die Ferne, auf den Horizont zu, fast so, als ob ich am Senegalfluß säße. Dort zieht ein stetiger, unaufhörlicher Strom abgerissener Pflanzenteile, von totem Holz, Leergut, aufspringenden Silberfischen – im Abstand vom Ufer watende Fischer und in der Flußmitte sich mit knatterndem Motor stromaufwärts rackernde Pirogen – vor deinen Augen vorbei. Pierre, du weißt, was ich meine?«

»Natürlich, ich wohne doch hier am Fluß«, sagte dieser knapp.

»Die Zugfahrt ist nahezu gleich und doch völlig anders«, fuhr Teika fort. »Sanddünen in wechselnden Formen und Farben, dann wieder viel braunes Geröll, Fußpfade, die erscheinen und sich verlieren, Spuren von Kamelen, und Eseln auch, vereinzelte Büsche, Kakteen, in der Ferne sich abzeichnende vegetationslose Berge, sich ändernde Wolkenformationen, der am Zug vorbeigleitende Strom der Dinge. Ob du dich durch die Landschaft bewegst oder am Flußufer sitzt, und die Wassermassen fließen vorbei – die Wirkung ist die gleiche. Verstehst du?«

»Ja, schon, aber worauf willst du hinaus?« sagte Pierre und sah Teika fragend an. Auf seiner Stirn waren nun einige angestrengt wirkende Falten sichtbar. So mag er vor Gericht aussehen, dachte Teika, und fuhr fort:

»Entscheidend wichtig sind doch die Gedanken, die auftauchen, die in der Bewegung entstehen, im vorbeiwehenden Luftstrom, im auf und ab schwellenden Rattern, in den vorbeitreibenden Wellen des Flusses. Die du sonst nicht hast.«

Und nun überlegte Teika für einen Augenblick. »Vielleicht sind sie denen ähnlich, die sich in der Leere einstellen. Wenn du in einem großen Raum sitzt, vereinsamt, in der Nacht, zum Beispiel in einem weiträumigen Lokal. Oder, allein, am Rand eines Weges, der sich in die Ferne bewegt und der sich dort verliert.«

»Auf eurer Fahrt hattet ihr beides, Bewegung und Leere«, sagte Pierre und war über sich erstaunt, wie analytisch er Teikas Gespräch gefolgt war. Ich bin noch nicht erholt, kam ihm in den Sinn.

»Wir hatten beide Gedanken zu den Menschen. Nicht wie sonst vielleicht, nach denen, die uns einen Teil der Strecke begleitet, die wir verloren haben oder denen wir nie begegnet sind. Es waren Gedanken, die sich auf den Menschen fokussierten, mit dem wir unterwegs waren. Unterwegs nach Zouerate. Auf uns, gegenseitig. Damit ergaben sich die Dinge wie von selbst. Wozu du sonst Wochen der behutsamen Annäherung brauchst, geschieht in diesem Zug, den leeren Waggons, wo du mit einem Menschen allein reist, in wenigen Stunden. Versteht du mich?« fragte Teika, die, während sie erzählte, abwechselnd an Pierre vorbeigesehen und auf den Boden gestarrt hatte. Jetzt blickte sie ihn fragend an. Pierre ließ eine bewußte Pause entstehen. Auch Teika war nun verstummt.

»Vollkommen«, sagte Pierre dann in die Stille hinein, »wirklich!«

— 3 —

»Bei Rückkehr hier nach Gandiole wohnten Annabelle und ich noch einige Ferienwochen zusammen. Du erinnerst vielleicht: Annabelle hatte ihre Stelle als Redakteurin gekündigt, um die neue Position erst drei Monate später anzutreten. Deshalb bestand keine Eile. Du kannst mir glauben: Wir waren immer sehr diskret. Im Senegal sind Beziehungen zwischen Frauen nämlich strafbar.«

»In Frankreich nicht mehr«, sagte Pierre nach einer Weile,

»aber glaube nur ja nicht, daß wir deshalb zivilisierter wären. Man kann auch Partnerschaftsverträge zwischen Frauen oder Männern, ich meine gleichgeschlechtlich, schließen. Fast wie Ehen.«

»Annabelle und ich verstanden uns gut. Übrigens, deine Tochter lernte bei mir auch senegalesisch kochen. Poulet Yassa, Huhn mit ganz viel Zwiebeln in Zitronensaft, wurde ihre Leidenschaft. Dann Tiboudienne – gebratener Fisch auf Reis mit Karotten, Tomaten, Pataten, Peperoni. Die Gewürze sind dabei wichtig; dagegen welchen Fisch du nimmst oder welches Gemüse du gerade hast, es schmeckt immer gut. Wir Senegalesen, wenn wir können, essen es fast täglich. Manchmal auch Mafé, Fleisch in dicker, schwerer, brauner Erdnußsoße. Der Reis kommt übrigens hier aus der Nähe, von den Feldern bei Richard Toll.«

»Und du, Teika? Was hast du gelernt?«

»Weißt du, Pierre, es ging nicht ums Lernen.«

»Ich verstehe, um eure Gedanken, das Ausleben eurer Freiheit?« sagte Pierre.

»Das ist es. Am Strand in St. Louis, da siehst du mehr und mehr gemischte Paare; ich meine, ein weißer Tourist, eine Afrikanerin …«

»Was meinst du damit?« unterbrach er sie.

»Es ist einfach. Das Mädchen ist arm. Es kann wahrscheinlich nicht schreiben oder lesen. Für den Mann ist das nicht wichtig, solange er sie haben kann. Und sie hübsch ist. Und das sind die jungen Mädchen hier.«

»Ich verstehe nicht, worauf du hinauswillst.«

»Aus einer solchen Beziehung ergibt sich vielleicht ein europäisches Kleidungsstück, ein Geldschein, der für Baguette, das Weißbrot und Fisch für zwei Wochen für eine ganze Familie reicht.«

»Ein Geschäft also, eine unromantische Angelegenheit, schneller Sex«, wußte Pierre.

»So kannst du es nennen, wenn du willst. Ich sehe es ein wenig anders. Es ist doch auch immer eine Hoffnung dabei. Fortzukommen, einen Weg zu einem Visum für Frankreich zu öffnen, Arbeit dort. Eine Familie am Schluß. Das sind doch die Illusionen, die Träume hier. Annabelle und ich hatten solche Erwartungen nicht. Ich kann und will hier nicht weg. Sie suchte kein Abenteuer. Und wenn, keines mit schwarzer Haut.«

»Eure Reise, wie du erzählt hast, war doch alles andere als gewöhnlich.«

»Das stimmt schon. Bei allem, was war: Wir wußten, ich und auch Annabelle, daß wir ein Stück kostbare Zeit hatten. Die wir nutzen wollten. Weshalb wir Stunden, ja Tage am Strand saßen. In die endlosen Wellenlinien schauten. Den Pelikanen nachsahen.«

»Habt ihr euch auch so frei wie die Vögel gefühlt?«

»Das paßt jetzt kaum«, sagte Teika.

»Ich verstehe nicht.«

»Kennst du den Flug der Pelikane nicht? Stets fliegen sie hintereinander. In einer Linie. Wenn der erste seine mächtigen Flügel schlägt, schlägt sie danach der zweite, folgt der dritte. Schwebt der erste Vogel, schweben sie, zeitverzögert, einer nach dem anderen, alle. Das sich vom Wind allein Tragenlassen läuft wie eine Kettenreaktion durch die Vogelreihe. Steigt der erste, steigen sie alle, und so fallen sie auch gemeinsam in niedrigere Höhen.« Teika nahm sich einen Moment, lächelte Pierre an, dem auffiel, daß sie nachdenklich wirkte.

»So wie ein Pelikan, nein. Wir waren uns einig, so werden wir nicht leben. Dieses Folgenmüssen, vorgegebene

Handlungen nachvollziehen. Verstehst du, Pierre? Auch als Frauen möchten wir keine Führungsperson haben. Man kann sich am Strand in seinen Überlegungen verlieren. Du magst sagen: Nichtstun.«

»Das würde ich nicht«, sagte Pierre heftig, und es stiegen in ihm Erinnerungen auf. Seine Tage bei den Pfadfindern. Ein Lager, das sie in der Bretagne, nahe am Meer, errichtet hatten. Das starke Gefühl der Gemeinschaft zwischen Männern. Ja, das waren sie schon, obwohl noch keine 20 Jahre. Die Verantwortung füreinander; für eine abgegrenzte Zeit. Das sich auf die Gruppe, auf den Kameraden verlassen können. Die Afrikanerin schnitt in solche Gedanken ein, als er sie sagen hörte:

»Heute denke ich, es war wie bei einem Maler. Der lange am Fluß sitzt, am Meer oder vor einem Baobab-Baum. Und schaut. Am nächsten Tag wieder, alle Tage, sooft er kommt. Später entsteht etwas in ihm, vielleicht erst sehr viel später. Er beginnt dies auf die Leinwand zu übertragen.

Aber ich habe auch direkt gelernt: Über Frankreich, seine Landschaften, Toulouse, euer Zuhause hörte ich viel. Die Umgebung auch. Ich kann es mir einfach nicht vorstellen, daß sich dort in der Gascogne über die Hügel riesige Felder mit Sonnenblumen hinziehen. Die ihre Köpfe in die gleiche Richtung strecken. So was ist hier im Sahel undenkbar. Der viele Sand, kaum Wasser, manchmal Schwärme von Heuschrecken. Übrigens weiß ich jetzt auch, daß euer Flughafen in Toulouse nach St. Exupéry benannt ist.«

»Das ist in Lyon«, meinte Pierre trocken.

»Dann eben Lyon. Er und seine Kameraden haben die Postlinie nach Westafrika beflogen. Auf dem Weg nach Dakar machten sie bei uns in St. Louis Station. Im ›Hotel de la Poste‹ hat sein Freund Mermoz oft gewohnt. Die alten

Fotos hängen in der Eingangshalle. Manchmal las mir Annabelle auch aus den Büchern vor: der ›Stadt in der Wüste‹ und auch aus ›Wind, Sand und Sterne‹. Ein bißchen, eine Ahnung der Stimmungen, der nächtlichen Anwandlungen, war beim Durchqueren der mauretanischen Landschaften auch in uns. Ohne es genau zu spüren. Wir konnten es aber nicht formulieren. Pierre, kennst du das Glücksgefühl, wenn jemand *deine ureigensten* Gedanken ausdrückt? Und du diese noch mal durchlebst?«

Ohne auf eine Antwort zu warten, die Pierre jetzt auch nicht geben konnte, fuhr sie in ihrer Gedankenreise fort:

»Wir lasen oft und viel. Sprachen im Anschluß darüber und philosophierten. Über das Leben. Nachts. Auf der Terrasse. Über uns der klare Sternenhimmel. Danach, bis zum Einschlafen. In deinem breiten Bett. Unter dem riesigen Moskitonetz. Dort schliefen wir immer. Du hast doch nichts dagegen?«

»Warum sollte ich?« sagte Pierre etwas reserviert. Und in ihm stieg die Erinnerung an den kürzlichen Traum wieder auf, in dem Teika *ihn* besucht, mit *ihm* geschlafen hatte, zärtlich mit *ihm* gewesen war. »Es ist genauso Annabelles Zuhause«, sagte er dann etwas verhalten. Teika schien ein wenig erleichtert, fast übermütig gar, als sie sagte:

»Auf dem Bett hinterließ ich ein Voodoo. Eine Magie, wie ihr Europäer das nennt. Sie wird dich nachts wieder und wieder heimsuchen – wenn du alleine anreist.«

Auf Pierres fragenden Blick – oder war es ein Stirnrunzeln – reagierte sie mit einem Lächeln. Er hatte das Strahlen in ihren Augen und den schalkhaften Zug um ihre Mundwinkel nicht bemerkt. Von solcher Magie hatte Pierre schon gehört. Es aber als bloßes Relikt der mystischen Erinnerung, als animistischen Aberglauben angesehen. Wer glaubt in Europa schon an so was? Hier, vor Ort, da war er sich weniger sicher. Hatte er sich nicht auch in Teikas Einschätzung schon schwer getäuscht? Konnte er eine Magie einfach so abtun? In seinem Kopf begann sich langsam wieder das Bild der schlafenden Afrikanerin auszuformen, in deren Ohr man eine schwarze Schlange sich hineinringeln sah. Dies hatten Zeugen angstvoll beteuert. Sie mußte das Dorf verlassen. Als er später davon erfuhr, dachte er, daß er den erzwungenen Fortzug hätte verhindern können. Er spürte jetzt, daß es nicht zutraf. Mit seinen vereinfachten Maßstäben und europäischer Logik war solchen Dingen nicht beizukommen.

Und dann gab es ja auch den Marabout, im Dorf unweit der Strommündung. Vor einiger Zeit hatte Pierre einen Fischer, der in seinen rostigen Anker gefallen war, auf dessen Wunsch zu diesem gebracht. Nachdem der Marabout die Wunde mit einem nur ihm bekannten Gemisch aus Kräutern, Tierasche und Wurzeln bedeckt und Unverständliches gemurmelt hatte, war Pierre mit ihm zu einem kurzen Spaziergang aufgebrochen. Sie hatten sich einem verdorrten Baum genähert, auf dessen Spitze ein großer dunkler Vogel saß. Wahrscheinlich ein Kormoran. Als sein Begleiter stehenblieb, das Gespräch mit ihm unterbrach und, nun hoch aufgerichtet, auf den Vogel zeigte, wurde Pierre aufmerksam. Der Marabout war völlig verstummt und deutete mit beiden ausgestreckten Armen auf den Vogel, den er intensiv anstarrte. Als dieser einige Minuten später, reglos wie ein Stein, auf dem Sandboden aufschlug, standen feine Schweißperlen auf der Stirn des Afrikaners. Wie aus der Ferne hörte er nun wieder Teikas Stimme:

»Pierre, nein, nicht wirklich! Ein Scherz! Aber meine Erfahrungen mit Annabelle, unsere gemeinsame Zeit, die

Erinnerungen, die bleiben an der Schlafstätte haften. Vielleicht«, und nach einer kleinen Pause, »vielleicht als die Versatzstücke nächtlicher Phantasien. Und deiner Träume.«

— 4 —

Als Pierre seine Tochter in Toulouse später traf, war Annabelle gerade 27 Jahre alt geworden. Er umarmte sie lange und zärtlich. Sie feierte Geburtstag, mit Paul, ihrem schon etwas ältlichen Ehemann, und mit Freundinnen. Pierre kannte diese schon von früheren Geburtstagen. Er konnte jetzt alles besser einordnen, besser erfassen. Von Annabelle hatte er nicht alles gewußt. Sie hatte für eine Zeitlang gelebt, was *sein* Traum war. Mit Teika, als Frau.

Für ihn waren daraus Energien, in Gandiole, verblieben, deren Ursprung er erahnen, aber niemals ganz erfassen würde. Es konnte schon sein, daß Teikas Zauber, ihre Magie, damit in Zusammenhang stand. Oder war es, daß die erfüllte Beziehung der beiden Frauen für ihn unsichtbare Spuren hinterlassen hatte, in denen er einige Schritte gehen sollte?

IV

Weg von hier

Was danach geschah, war folgerichtig, und mit klarem Kopf betrachtet, in der Rückschau, nicht völlig unerwartet.

Mit der übergebenen Geldsumme wurde der Bau des Ladens rasch begonnen. Das ist einfach, man kauft den Zement, mischt Sand und Wasser zu und füllt das Gemenge in aufklappbare Formen ein. Mit den so vor Ort gefertigten Bauziegeln lassen sich die Wände, an einer gespannten Schnur entlang, hochziehen. Der Erfüllung behördlicher Normen, der Einholung einer Baugenehmigung, geschweige denn einer Bauleitung bedarf es nicht.

Noch während der Bau hochwuchs, konnte Saliou der Verlockung der in seine Obhut gegebenen Geldsumme nicht widerstehen – und erstand einen Farbfernseher. Mit Großbildröhre. Einen kleinen Dieselmotor dazu, zur Stromerzeugung, sowie Batterien und den Transformator, um den Fernseher betreiben zu können. Abends, wenn das Programm einsetzt, sind die Familie und zahlreiche Nachbarn um das Gerät geschart. Bis spät in die Nacht dringt das Programm lautstark in die schwülheiße Umgebung hinaus.

Als der Rohbau fertiggestellt war, fehlte es nun an Geld, um Streichhölzer, Salz, Zucker, Reis, Konserven und in Flaschen gefüllte Getränke als Waren einzukaufen. Teikas Bittbriefe, die Summe aufzustocken, ließ Pierre unbeantwortet. Obwohl sie, wie sie schrieb, machtlos gewesen war, sich der Zweckentfremdung des Geldes entgegenzustellen.

Ihr Bruder hatte die Geldsumme verwaltet. Pierre war zu verärgert. Vor allem über sich selbst, daß nicht er oder Givril, sein Verwalter, die Geldsumme behalten und nur bei Vorlage entsprechender Rechnungen diese an der Quelle selbst beglichen hatte. Pierre blieb hart, für ihn war es *eine* Familie, trotz allem. Der Laden steht noch heute leer. Wenn Annabelle wieder nach Afrika reist, davon erfährt, wird sie helfen. Pierre ist sich da sicher. Aber es wird dauern, denn auch seine Tochter lebt mit einem knappen Budget.

Saliou hatte in dieser Zeit eine seltsam kurzgewachsene Französin, Simone, kennengelernt, die, allein, für einen zweiwöchigen Urlaub in St. Louis eingetroffen war. Sie hatte Afrika zuvor noch nie bereist. Er sprach sie am Strand an.

Sobald die notwendigen Formalitäten erledigt sind, werden sie in Frankreich heiraten und danach dort wohnen.

»Simone liebt mich. Mein Wille, mit ihr zu sein, ist stark«, sagt Saliou, »Frankreich ist ein großes Land mit vielen Möglichkeiten. Ihr versteht das nicht.« Saliou läßt sich in nichts beirren, obwohl Simone erheblich älter und ein merklicher Teil des Lebens in deutlichen Zeitschritten an ihr vorübergeeilt zu sein scheint. Als Teika ihren Bruder darauf mit Nachdruck hinwies, brachte er ihr laut schreiend einen tiefen Stich im Oberschenkel bei. Niemand wußte, daß er ein langes Hirtenmesser besitzt und dies, unter dem langen Kaftan verborgen, stets mit sich führt.

Simone wird bald schwanger sein. Gerade noch rechtzeitig. Mit Begierde und drängender Ungeduld arbeiten sie daran. Saliou wird sich auf Dauer in Frankreich einrichten. Die französische Verfassung erlaubt es nicht, Kind und Vater gegen dessen Willen zu trennen. Dagegen wäre es gleichgültig, ob die Ehe der Eltern noch besteht.

München: Dem Polizeibericht zufolge ...*

— 1 —

Als der Anrufer den Mordfall in der Polizeizentrale avisierte, wurden zwei Einsatzfahrzeuge der Funkstreife unverzüglich umdirigiert. Am Tatort, einem sandfarbenen Appartementhaus im Münchner Osten, der Englschalkingerstraße, setzten zwei Beamte über den rückwärtigen Gartenzaun und gingen mit gezogenen Dienstwaffen in Stellung, während drei ihrer Kollegen das Treppenhaus in den dritten Stock hochhasteten. Seit dem Anruf waren weniger als sieben Minuten verstrichen.

Der Hausmeister hatte das Öffnen der Haustüre vernommen und aus dem Türspion so gespäht, wie es seine Gewohnheit war. Und Hofer erkannt, obwohl dieser, ohne den Lichtknopf zu drücken, in völliger Dunkelheit den langen Korridor zur Treppe entlangging. Hofer hatte nach seinem Eintreten eine Zeitlang geräuschlos im Hausflur des Erdgeschosses gewartet. Gerade dies war dem dort wohnenden Hausmeister aufgefallen, der mit den Abläufen, den Geräuschen und dem Rhythmus des Personalwohnheims lebte. Daß nach dem Öffnen der Haustüre keine

---

* Der Erzählung liegt eine 2003 in der Süddeutschen Zeitung erschienene Notiz zugrunde.

Schritte liefen und das in seiner Erdgeschoßwohnung deutlich hörbare einschnappende Geräusch des Lichtdruckknopfs ausblieb, hatte ihn stutzig gemacht. Der unter seiner Wohnungstür sonst sichtbare Lichtschlitz war nicht erschienen. Als ob es Hofer darauf ankam, sich zu vergewissern, daß das Haus in Ruhe lag und keine der Türen der Mietwohnungen offenstand. Um nicht gesehen zu werden!

Mit ihm, dem Hausmeister, hatte Hofer wohl nicht gerechnet. Daß er genau wußte, was im Hause vorging. Ja, auch das wurde von ihm erwartet! Nicht nur, daß er das Haus in Ordnung hielt und darauf sah, daß die Hausordnung von den Bewohnern beachtet wurde. Als er annahm, daß Hofer das Treppenhaus erreicht hatte, öffnete er geräuschlos seine Türe. Ein eigenartiges, ziehendes Schleifgeräusch fiel ihm sofort auf. Als der Hausmeister das Ende des Hausflurs erreicht hatte, starrte er angestrengt nach oben in die Dunkelheit. Über das Treppengeländer gebeugt, konnte er undeutlich sehen, daß Hofer sich mit einem langen, in eine Decke oder einen Teppich eingehüllten Gegenstand nach oben mühte. Als Hofer, nun im zweiten Stock, vor dem Lichtschacht wiederum in sein Gesichtsfeld geriet, stockte dem Hausmeister der Atem. Aus der schlaffen Hülle ragte ein Frauenkopf mit langen, hellen Haaren hervor.

Trotz des matten Lichts vor dem Lichtschacht gab es keinen Zweifel: Der Körper der eingehüllten Frau war völlig reg- und bewegungslos! Und der nur für einen kurzen Moment sichtbare Frauenkopf hatte die Bewegung von Hofers Schritt synchron mitgenickt.

Dann hatte Hofer seine Wohnungstür erreicht. Das Treppenhaus war dunkel geblieben. Als seine Wohnungstür ins Schloß fiel, war das schleifende Geräusch nicht mehr zu hören.

Als der Hausmeister mit zittrigen Fingern die Notrufnummer wählte, brach ihm der Schweiß aus. Er wußte, es war Angela F. gewesen. Die blonde, sympathische Krankenschwester, deren Wohnung an die von Hofer angrenzte.

— 2 —

Hofer lebte in dem Haus schon seit Jahren. Als Pfleger im nahegelegenen Bogenhauser Krankenhaus konnte er, wie einige Kollegen, Krankenschwestern und anderes Krankenhauspersonal, in dem für diese gebauten städtischen Mietshaus zu günstigem Preis wohnen. Und es waren nur ein paar Schritte zu seinem Arbeitsplatz. Für ihn sehr wichtig – bei den ständig wechselnden Arbeitszeiten im Schichtdienst.

Fünfunddreißig Jahre war er inzwischen und trug sich seit längerem mit dem Gedanken, den Arbeitsplatz zu wechseln. Sein gesamtes Arbeitsleben in der ersten Stellung zu verbleiben, hatte er nicht vor. Vielleicht konnte er sich finanziell auch etwas verbessern. Dann führte er sich die günstige Miete, die Nähe zum Arbeitsplatz, ja und auch das freundschaftliche Arbeitsklima auf seiner Station vor Augen. Und blieb!

Vielleicht gerade wegen seiner Bodenständigkeit hatten die Dinge dann eine für ihn glückliche Wendung genommen: Vor wenig mehr als zwei Jahren war Angela F. in die Nachbarwohnung eingezogen. Eine schlanke, hübsche

Krankenschwester mit langem, glattem blondem Haar. »Ihre immer frische Gesichtsfarbe läßt auf Sportlichkeit, ein Aufwachsen auf dem Lande oder beides rückschließen«, hatte Hofer gedacht, als er sie zum ersten Mal zu Gesicht bekam. Als sie zufällig gleichzeitig zu Hause eintrafen und beim Aufschließen ihrer Wohnungstüren feststellten, daß sie Nachbarn waren.

Aus gelegentlichen Zusammentreffen im Treppenhaus, dem freundlichen Gruß, den sie füreinander hatten, wiederholten Gefälligkeiten, die sie sich gegenseitig erwiesen, wenn es plötzlich an Kaffee, Brot oder Olivenöl mangelte oder die Sicherung ausfiel, war allmählich eine Freundschaft gewachsen. Der gemeinsame Beruf, wenngleich er in unterschiedlichen Bereichen des Bogenhauser Krankenhauses ausgeübt wurde, ergab viel Gesprächsstoff. Angela arbeitete auf einer Station für Innere Medizin. Die von ihr betreuten Patienten lagen oft lange, so daß sich über die Zeit manchmal eine besondere Beziehung einstellte. Vor allem mit solchen, denen ein unheilbares Leiden nur noch eine begrenzte Lebensspanne beließ. Die Kranken erspürten dies, wenn sie es nicht ohnehin wußten. Angela blieb gelegentlich nach ihrer Dienstzeit am Krankenbett, um zuzuhören, zu trösten oder auch Hoffnung zu geben. Und wenn es nur die Hoffnung war, daß ein gnädiges Ende, ein allmähliches Einschlafen, ein schmerzloses Hinübertreten fest zu erwarten stand. Kam es dann soweit, war auch Angela traurig, als hätte sie einen eigenen Angehörigen verloren.

Danach fühlte sie ein starkes Bedürfnis, zu reden, sich selbst zu entlasten, den Kummer, den sie geduldig in sich aufsog, zu teilen und hierdurch abzubauen. Dies gelang ihr mit Hofer! Auf einer orthopädischen Station tätig, hatte er es mit Patienten zu tun, die mit Bestimmtheit wußten, daß sie wieder gesundeten. Das Krankenhaus, vielleicht nach einer Rehabilitation, aber dann völlig wiederhergestellt, verlassen würden. Nach überstandener Operation waren sie erleichtert, vorsichtig oder gar überschwänglich optimistisch. Sie lebten auf die Entlassung zu. »Wir haben auf Station keine Kranken«, sagte Hofer, »allenfalls Verletzte. Patienten, die repariert werden, wie Kraftfahrzeuge.« Hofer machte Betten, lüftete die Zimmer, bettete um, versorgte, gab Injektionen, Schlaftabletten und Essen aus. Seelischen Beistand zu leisten, zu trösten, geduldig zuzuhören wurde ihm nicht abverlangt. Seine Stärke war ein anteilnehmendes, unermüdliches Leisten und die freundliche Bereitschaft zu helfen. Aber es konnte ihm aufgrund eigener Müdigkeit und körperlicher Erschöpfung plötzlich auch zuviel werden. Dann verwies er die Patienten fast übergangslos schroff, heftig gar, auf seine Überlastung, den Mangel an Zeit und die Vorschriften.

Wenngleich manchmal körperlich ausgelaugt, war er doch innerlich ausgeruht und seelisch wenig beansprucht. Und hatte das Einfühlungsvermögen und die Bereitschaft, den auf Angela übertragenen Kummer und das von ihr empfundene Leid ihrer schwerkranken Patienten zu nehmen. Hofer tat Angela gut. Das ließ sie ihn spüren. Über die Zeit war aus der nachbarlichen Bekanntschaft, dem gelegentlichen Beisammensein, eine enge Beziehung entstanden. Wenn ihr Schichtdienst gemeinsamen Freiraum ergab, füllten sie ihn zusammen aus: fuhren zum Schwimmen ins nahe Cosimabad, radelten im Englischen Garten oder gingen zum Luftschnappen in den nahen Schlösslgarten, einer sorgfältig gehaltenen Schrebergartenanlage. Am Monatsanfang, wenn die Kassen noch gefüllt waren, auch zu

Franco ins ›Anima e Core‹ für Penne arrabiata oder Linguine vongole und eine Karaffe offenen Roten dazu. Ihre Freundschaft und daß Angela und Hofer die Nacht häufig in der »anderen« Wohnung verbrachten, war verschiedenen Hausbewohnern und auch dem Hausmeister aufgefallen.

— 3 —

In der letzten Zeit war es allerdings zu einer Trübung gekommen, die im Hause nicht verborgen blieb.

Begonnen hatte es vielleicht damit, daß Hofer nicht erkennen konnte, wann es ein guter Zeitpunkt war, mit Angela Sex zu haben. Ob sie dafür bereit war, ihn aus eigenem Antrieb wollte oder mental und körperlich zu erschöpft nach der Nachtschicht zu Hause einlangte: für Hofer war es das gleiche. Er begehrte sie und war zuletzt – ohne auf sie Rücksicht zu nehmen – auf immer direkterem Wege darauf zugesteuert. Anfangs hatte Angela, auch wenn sie sich nicht danach fühlte, dies über sich ergehen lassen. Und dabei sogar noch eigene Lust vorgetäuscht!

Später hatte sie darüber nachgedacht, wohl auch mit einer engen Kollegin vertrauensvoll gesprochen. Danach war sie zunehmend weniger bereit, sich Hofers »timing« widerstandslos aufprägen zu lassen. Es genügte, körperlich und mental im Krankenhaus allzeit verfügbar zu sein. Über ihre Freizeit, vor allem aber ihren Körper, wollte sie nach eigenem Wohlfühlen und dessen Wünschen ausschließlich selbst entscheiden. Und keine Kompromisse mehr schließen! Und sich schon gar nicht von Hofer dominieren lassen!

Daß Hofer von ihr Stellungen erwartete, die sie noch nicht kannte, und sich Freiheiten nahm, ohne Tabus in sie einzudringen, ihren Körper vollständig in Besitz zu nehmen, hatte sie anfangs mit schamhafter Neugier ertragen. Seine sich hier vertiefenden Neigungen hatten sie dann aber zunehmend verkrampft. Sie fühlte sich oft danach auch seelisch deformiert. Dazu kam manchmal nachhaltiger Schmerz, wenn sie sich aus Müdigkeit, Abwehr, Scham bis zu gewisser Abscheu für ihn nicht mehr öffnen konnte.

Sie hatten aufgehört, ein entspanntes Paar zu sein! Er verstand und folgte ihren Hinweisen nicht. Anfangs hatte sie ihn zu führen vermocht, den Rhythmus der Bewegung dominiert, den sie von langsamem über schnelleren, ja bis zu ekstatischem Takt gesteigert hatte. Dies gelang nun nicht mehr. Wieder und wieder fiel Hofer aus dem Bewegungsrhythmus, war aus ihrem Leib geglitten. Als sie zuletzt Hofer hiernach nicht erneut in sich aufnehmen wollte, brüllte er sie entnervt an. In einer Lautstärke und mit Ausdrücken, die im Treppenhaus zu hören waren! Und befriedigte sich danach demonstrativ vor ihr selbst. Anders als es Hofer erwartete, hatte dies Angela nicht erregt, sondern zusätzlich abgestoßen.

Obwohl die Funkstreife an Hofers Wohnung Sturm läutete und über ein Megaphon »Aufmachen, Polizei« gebrüllt hatte, blieb es in der Wohnung seltsam ruhig. Nichts rührte sich! Als die Wohnungstür mit mehreren gewaltigen Tritten aufgeschlagen war, stießen die Polizisten im Flur mit Hofer zusammen. Bleich, mit wirrem Haar, nacktem Oberkörper und halboffener Hose trat er ihnen entgegen – und wurde sofort zu Boden gerissen. Während ein stämmiger Polizist auf seinem Oberkörper seitlich kniete, drehte ihm ein anderer die Arme auf den Rücken und legte Handschellen an. Während der dritte Polizist mit seiner schwarzglänzenden Pistole auf ihn zielte.

Danach fand sich Hofer, dem alles schmerzte, halb ohnmächtig auf einem Stuhl wieder. Einer der Polizisten setzte sich ihm, mit einer Pistole auf dem Schoß, gegenüber auf das Sofa. Seine zwei Kollegen waren inzwischen im Bad, dann in der Küche, einer Abstellkammer, der Toilette und schließlich im Schlafzimmer verschwunden. Man konnte deutlich hören, daß Möbel gerückt, Schränke aufgerissen und die Tür zum Balkon geöffnet wurden.

»Wo ist die Frau?« sagte der Polizist zu Hofer.

»Welche Frau?«

»Stell dich nicht an. Du weißt das ganz genau! Die Tote! Die blonde Frau. Man hat dich gesehen! Wie du sie im Dunkeln in die Wohnung geschleift hast.«

Nach einem kurzen Zögern sagte Hofer: »Das geht euch Bullen einen Scheißdreck an. Verpißt euch! Schleunigst!«

Der Polizist versetzte Hofer einen Tritt, daß er mit dem Stuhl hintenüberkippte.

Als aus dem Schlafzimmer laute Stimmen dröhnten, war der Polizist aufgestanden, ohne den am Boden liegenden Hofer auch nur eines Blickes zu würdigen. Während er die Tür zum Schlafzimmer öffnete, rief es: »Alois, geh her! Schaug dir des o!«

Auf dem Bett, dessen Oberdecke heruntergerissen war, lag eine völlig nackte Frau. Mit vielleicht zu üppig gerundeten fraulichen Formen. Bewegungslos, mit weit aufgerissenen Augenwimpern. Und lang herabfallendem, grellgelb gefärbtem Haar. Über dem Fußboden verstreut: ein Hüfthalter, schwarze Strapse, ein mit Spitzen besetzter Slip und ein fleischfarbener Büstenhalter mit gewaltigen Schalen. In der Ecke eine zusammengeknüllte, dunkle Wolldecke. Die Frau hatte eine rosige Hautfarbe. Zwischen den leicht geöffneten Schenkeln war ihre Öffnung deutlich sichtbar.

Alois sah mit einem Blick, daß etwas nicht stimmte. An den Gesichtern der Kollegen und der reglosen Positionierung der rosigen Frau. Ungläubig faßte er sie an. Ihr Leib war weich und fest zugleich – und aus Silikon! Hofer hatte sie nach Hause geschleift, ohne Aufsehen. Und sie an- und wieder ausgezogen. Oder hatte es noch vor. Darauf kam es nicht mehr an. Daß es Angelas Unterwäsche war, die herumlag, interessierte jetzt niemand. Hofer war beim Eintreffen der Beamten mit seiner Gespielin intim gewesen.

»Die gibt's bei Beate Uhse«, sagte der stämmige Beamte. »Für 250 Euro.«

»Mit Luftfüllung sans billiger«, sagte Alois.

»So eine hat er auch noch im Schrank«, sagte der dritte Beamte.

— 6 —

Als die Polizisten ins Wohnzimmer zurückgingen, lag
Hofer noch immer am Boden. Er hatte das Bewußtsein verloren, kam aber schon beim Öffnen der Handschellen wieder zu sich.

»Nix für unguat«, sagte der Polizist, der zuvor mit der
Pistole auf Hofer gezielt hatte.

»Ein Mißverständnis! San S' froh!« fügte der stämmige
Polizist, der Hofer den Tritt versetzte, an. »Und vui Spaß
noch mit der Puppn!«

»Scheißbullen, verreckte!« zischte Hofer, nachdem die
Wohnungstür hinter den Polizisten ins Schloß gefallen war.

— 7 —

Als die Polizisten die Wohnung verlassen hatten, begegne-
ten sie im Treppenhaus einer aufgeregten blonden Frau mit
auffallend frischer Gesichtsfarbe.

»Um Gottes willen! Ist Herrn Hofer etwas zugestoßen?
Ich wohne neben ihm, bin seine Nachbarin!« sagte sie.

»Beruhign S' eahna nur, junge Frau«, sagte der stämmige Polizist. »Eigentlich derf ma nix sogn! Aber dem fehlt
nix.«

»Obwoi, a richtige Freundin bräuchert er scho«, meinte
Alois.

Ein Haftungsfall

—1—

Als Dr. Edgar Kaddes Gestalt auf dem Bildschirm verlosch, der ein lärmender Werbeeinschub folgte, hatte Liza den Fernseher im Wohnzimmer abgeschaltet. Und war in nervöser Verwunderung und in Gedanken versunken in ihrem gemütlichen Sessel sitzengeblieben. Ja, Rechtsanwalt Kadde hatte, selbst im Großbild, auf sie vertrauenswürdig und verläßlich gewirkt! Im dunkelblauen Nadelstreifenanzug, makellosen Hemd und mit weinroter Krawatte hatte er am Schreibtisch vor einer bunten Bücherwand aus juristischer Fachliteratur gesessen. Bei seinem eindringlichen Aufruf hatte er Liza über seine randlose Brille hinweg unentwegt in die Augen geblickt. Ohne auch nur eine Spur von Nervosität zu zeigen, uneigennützig, hilfsbereit und souverän. Genauso würde er im Gerichtssaal die ihm anvertraute Rechtssache seiner Mandanten vertreten. Auch wenn die Fernsehkamera auf ihn dort nicht gerichtet war, dachte Liza. Aber verwundert war sie doch: Daß Anwälte schon vor Jahren im Fernsehen nach überlebenden Fremdarbeitern gesucht hatten, die im Krieg verschleppt und gegen ihren Willen zu harter Arbeit gezwungen worden waren, daran erinnerte sie sich. Daß sich Anwälte für diese damals tatkräftig einsetzten, fand sie richtig. Daß Unfälle, die wegen der hohen Zahl zu beklagender Opfer zu Aufrufen durch Rechtsanwälte führten, war Liza auch längst geläufig. Sie würden die Forderungen der Angehörigen auf angemessene Entschädigung nachdrücklich vertreten. Der verhängnisvolle Absturz der Seilbahnkabine, der Untergang der zwischen Dover und Calais im Sturm gekenterten Nachtfähre, ein gewaltiges Aufeinanderprallen des fehlgeleiteten Frachtzuges mit dem vollbesetzten Intercity-Express, das waren typische Beispiele. Solcher furchtbarer Geschehnisse, bei denen gleichzeitig so viele Menschen ihr Leben verloren oder mit schwerwiegenden körperlichen und seelischen Behinderungen ihre Existenz ableben mußten, bedurfte es aber offenbar nicht mehr. Neuerdings hatten die Anwälte im Lokalfernsehen auch Einzelpersonen, die sich durch eine fehlgeschlagene Hüftgelenkoperation, einen mißlungenen Eingriff an den Bandscheiben oder durch eine Knieoperation geschädigt fühlten, tatkräftige Hilfe zugesagt. Wenn sie sich nur meldeten, dann würde solches Unrecht an den Pranger gestellt und die Chirurgen oder, rechtlich präziser, deren Berufshaftpflichtversicherung zu erheblichem Schadensersatz gezwungen werden. Denn wiedergutmachen ließ sich die körperliche Behinderung nicht mehr! Sollte sich nach gutachterlicher Überprüfung hierfür wider Erwarten doch eine realistische Chance eröffnen, würden sie die notwendigen ärztlichen Leistungen zusätzlich einfordern.

All dies hatte Dr. Kadde jedoch nicht angesprochen! Sein alleiniges, vorwiegendes Anliegen war es, jenen beklagenswerten Personen wirkungsvoll zu helfen, die sich, wie er es nannte, in »personenschädigenden sexuellen Verhältnissen« verfangen hatten. Eine ständige sexuelle Überaktivität in der Ehe konnte – wie deren Gegenteil, ein auf unbestimmte Dauer erloschenes sexuelles Bedürfnis – beim betroffenen Partner zu schwerwiegenden Störungen führen. Daraus resultierende Hysterien, Allergien, Depressionen aller Art, ja »mitverschuldete« Antriebslosigkeit bis hin zu akuter Selbstgefährdung mußten, nach Dr. Kadde, nicht mehr hingenommen werden.

»Hier kann wirksame Abhilfe geschaffen werden! Dafür hat man Gesetze! Die durch niemand zu beeinträchtigende körperliche und seelische Unversehrtheit ist ein verfassungsrechtliches Anliegen!« hatte er erläutert. »Der Gesetzgeber steht hinter Ihnen und schützt Sie! Freilich, dazu müssen Sie ihn auf sich und Ihre Notsituation aufmerksam machen! Einen mutigen, aktiven Schritt tun! Genauer ausgedrückt: einige Schritte, den Weg zu ›Dr. Kadde, Dr. Wiese & Ghock‹, den Rechtsanwälten Ihres Vertrauens, nehmen. In München, Altstadtring 15, Telefon … Oder schicken Sie eine E–Mail an www.ekadde@rechtlab.com.«

All dies hatte Liza aufmerksam in sich aufgesaugt. Daß ihre Ehe nach dem Bürgerlichen Gesetzbuch als »eingerichteter und ausgeübter Geschäftsbetrieb« anzusehen war, der mit seiner Umwelt in rechtlichen Beziehungen steht, erstaunte sie. Durch Kreditverträge, Ratenzahlungen, gegenseitige Versorgungspflichten und Haftungen gegenüber Dritten, hatte Dr. Kadde ausgeführt, z. B. wenn die Kinder mit dem Fußball die Fensterscheibe des Nachbarhauses eingeschossen hatten. Daß auf den und die darin wirkenden Personen sogar das Strafrecht anwendbar sei, wenn es zu Gewalt, zu Nötigung, ja zu Vergewaltigung kam.

Aber daß Dr. Kadde, weit unterhalb solcher Abscheulichkeiten, schon bei unerfüllter oder auch andauernd unbefriedigender Sexualität eine »unerlaubte Störung des eingerichteten und ausgeübten Geschäftsbetriebs« erkannte

und vielleicht auch ihr »mit Nachdruck zu ihrem Recht ver-
helfen würde«, hatte Liza tief aufgewühlt.

—2—

Unter einer ungewöhnlich hohen Zahl erhaltener Zuschrif-
ten hatte Kadde auch den Fall Liza N. ausgewählt: Im vergangenen Jahr hatte sich ihre eheliche Sexualität für sie
zunehmend unerfreulich entwickelt. Zum wiederholten
Mal war es ihrem Mann Florian nicht mehr gelungen, sie
zum Höhepunkt zu führen, sie zu befriedigen. Das hatte
Liza anfangs mit Gelassenheit und Verständnis hingenommen. Florian war beruflich sehr angespannt, gehetzt, nervös und wohl auch etwas ausgelaugt. Sein Beruf als Ärzte-
besucher im ständigen Außendienst war anstrengend und
oft auch demütigend. Als sie erkannte, daß sein Streß mit
allen Konsequenzen zum Dauerzustand zu werden drohte,
hatte sie mit schlechter Laune reagiert. Dann mit Kopfweh,
Gliederschmerzen und auch aggressiven Bemerkungen.
All dies hatte nichts verändert, ernsten Gesprächen darüber war Florian ausgewichen, hatte die Situation weg-
gelacht. Danach hatte sich Liza N. in die Situation mit
Resignation ergeben. Es war offenbar nichts mehr zu
ändern!

—3—

Am Schadenstag, auf den sich Rechtsanwalt Dr. Kadde
konzentriert hatte, war Florian N. gleich nach dem Aufwachen mit seiner Frau intim geworden. Deren Begierde in
dem Moment intensiv ansprang, als es bei ihrem Mann vorüber war. Gleich darauf war er wieder in Schlaf gefallen.
Bei dem von Liza zubereiteten Frühstück hatte ihr Mann sie
erneut körperlich bedrängt. Und wiederum unerfüllt
zurückgelassen. Wie schon so oft! Danach hatte er die fal-
lengelassene Hose hochgezogen, den Rest Kaffee hastig in
sich hineingeschüttet und die Tür zugeschlagen. Er war
ohnehin schon zu spät zur Arbeit.

Als Liza N. ihren Morgenmantel ablegte, um sich anzu-
kleiden, bemerkte sie, daß die Bemühungen ihres Mannes
an der Innenseite ihres linken Oberschenkels eine tiefe,
schon etwas bläulich verfärbte Druckstelle hinterlassen
hatten. Es schmerzte sie merklich auch im Schritt. Vor dem
Spiegel sah sie mit Schrecken Rötungen und kleine Pusteln
um ihr Geschlechtsteil. War dies eine Allergie? Oder gar das
Anzeichen einer Geschlechtskrankheit? Die ihr Mann ihr
angehängt hatte? Er war ja viel unterwegs! An so was hatte
sie bisher nicht gedacht. Und ihm schon gar nicht zuge-
traut. In einer unguten Stimmung war sie schon zuvor gewesen, aber nun begann es wieder, dieses nervöse Augen-
zucken. Sie wußte, daß sie einen Arzt aufsuchen mußte. Der
dies diagnostizieren würde. Und ihre Depression behandeln, vielleicht starke Tabletten verschreiben könnte.
Zuletzt war ihr die Arbeit im Haushalt nur schwer von der
Hand gegangen. Im Büro, in dem sie halbtags tätig war,
fühlte sie sich abgespannt und müde. Abends war sie

antriebslos, ja zuletzt hatte sie sich sogar einmal gefürchtet, das Haus alleine zu verlassen. So konnte es nicht weitergehen!

Kurz danach fädelte sie sich mit ihrem Ford Fiesta in den zügig fließenden Verkehr auf der Überholspur des Mittleren Rings in München ein, den sie über ruhige Anliegerstraßen erreicht hatte. Sie war auf dem Weg zum Ärztehaus in der Elisabethstraße – in angstvoller Anspannung, ob man ihr so kurzfristig einen Besuchstermin einräumen würde. Beim Einbiegen in die Leopoldstraße überquerte sie die Hauptstraße bei Gelb und sah noch im Augenwinkel, wie die Ampel auf Rot wechselte. Und vermied mit Mühe einen Zusammenstoß mit dem unmittelbar vor ihr fahrenden Auto. Als dieses ohne erkennbaren Grund abrupt stoppte, fuhr sie von hinten auf. Sie hörte einen lauten Knall und prallte mit ihrem rechten Knie schmerzhaft auf den Zündschlüssel, während ihr Kopf auf dem Lenkrad aufschlug. Im Ambulanzwagen der Malteser-Unfallhilfe dämmerte sie der Nothilfe des Schwabinger Krankenhauses entgegen, wo man sie schließlich ablieferte. Ein Bruch der Kniescheibe, eine Gehirnerschütterung oder eine Beeinträchtigung der inneren Organe konnte – zunächst – nicht diagnostiziert werden.

— 4 —

Florian N. hatte es sich im Wohnzimmer beim nächtlichen Fernsehen bequem gemacht – seine Frau Liza war zuvor schon mit heftigem Kopfweh zu Bett gegangen –, als die Hausklingel Sturm läutete. Ein Einschreibebrief gegen Rückschein wurde per ›Eilboten‹ noch zugestellt. Nachdem Florian den Rückschein unterzeichnet und den Postkurier mit einem spärlichen Trinkgeld in die Nacht entlassen hatte, riß er das Schreiben hastig auf und las im Licht der Eingangslampe:

Dr. Kadde, Dr. Wiese & Ghock
Rechtsanwälte   *München, den …*
Betr: N… gegen N…,

Sehr geehrter Herr N…,
namens und im Auftrag unserer Mandantin Frau Liza N…
machen wir, unter Verweis auf § 823 BGB, hiermit gegen Sie eine
Forderung in Höhe von
€ 506.080
(in Worten Fünfhundertsechstausendnullachtzig Euro)
geltend, zuzüglich Zinsen ab Datum dieses Schreibens in Höhe
von 2 % über dem derzeitigen Satz der Europäischen Zentral-
bank.
Dies errechnet sich wie folgt:
(1) € 500.000 Zum Ausgleich seelischer wie körperlicher
Schäden bei Frau N…, insbesondere wegen
andauernder seelischer Grausamkeit, resultie-
rend in Depressionen und dergl.

279

(2) € 4.800   Wiederherstellungskosten Zeitwert Kfz der Frau N...
(3) € 1.280   Ausgleich Rabattverlust der Kfz-Versicherung der Frau N...
Zur Begründung verweisen wir zunächst auf
- *Kopie ärztliches Attest Dr. Ergün F., betr. Frau N..., sowie*
- *Kostenvoranschlag Kfz-Reparaturbetrieb*
Wir bitten höflich, diese Anlagen streng vertraulich zu behandeln.

Zur weiteren Erläuterung weisen wir darauf hin, daß sich die vorstehend bezifferten Schäden kausal auf Ihre Verhaltensweisen zurückführen lassen. Ihre ständige Fahrlässigkeit im sexuellen Umgang mit Ihrer Ehefrau, unserer Mandantin Frau N..., auf deren korrekte *und* angemessene *Ausübung unsere Mandantin gemäß Eheschließung vom ... einen Rechtsanspruch hat, führte zu starken Depressionen bis hin zur Suizidgefahr und damit der akuten Notwendigkeit ärztlicher Behandlung.*

Ob und wann Frau N... völlig wiederhergestellt werden wird, vermögen wir derzeit nicht abzuschätzen. Von der Anführung weiterer Details des unbefriedigenden Ehelebens der Frau N..., insbesondere Ihres unsachgemäßen Umgangs entgegen bekannter Techniken, sehen wir zunächst ab. Wie auch von der Vorlage des auf Basis der Aussagen unserer Mandantin über die Vorfälle am ... erstellten, detaillierten Protokolls. Wir werden jedoch nicht zögern, dies zum geeigneten Zeitpunkt dem erkennenden Gericht vorzulegen, sollte sich dies als nötig erweisen.

Als direkte Folge kam es, wegen der durch Sie kausal herbeigeführten, dringenden *Notwendigkeit ärztlicher Betreuung, auf dem Wege zur Praxis des Dr. Ergün F. zu einem Auffahrunfall. Dieser hat zu Schäden am Fahrzeug der Frau N... geführt, die durch die bestehende Haftpflichtversicherung nicht gedeckt sind (»Eigenschaden«). Dafür und für derzeit nicht übersehbare*

Folge- und Kollateralschäden (Verschiebung von Wirbelkörpern,
Schädeltrauma und dergl.) halten wir Sie voll verantwortlich.
Deren spätere Geltendmachung behalten wir uns vor.
Sollte uns Ihre schriftliche Stellungnahme und insbesondere
Ihre Erklärung, zumindest die vorstehend bezifferten Schäden
dem Grunde nach anzuerkennen, nicht bis zum
14. *Oktober 2005*
erreichen, werden wir nicht zögern, diese berechtigten Ansprüche
gerichtlich geltend zu machen.

Mit freundlicher Hochachtung   *Dr. E. Kadde*
                                             Rechtsanwalt

Verstört und verschwitzt – trotz der angenehmen nächtlichen Frische konnte er die plötzliche Feuchte unter den
Achseln spüren – ließ Florian N. den Brief sinken. Und
schlurfte apathisch ins Wohnzimmer zurück. Das Fernseh-
programm interessierte ihn nicht mehr. Obwohl die spät-
abendliche Sendung ›Wa(h)re Liebe‹, der er normalerweise
ungeduldig entgegenfieberte, vielversprechend begonnen
hatte! Das Fernsehbild verlosch. N. begann sich seiner Kleidungsstücke zu entledigen. Perplex, angstvoll und mit
langsam aufwallender Wut hatte er beschlossen, die Nacht
von seiner Frau Liza getrennt – ›unserer Mandantin Frau
N.‹, wie sie der Rechtsanwalt genannt hatte – zu verbringen. Im Wohnzimmer, auf der Couch.
     Es war eine unruhige Nacht, in der sich Florian unauf-
hörlich von einer Seite auf die andere warf. Es ihm abwechselnd heiß und kalt war und er sich auf- und zudeckte. Die
Luft erschien ihm stickig, und in der endlos dahintropfen-
den Zeit konnte er nicht in den Schlaf finden: Die For-

derung gegen ihn war ruinös. So viel Geld würde er im Leben nicht aufbringen können. Aber warum auch? Das war doch absurd! Er war sich keinerlei Schuld bewußt. Gut, daß es zuletzt mit dem Sex bei Liza nicht mehr so geklappt hatte, würde sich schlecht abstreiten lassen. Aber die ganzen Konsequenzen daraus, die der Rechtsanwalt behauptete: Depressionen, seelische Grausamkeit, verschobene Wirbelkörper, Kollateralschäden – in Florian drehte sich alles. Immer wieder ertappte er sich bei dem Gedanken, er sei aus einem schlechten Traum erwacht – und mußte erkennen, daß es seine Realität war. Zweimal war er aufgestanden, um sich der tatsächlichen Existenz des Briefes zu versichern und hatte ihn wieder und wieder gelesen.

Daß seine Frau all dies eingefädelt hatte, war ein starkes Stück! Das hätte er von ihr niemals erwartet. Bei seinen Arbeitskollegen war es doch keinen Deut anders. Da war sich Florian sicher. Kein Wort hatte Liza zuletzt über diese Angelegenheiten verloren. Und jetzt plötzlich diese katastrophale Summe, die verlangt wurde, von einem Rechtsanwalt!

— 5 —

Am nächsten Morgen hatte Florian N. das Haus, noch bevor seine Frau erwacht war, verlassen. Er war übermüdet und fühlte sich zerschlagen. Als er am Einlaß des Bürogebäudes seiner Rechtsschutzversicherung ›ADVOKAT‹ klingelte, blieb dies ohne Reaktion. Erst nach mehrmaligem, genauso ergebnislosem Läuten erkannte er, daß die

Geschäftszeit noch nicht begonnen hatte. Es war 6 Uhr 30 morgens! Florian N. fröstelte. Trotzdem beschloß er zu warten: Um als erster eingelassen zu werden. Auch wenn ihm die Zeit bis dahin wie eine Ewigkeit erschien.

»In welchem Ehestand leben Sie?« fragte ihn der zuständige Sachbearbeiter Herr Schmittke, nachdem er zuvor das anwaltliche Schreiben mit Bedacht durchgelesen und ihn dann, wie es Herrn N. schien, etwas eigenartig von der Seite angesehen hatte. Nach einigem Zögern hatte er, etwas verlegen, geantwortet:

»Na, der Rechtsanwalt hat es doch geschrieben. Ich ...« Hier unterbrach ihn der Sachbearbeiter.

»Nein, das meinen wir nicht! Haben Sie den gesetzlichen Güterstand oder Gütertrennung bei Eheschließung vereinbart?«

»Letzteres«, sagte Herr N. einsilbig, dem deutlich sichtbare Schweißtröpfchen auf der Stirn standen.

»Den behaupteten Sachverhalt habe ich zur Kenntnis genommen. Dazu habe ich jetzt keine weiteren Fragen. Und, Herr N..., bitte machen Sie sich keine zu großen Sorgen! Überlassen Sie die Sache uns!« meinte Schmittke gutmütig.

»Dann sind Sie auch der Meinung, daß ich so nicht verantwortlich bin? Und deshalb nicht haften muß?« sagte Herr N. erleichtert.

»Ja, das sind wir!« sagte Schmittke.

»Dann muß auch nicht bezahlt werden«, sagte Herr N.

»Das schon«, sagte der Sachbearbeiter.

»Wie, das verstehe ich nicht. Ich bin nicht schuldig, und trotzdem muß gezahlt werden? Habe ich Sie so richtig verstanden?« fragte Florian, den es übergangslos fröstelte.

»Das viele Geld hab' ich gar nicht. Das ist doch verrückt!

Sie sind doch zu meiner Rechtsverteidigung verpflichtet! Dafür habe ich immer meine Beiträge gezahlt.«

»Das ist richtig«, sagte der Sachbearbeiter. »Aber wir werden es trotzdem nicht tun, ich meine, Sie verteidigen. Zu Ihrer kompetenten Verteidigung müßten wir uns eines erfahrenen Rechtsanwalts bedienen. So wie der Fall liegt, würden wir Stellungnahmen zum Unfallablauf und zur Kausalität der behaupteten Beeinträchtigungen, Gegenatteste, Ärzte, Gutachten und umfangreiche Beweismittel benötigen. Im Beweistermin müßten unsere Parteigutachter ihre schriftlichen Expertisen dann weiter mündlich begründen und verteidigen. Ohne all dies hätten wir bei Gericht keine ausreichende Erfolgsaussicht.«

»Wie, ich verstehe das alles nicht«, sagte Herr N. tonlos. »Das können Sie mir doch nicht antun!«

»Es ist ganz einfach«, fuhr der Sachbearbeiter fort. »Ihre Rechtsverteidigung wird auf diese Weise für uns zu teuer. Unsere Gesellschafter und Aktionäre erwarten von uns, daß wir die Geschäfte mit kaufmännischer Sparsamkeit betreiben. Und nach betriebswirtschaftlichen Überlegungen: Denn die hohen Kosten der Atteste, der ärztlichen Gegengutachten werden wir nicht, auch im Fall, daß wir gewinnen, zurückerstattet bekommen. Und der Aufwand im schriftlichen Verfahren, in mehreren Beweisterminen, die anfallenden Spesen. Nein, das rechnet sich nicht! Daß wir gewinnen werden, die Forderung ist ja völlig überzogen, erscheint wahrscheinlich. Aber eben nicht sicher! Das alles weiß der Kadde auch! Da ist es für uns – insgesamt – billiger, mit den Anwälten der Frau N… eine Einigung zu suchen. Wir werden 15.000 Euro, alles eingeschlossen, anbieten. Und uns wahrscheinlich bei 20.000 Euro einigen. Ich bin mir sicher, daß die Gegenseite bei den möglichen

Beweisschwierigkeiten, dem Aufwand, der sie träfe, auf
einen Kompromiß eingehen wird. Wir kennen den Kadde
und seine Kollegen!«

— 6 —

Herr N., der anfangs etwas verstört und dann zunehmend
gelassener zugehört hatte, lächelte.

Als er das Gebäude der Rechtsschutzversicherung ver-
ließ, beschloß er, den restlichen Tag dem Büro fernzublei-
ben. Er würde auch keine Ärzte besuchen. Dieses akademi-
sche Pack, genau wie die Rechtsanwälte! Heute nicht! Die
entwürdigende Warterei, dieses devote Produktanpreisen,
die übertriebene Höflichkeit, das brauchte er jetzt nicht.
Dies war *sein* Tag – heute! Und hatte er nicht etwas richtig
gemacht?

N. pfiff nun fröhlich vor sich hin. Ein strahlender
Sonnentag war vom Osten her aufgezogen. Er würde erst
einmal gemütlich im Hofgarten frühstücken. Den auf dem
Boden hüpfenden und girrenden Tauben zuschauen. Und
den vielen Leuten, die in München an schönen Tagen freie
Zeit haben und dort Boccia spielen. Vielleicht könnte er sich
ja später anschließen.

Eine eigenartige Geschichte

— 1 —

Es war zu der Zeit, als ich häufiger nach Prag fuhr, zu der mir auffiel, daß ich einen Doppelgänger hatte. Anfangs hatte ich es nur für eine Nachlässigkeit, einen Irrtum gehalten. Etwas später wurde mir klar, daß die Einladungen zu Auktionen, Bestätigungen von Bestellungen aus Warenhäusern, die Postwurfsendungen mit der unvollständigen oder unrichtigen, postseitig jedoch richtiggestellten Adresse nicht mir galten. Auch wenn mein Name, der Beruf, die Stadt

Dipl.-Ing. ETH Reinhard Berger
Architekt
Zürich

übereinstimmten. Ich schlug im Telefonbuch nach und fand es bestätigt. Ein Mann gleichen Namens und gleichen Berufs war in *meine* Stadt gezogen.

Ich muß ihn mal anrufen, dachte ich. Sehen, wer er ist. Feststellen, wie weit die Übereinstimmungen gehen. Da mancher Brief an ein Ehepaar Berger gerichtet ist, wird er verheiratet sein. Ob er Kinder hat? Vielleicht verabreden wir uns und finden weitere Gemeinsamkeiten heraus. Die Tatsache, daß ich nun ein zweites Ich hatte, einem eineiigen Zwilling gleich, erregte und belustigte mich. Mein Leben hatte eine unerwartete Variante genommen, es war reicher geworden. Oder nicht? Sah ich es vielleicht zu einfach? Wie, wenn er in meine beruflichen Kreise einschnitt? Entwürfe bei der Baukommission einreichte, die von den Konzeptionen unseres alteingesessenen Büros stark abwichen, jedoch irrtümlicherweise mir zugeordnet wurden? Die meinen guten Ruf in der Branche beschädigten? Oder ihn eine an mich gerichtete Empfehlung erreichte und er ungerechtfertigterweise *unseren* Auftrag übernahm? Die Sache war vielschichtiger, als ich dachte. Nach Abschluß der Bauarbeiten in Prag, deren Abwicklung unter starkem Termindruck stand und die meine ganze Kraft erforderten, würde ich der Sache nachgehen. Das konnte ich nicht so auf sich beruhen lassen.

— 2 —

Unser Büro arbeitete damals an einem umfangreichen Bauprojekt für die Hauptverwaltung einer großen eidgenössischen Bank in Prag. Der Rohbau war bereits fertiggestellt, als ich Mariana kennenlernte. Am Ende eines intensiven Arbeitstages stand sie vor mir in der trägen Warteschlage vor der Abendkasse eines Theaters in der Altstadt. M. Bulgakows Roman ›Der Meister und Margarita‹ wurde von einem durchreisenden Ensemble eines russischen Avantgardetheaters in einer Bühnenversion aufgeführt. »Nur für wenige Tage. Das dürfen Sie sich nicht entgehen lassen«, hatte mir der Hotelpförtner vertraulich mitgeteilt und mit Eleganz den ihm für diese Mitteilung zugesteckten Schein verschwinden lassen. Diesen Eindruck schien ein Teil der Prager Bevölkerung zu teilen, denn die Zahl der anstehenden Personen war erheblich und schien sich kaum zu vermindern, obwohl der Beginn der Vorstellung bedrohlich näher rückte.

In dieser Situation hatte mich Mariana angesprochen, die meine Besorgnis teilte, ohne Eintrittskarte leer auszugehen. Schon einige Zeit zuvor hatte ich sie verstohlen von der Seite gemustert. Ihr auffällig blondes Haar war wahrscheinlich von Jugend auf nicht geschnitten worden, denn es fiel über einen knöchellangen schwarzen Lackledermantel bis zu der Stelle, wo ich ihre Hüften vermutete. Als sie sich mir ganz zuwandte, sah ich, daß diese Zeit lang zurücklag. Und daß sie mit Mascara und etwas zu grellem Lippenstift dagegen anarbeitete. Auch das Blond der Haare war nicht mehr die Farbe ihrer jugendlichen Jahre. Ein slawisches Gesicht, dachte ich. Breiter Gesichtsschnitt, hervortretende Backenknochen, darüber tiefliegende graublaue Augen.

In der Theaterpause sah ich Mariana allein stehen in einem weinroten, etwas zu körperbetonten Kleid. Über den Nacken und die Schultern hatte sie einen beigen Schal geschlungen. Seltsam, daß mein Blick zwischen den zahlreichen, engstehenden Besuchern hindurch gerade in dem Augenblick auf sie gefallen war, in dem auch sie mich musterte. Ein Zufall. Ich trat auf sie zu, um sie in eine Unterhaltung zu ziehen. Als Dame allein fühlte sie sich vielleicht in der gesprächig schwatzenden Menge etwas isoliert. Die Pausenglocken schrillten, als ich mich zu ihr durchgekämpft hatte. Nun schoben und drängten sich die Menschen eilig ins Parkett zurück. »Haben Sie Lust auf einen Drink? Ich meine, nach der Vorstellung?« konnte ich gerade noch sagen. »Warum nicht«, erwiderte sie lächelnd und war in der Menge verschwunden.

Am Ausgang des Theaters wartete sie danach auf mich. Es war windig geworden, naßkalt, und nieselnder Regen hatte eingesetzt. Wie zum Schutz legte ich beim Gehen meinen Arm um sie, was sie als selbstverständlich annahm. Um ein paar Ecken herum waren wir dann in ein Kellerlokal hinabgestiegen und ließen uns beim Licht heruntergebrannter Kerzen Rotwein servieren. Später hatten wir auch noch Appetit bekommen.

Im Gespräch mit Mariana wurde mir bewußt, wie wenig ich dem Theaterstück gefolgt war und daß ich die Bruchstücke der Handlung zudem noch mißverstanden hatte. Daß das absurde, teilweise ins Groteske verzerrte Treiben auf der Bühne eine politische Aussage verhüllte, war mir verborgen geblieben. Vielleicht war mein Kopf auch nicht frei, in Gedanken noch zu sehr mit dem Bauprojekt verhaftet gewesen. Aber wiederum war einiges nicht nach Plan verlaufen. Ich muß noch häufiger nach dem Rechten schauen, auf unseren lokalen Bauleiter können wir uns nicht immer verlassen, war mir immer wieder in den Sinn gekommen.

Als ich vom Wein und der Müdigkeit eines langen Tages etwas benommen mit ihr die Stufen in die Nacht wieder emporstieg – es war weit nach Mitternacht geworden –, hatte sich der Regen verstärkt. Überall prasselte es, und die noch immer vorüberfahrenden Fahrzeuge warfen klatschend das Wasser zur Seite. Unter dem weit ausladenden Vordach des Nachbarhauses standen wir unter, um das Nachlassen des heftigen Niederschlags abzuwarten.

»Das kann noch dauern. Hast du Lust auf einen Kaffee?« sagte sie, und mich fröstelte ein wenig. Während ich noch nachdachte, hörte ich das Geräusch des sich im Türschloß drehenden Schlüssels und stand kurz danach in dem spärlich beleuchteten Flur eines Mietshauses. Mariana wohnte im 2. Stock, den wir über eine knarrende Holztreppe erreichten.

Es hatte sich dann einfach so ergeben, daß ich auch über Nacht blieb. Schon mit einem ein wenig schlechten Gewissen, denn das frühzeitig gebuchte, luxuriöse Hotelzimmer würde nun leer bleiben. Aber meine Züricher Partner, die es anteilig mitbezahlten, würden nicht erfahren, daß ich es nicht genutzt hatte.

Marianas Wohnung und ihre Einrichtung habe ich als schemenhaftes Halbdunkel in Erinnerung. Ein ausladendes Bett in der Mitte des Zimmers, unmittelbar seitlich dahinter der Eingang zum Badezimmer. Auf der Längsseite eine gewaltige Kommode mit mattschimmernden Messingbeschlägen. Darauf eine Fülle von Bilderrähmchen mit einem dreiarmigen Kerzenständer in der Mitte. Als sie die Kerzen anzündete, konnte ich die gerahmten Fotos erkennen: Auf allen war sie selbst abgebildet. Mariana am Strand. Im Bikini im Liegestuhl. Mit wehendem Haar auf dem Motorrad. Wie sie aus der Seilbahn heraustritt. Auf der Mole, im Hintergrund ein mächtiges weißes Kreuzfahrtschiff. Vor dem Theater. … Seltsam, daß niemand anderes mit ins Bild geraten ist, dachte ich.

Auch beim Sex schien es, als ob sie allein wäre. Mariana sprach kein Wort dabei, und es war mir so recht. Auch ich mochte mich nicht ganz geben, denn wir waren uns nicht vertraut. Ihre Augen, daran erinnere ich mich noch heute genau, blickten unfokussiert und irgendwo verloren ins Jetzt, in die Ferne, ins Nichts. War sie traurig? Hatte sie gerade zu dieser Zeit eine Erinnerung überfallen, die sie noch nicht verarbeitet hatte? Oder war es gar eine Art Geschäft, das sie ohne Herz, ohne innere Beteiligung betrieb? Es war unwirklich, obgleich so real, da sich ein anderer Teil ihres Körpers, der nicht dazuzugehören schien, in sehr bewußter Weise bewegte. Fast im Takt mit dem Rhythmus des Regens, der aus dem Dunkeln gegen die Fensterscheiben klatschte. Auch ihr Atmen hatte sich meinem angeglichen.

Als ich mich anschickte, noch vor dem Einsetzen des Morgenlichts die Wohnung zu verlassen, hatte Mariana eine fahlweiße Hand unter der Bettdecke mit einem Zettel herausgestreckt. »Meine Telefonnummer. Falls du wiederkommst«, sagte sie leise ins Halbdunkel. Offenbar war sie noch schlaftrunken, zu bequem, um sich richtig zu verabschieden. Ich drückte ihr einen flüchtigen Kuß auf die Stirn, schob einen Geldschein unter den Kerzenständer und schlug erleichtert die Tür hinter mir zu. Sie würde wegen der Banknote nicht beleidigt sein. Wer in einem solchen Mietshaus wohnte, befand sich offensichtlich nicht in guten finanziellen Verhältnissen. Oder wurde dies ohnehin erwartet?

Der Regen hatte kaum nachgelassen. Aber ich hatte Glück. Nur wenig später hielt auf mein Winken eine Taxe, die mich am Flughafen in eine warme, betriebsame, schon hellerleuchtete Geschäftigkeit entließ. Sehr übernächtigt brachte mich dann die Frühmaschine nach Zürich zurück.

3

Der Bau war in der Folge gemäß unseren Vorgaben fort-
geschritten. Entsprechend der Planung war ich zu den fest-
gelegten Zeitintervallen einige weitere Male nach Prag
gereist. Auf die Kompetenz der eingesetzten Arbeiter und
der lokalen Bauüberwachung konnten wir uns nun offenbar verlassen – bis mich ein aufgeregter Anruf unseres
Architekten vor Ort erreichte. Wir waren gerade noch einmal davongekommen! Im Kellergeschoß, das später eine
Cafeteria und auch eine Zeile gegeneinander versetzter
Toilettenboxen aufweisen würde, stand das Betonieren des
»Innenlebens« an. Übermannshohe Metallverschalungen
waren jeweils im rechten Winkel zueinander angeordnet
und dann miteinander verbunden worden. Es war ein
bedeckter Tag. Tiefe Wolken hingen über Prag, und in dem
Souterrain herrschte bei grauem unzureichendem Licht
und muffiger Luft unter den Bauarbeitern eine gereizte, fast
gewalttätige Stimmung. Als ob sie spürten, daß etwas in
der Luft lag. Wenig später wurden zwei mächtige Schläu-
che durch die Fensteröffnungen zu den Verschalungen
geführt, um diese von den Enden her mit eingepumptem
Fertigbeton aufzufüllen. Als das sonore Mahlen der einset-
zenden Betonpumpen sich mit dem Geräusch des in die
Schalungen einrutschenden und einplumpsenden flüssi-
gen Betons vermischte, waren die Bauarbeiter, wie einem
inneren Befehl folgend, aus den ineinander verkeilten Verschalungen herausgetreten. Im nachhinein war dies dem
Polier als eine wunderbare Fügung erschienen, denn kurze
Zeit darauf war die Reihe der zueinander verwinkelt stehenden Schalungskörper, einem Kartenhaus gleich, jedoch

mit ohrenbetäubendem, metallischem Scharren und Rumpeln in sich zusammengestürzt. Es ließ sich später nicht mehr rekonstruieren, ob ein anfänglich zu hoher Pumpdruck des Fertigbetons, eine nicht völlig symmetrische Verkeilung der Schalungskörper oder beim Füllvorgang in den Winkelbereichen sich aufbauender Überdruck den Einsturz verursacht hatten. Aber kam es jetzt darauf an? Vor allem anderen mußte man doch froh sein, daß der Zwischenfall ohne körperliche Beeinträchtigung des Baupersonals abgelaufen war. Nicht auszudenken, wenn sich einer oder mehrere der Arbeiter zum Zeitpunkt des Einsturzes noch zwischen den schweren Metallschalungsteilen befunden hätten. Als ich nur Stunden später in Prag eintraf, war trotz des materiellen Schadens überall eine tiefe Erleichterung spürbar. Wieder und wieder wurde betont, daß keine Verletzungen oder gar Todesfälle zu beklagen seien. Die Bank würde in die Räume ihrer modernen Prager Hauptverwaltung ohne die Belastung eines früheren Unglücksfalls einziehen können. Freilich, es galt sicherzustellen, daß bei der Neuvornahme der Arbeiten alles nach Plan verlief. Die Diskussion über mögliche Unglücksursachen und wie sich diese sinnvoll und sicher vermeiden ließen, zog sich bis spät in den Abend hinein.

Bei dem Gewicht der Ereignisse des Tages hatte ich trotz der vorgerückten Stunde nur eine geringe Hemmschwelle zu überwinden, um – ja, um Mariana anzurufen. Dieses Gefühl der Erleichterung, der Dankbarkeit über das Glück im Unglück, des »Davongekommenseins« wollte ich teilen, mich aussprechen. Ich freute mich, denn sie war zu Hause und auch noch auf. Unser Gespräch war jedoch knapp und unruhig, ein wenig hastig fast, als ob sie mein Anruf unter Spannung setzte. War sie so ungeduldig, mich wiederzusehen? Oder nicht allein? Jetzt wurde mir bewußt, daß ich sie bei meiner Arbeitslast und dem Termindruck völlig vergessen, mich nicht ein einziges Mal bei ihr gemeldet hatte. Mariana erwähnte dies jedoch mit keinem Wort und schien weder enttäuscht noch verärgert. Sie war einverstanden, sich mit mir am Folgetag in »unserem Kellerlokal« zu treffen, »auf ein Glas Wein oder mehrere«.

Dort erzählte sie mir, wie sie sagte, »eine eigenartige Geschichte«: Ein Herr hatte sie angesprochen und ihr nach kurzem Wortwechsel seine Visitenkarte überreicht. Alte Schule, dachte ich. Ein Geschäftsmann offenbar, mit grauen Schläfen, im dunklen Anzug. Sie erinnerte sich an eine auffällige, intensiv gelbe, zu junge Krawatte und ein ebensolches Einstecktuch. Als Mariana auf seiner Visitenkarte

Dipl.-Ing. ETH Reinhard Berger

Architekt

Zürich

erblickte, wollte sie ihren Augen zuerst nicht trauen. Es war, als ob diese träumten, vor ihr flimmerten. »Er war nicht du! Woher wußte der Mann, daß ich dich kannte? Wie hatte er mich ausfindig gemacht? Was hatte er vor? War dir etwas zugestoßen? schoß mir durch den Kopf. War ein Verbrechen geschehen? Worin sollte ich verwickelt werden?«

Als in ihr Furcht aufstieg, die sich zu einer diffusen, panikartigen Stimmung verdichtete, hastete sie davon. Ohne sich umzusehen. »Nur weg. Nur weg von dort!«

»Von wo?« fragte ich. »Den Menschen, dem Gedränge, in der Theaterpause.«

4

Wenn wieder fehlgeleitete Postsendungen eintreffen, werde ich mir keine Mühe mehr machen. Die genaue Wohnadresse des feinen Herrn nicht mehr im Telefonbuch nachschlagen. Seine Postadresse nicht mehr ergänzen oder richtigstellen. Seine beruflichen Aktivitäten sind mir gleichgültig, unsere Geschäfte schließen wir ohnehin mit treuen Stammkunden ab. Ich will den Mann nun nicht mehr treffen. Allein das Bewußtsein, etwas über ihn zu wissen, von dem er nicht ahnt, daß es mir bekannt ist, befriedigt mich schon. Wie einen Kartenspieler, der einen Trumpf zurückhält, den er noch später ziehen kann, vielleicht aber auch nicht einsetzt – so wie es sein Spiel erfordert. Ich weiß genug von dem Mann. Ich kenne ihn jetzt. Mariana ebenfalls!

5

Als er zur Abnahme des Baus zuletzt nach Prag reiste, wollte er sich endlich mehr private Zeit nehmen. Das Leben ist doch nur kurz, war ihm zuletzt immer bewußter geworden. Die verfügbare Zeit mußte er besser nutzen. Außerberuflich. Den Dingen, die ihm über den Weg liefen, nicht ausweichen, sie geschehen lassen, sich bietende Möglichkeiten ergreifen. War er nicht früher ein »Kontakter« gewesen, der gut mit Menschen konnte? Auf diese aktiv zuging? Seit seine Ehe in Stagnation geraten war, hatte er sich zu

sehr in sich zurückgezogen. Die wenigen Versuche auszu-
brechen, mit denen er sich zu befreien suchte, änderten
daran nichts. Immer mehr auf den Beruf konzentriert, hatte
er sich darin verrannt. Das würde er ändern, hatte er sich
schon seit längerem vorgenommen. Und wann konnte er
wieder nach Prag reisen? Berufliche Ansatzpunkte boten
sich dafür nicht mehr an. Deshalb war jetzt die Zeit, all das
zu sehen und zu erfahren, was die Stadt an der Moldau so
einzigartig machte. Zum Hradschin würde er hinaufwan-
dern, dessen Architektur, die gewaltigen Strukturen erspüren und danach in Muße über die braunroten, verwinkelten
Dächer der Altstadt schauen. Über die Karlsbrücke schlen-
dern, der Musik der dort postierten Gruppen zuhören, den
zwischen den Brückenpfeilern drängenden Fluten nach-
blicken und eine Weile mit den Straßenhändlern feilschen,
bevor er den Weg zum alten jüdischen Friedhof nahm. Auf
den umgestürzten, verwitterten Grabsteinen würde er die
überwachsenen Inschriften zu entziffern suchen.

Als er auf dem Weg zum Franz-Kafka-Haus einen Platz
überquerte, sah er sie wieder. Die hüftlangen blonden
Haare, ihren schwarzen, lackglänzenden Mantel. Kein
Zweifel, das ist sie. Prag ist doch eine kleine Stadt! dachte
er. Der Mann mit den grauen Schläfen zog seine zu junge,
intensiv gelbe Krawatte zurecht und zupfte an seinem
gleichfarbenen Einstecktuch. Wie war es nur möglich, daß
er sie so brüskiert hatte?

Ich bin danach lange nicht mehr nach Prag gekommen. Als sich zwölf Jahre später dazu die Gelegenheit ergab, habe ich versucht, das kleine Theater von damals aufzuspüren. Es ist nicht mehr an der ursprünglichen Stelle, aber man konnte mir den Ort zeigen, wo es früher stand. Von dort hoffte ich das Mietshaus zu finden, in dem eine Frau mit blondem Haar gewohnt hatte. Ihre Adresse oder Telefonnummer, sollte ich sie damals erhalten haben, sind verlorengegangen. Vielleicht ist ihr Haar nun nicht mehr blond und lang, sondern kurz geschnitten und rot gefärbt. Oder mahagonifarben. Das kann ich nicht wissen.

In der unmittelbaren Umgebung des Orts, wo früher ein Theater war, erhebt sich eine Reihe von Mietshäusern, die sich gleichen. Einfallslose Einheitsarchitektur. In graue, mehrstöckige Kuben eingelassene Fensterreihen in monotoner Symmetrie. Möglich, daß sie dort irgendwo wohnte oder noch wohnt. Eine Außentreppe oder einen Abgang zu einem Kellerlokal fand ich in der Gegend weit und breit nicht. Es ist trotzdem denkbar, daß sich ein solches dort befand; ich erinnere mich nur nicht mehr. Es kann aber auch in einer anderen Stadt gewesen sein. So lange Zeit ist verstrichen. Vieles habe ich in mich aufgenommen, zum größten Teil Belanglosigkeiten, und das meiste ist aus meinem Gedächtnis einfach wieder ausgesickert. Ich bin mir nun auch nicht mehr sicher, ob ich damals im Züricher Telefonbuch sorgfältig nachlas. Einen zweiten Eintrag neben meinem Namen gibt es jetzt dort jedenfalls nicht.

Nachbemerkung

Christine, meine Frau, hat mich wieder und wieder ermuntert, mich nicht nur in wissenschaftlichen Beiträgen zum Patentrecht, zu Chemieerfindungen und anderer trockener Materie zu verlieren. Als ich einige ihrer eigenen Geschichten gelesen hatte, faszinierte es auch mich, Gedankensplitter, Teilerfahrungen und andere Versatzstücke zu Abläufen zusammenzufügen.

Auch ohne Frau Margot Küsters gäbe es die Erzählungen nicht. Trotz ihres nicht immer zu bändigenden Temperaments brachte sie äußerlich unerregt, gelassen und geduldig ständig abgeänderte Manuskripte zu Papier. Als erotische Passagen mancher Erzählungen mich selbst verunsicherten, stärkte sie mir den Rücken. Ohne daß ich dafür auf sie Verantwortung abwälzen könnte! Ihr bin ich zu großem Dank verpflichtet.

Wie auch meinen Schwestern Carin, Dorothée und Heidi für konstruktive Kritik in frühen Phasen des Manuskripts.

In ganz besonderer Weise aber fühle ich mich den Frauen, Mädchen – und den Weibern auch – verbunden, die meine Illusionen eine Zeitlang nährten. Und, als sie zerrannen oder zerplatzten, mich in der Realität eine Wegstrecke begleiteten.